教育部人文社会科学研究

"保罗·德曼解构文论与欧陆思想关系研究"（16YJA752013）项目资助

# 从时间到语言

## ——保罗·德曼解构主义文论初探

申屠云峰　陈建伟　著

浙江工商大学出版社 | 杭州
ZHEJIANG GONGSHANG UNIVERSITY PRESS

**图书在版编目（CIP）数据**

　　从时间到语言：保罗·德曼解构主义文论初探 / 申
屠云峰, 陈建伟著 . — 杭州：浙江工商大学出版社，
2022.8
　　ISBN 978-7-5178-5124-0

　　Ⅰ . ①从… Ⅱ . ①申… ②陈… Ⅲ . ①德曼 (de Man,
Paul 1919–1983) —解构主义—文学研究 Ⅳ .
① I712.065

　　中国版本图书馆 CIP 数据核字（2022）第 168574 号

# 从时间到语言——保罗·德曼解构主义文论初探
CONG SHIJIAN DAO YUYAN — BAOLUO DEMAN JIEGOU ZHUYI WENLUN CHUTAN

申屠云峰　陈建伟　著

| | |
|---|---|
| **责任编辑** | 王　英 |
| **责任校对** | 何小玲 |
| **封面设计** | 望宸文化 |
| **责任印制** | 包建辉 |
| **出版发行** | 浙江工商大学出版社 |
| | （杭州市教工路 198 号　邮政编码 310012） |
| | （E-mail：zjgsupress@163.com） |
| | （网址：http://www.zjgsupress.com） |
| | 电话：0571-88904980, 88831806（传真） |
| **排　　版** | 杭州浙信文化传播有限公司 |
| **印　　刷** | 杭州宏雅印刷有限公司 |
| **开　　本** | 710 mm × 1000 mm　1/16 |
| **印　　张** | 18.5 |
| **字　　数** | 300 千 |
| **版 印 次** | 2022 年 8 月第 1 版　2022 年 8 月第 1 次印刷 |
| **书　　号** | ISBN 978-7-5178-5124-0 |
| **定　　价** | 62.00 元 |

# 序　言

　　假设没有法国人雅克·德里达（Jacques Derrida），20 世纪就不会有解构主义哲学理论。但即便 20 世纪真的没有法国人德里达，美国的解构主义文学理论依然会如期出现在历史舞台上，因为 20 世纪有一个比利时裔美国人保罗·德曼（Paul de Man）。作为美国 20 世纪最具原创性的解构主义文论大家，保罗·德曼在全世界的人文学科，尤其在文学批评界的影响力一直长盛不衰。只要世界上还有人对文学理论怀有兴趣，对保罗·德曼的研究就不会停止。

　　研究任何一个理论大家一般不外乎两个视角，要么是"共时"的，要么是"历时"的。前者专注于某个或某几个问题，前后对比，上下深挖，以拓宽境界而得新意；后者则偏向于理论内部的演变和发展，推敲理论环节的前后联系，以凸显理论脉络而鉴得失。中外学界对保罗·德曼理论的学术性研究也基本如此，但有两个特点。第一个特点是，由于人们普遍认为德曼解构主义时期的理论要比其现象学时期的更有价值，因此对其解构主义文论的"共时"研究就显得"门庭若市"，无论是深度还是广度，都没有给后来者尤其是非欧美学界的研究者留下多少"且待小僧伸伸脚"的空间。第二个特点就是，对于德曼的"历时"研究几乎可以用"门可罗雀"来形容——国内的似乎没有，国外的有三本：德格雷夫（Ortwin de Graef）的《危机中的宁静：保罗·德曼序言（1939—1960）》（*Serenity in Crisis: A Preface to Paul de Man, 1939-1960*）和《泰坦尼克之灯：保罗·德曼的后浪漫主义（1960—1969）》（*Titanic Light: Paul de Man's Post-Romanticism 1939-1960*），以及罗塞克（Jan Rosiek）的《失败的辞格：保罗·德曼的文学批评（1953—1970）》（*Figures of Failure: Paul de Man's Literary Criticism 1953-1970*）。从这些书名上的时间就可以做出简单的判断，这些都是对德曼的"断代史"研究，而非"通史"研究。唯一有一点"通史"味道的是罗塞克的那部，因为他所研究的年代已经延伸到了1970 年，可以说是横跨了德曼的现象学和解构主义两个理论研究时期，因为 1965 年至 1970 年德曼所写的文章恰恰构成了其第一部解构主义文集《盲识与洞见：论当代批评之修辞》（*Blindness and Insight: Essays in the Rhetoric of Contemporary Criticism*）的主体。

鉴于这两个特点，我们认为可以在较为薄弱的德曼"历时"研究方面做一点工作，探讨德曼从现象学阶段向解构主义阶段转变的过程，并将重心放在对其解构思想的阐释上。罗塞克的研究为我们展开这项工作带来了契机与动力。一方面，他的研究成果表明，打通德曼两个时期的尝试是可行的。但另一方面，我们认为他的研究中有两点缺憾需要弥补。第一点是有关研究范围的。他虽然将《盲识与洞见：论当代批评之修辞》纳入其研究范围而给人一种打通德曼两个研究时期的感觉，但没有继续讨论德曼的《阅读的寓言：卢梭、尼采、里尔克和普鲁斯特的修辞语言》（*Allegories of Reading: Figural Language in Rousseau, Nietzsche, Rilke, and Proust*）这部更成熟的解构主义著作，这使得他的打通工作不够彻底，但同时也给了我们"更上一层楼"的空间。第二点是有关研究的整体设计。他的研究好像是一个什么菜都种的大菜园，凡是德曼文章中讨论过的人物和理论都不放过，虽然显得材料齐全，但面面俱到而不分主次，而且这样对每一个在德曼理论研究旅程中出现过的作家几乎平均用力，让读者很难把握住德曼的理论发展脉络。

我们眼中的这两点缺憾也就顺理成章地成为我们努力的方向。我们的研究所设置的目标是从横跨德曼两个研究时期的角度来勾勒德曼的解构主义理论的形成过程并阐释其内容，因此我们选取了德曼公开出版的七部著作中的五部作为我们的讨论对象，而舍弃了《对理论的抵制》（*The Resistance to Theory*）和《审美意识形态》（*Aesthetic Ideology*），因为这两部著作主要是德曼对其解构主义理论思想的实际运用成果，与我们的研究目的关系不大。在研究的设计上，我们拒绝"眉毛胡子一把抓"，坚持从德曼理论发展的内在逻辑出发来呈现其发展过程，因而将目光紧紧锁在对德曼的理论发展起到关键性作用的几位理论家——卢梭（Jean-Jacques Rousseau）、荷尔德林（Johann Christian Friedrich Hölderlin）、尼采（Friedrich Wilhelm Nietzsche）、海德格尔（Martin Heidegger）和德里达——身上，力求通过深入阐释德曼与他们的理论关系来清晰地呈现德曼理论发展之脉络。

根据这样的思路，我们将德曼的解构主义理论的发展"史"分为现象学理论时期（大致从 1955 年到 1965 年）、解构主义理论初期（大致从 1966 年到 1970 年）和解构主义理论成熟期三个阶段（从 1970 年至其离世）。本书的第一、二章的讨论涵盖了德曼的《评论文章（1953—1978）》（*Critical Writings 1953-1978*）、《浪漫主义和当代批评》（*Romanticism and Contemporary Criticism*）和《浪漫主义修辞学》（*The Rhetoric of Romanticism*）三部著作中的相关文章，试图揭示德曼在现象学理论时期遇到的困难、找到的方法以及相应的突破。德曼的学术生涯起步于浪漫主义文学研究，其深厚的欧陆哲学修养帮助他一下子就抓住了浪漫主义文学中的存在困境问题，但也同时让他陷入了"存在的诗"和"生成的诗"的对立中而一筹莫展。在这个阶段，荷尔德林的浪漫主义观和海德格尔的现象学理论帮助他解决了这个对立，使他逐步摆脱了形而上学的二元对立思想，为他进入解构主义阶段奠定了基础。本书的第三、四章主要讨论德曼《盲识与洞见：论当代批评之修辞》中的主要文章和《阅读的寓言：卢梭、尼采、里尔克和普鲁斯特的修辞语言》的前半部分，这些构成德曼解构主义理论初期的主要观点。在这部分我们的主要论点是，德曼构建解构主义理论的工作是一个先"破"后"立"的过程：先是从反面对以海德格尔为代表的现象学理论进行了"破解"，然后依据尼采的观点来"确立"解构式的语言修辞理论。这个阶段是德曼主动上门与诸多欧美理论群雄"对殴"的精彩过程——他提出的"盲识与洞见"的解读模式就是最直接的成果。但是我们以为，这场刀光剑影背后德曼获得的最大成果是他将从海德格尔那里借鉴来的理论运用到与群雄的对战中，又领悟出了突破海德格尔现象学的思想。这种突破的顶点最后定格为他和德里达的交锋。德曼终于将"盲识与洞见"这个带有浓厚形而上学意味的理论模式延伸到解构主义修辞模式上，并且借用尼采的理论资源较为系统地将此语言修辞理论模式确定下来。本书最后的第五、六章讨论的自然是德曼解构主义理论成熟期的观点，但覆盖的只是《阅读的寓言：卢梭、尼采、里尔克和普鲁斯特的修辞语言》后半部分的六篇论卢梭的文章，而且每一篇都作为一节单独讨论。在这个部分，德曼似乎已经收敛了那种咄咄逼人的理论攻击性，像是一个人面对着卢梭的文章在自说自话，但显得更为晦涩费解。在前三篇文章中，德曼揭示的是解构主义视角下语言的认知体系；在后三篇中，则是解构主义视角下语言的行为体系。如果前者带有反直觉和反人性的色彩，后者则是倍加如此。颇为吊诡的是，两个体系之间存在着既不相容又无法分离的关系。

回过头来看，我们的研究其实可以看作是对下面三个问题的回答：德曼为什么需要海德格尔？他在受益于海德格尔之后为何要挑战海德格尔？他的挑战成果是什么？这三个问题的答案合起来就是我们心目中德曼理论发展的"历史"。简单地说，德曼在研究浪漫主义文学初期遇到的"存在"与"生成"之间的对立问题迫使他寻找新的理论资源以走出形而上学的陷阱。海德格尔就是这个资源。海德格尔的阐释学理论以及关于时间和主体的理论给予德曼的浪漫主义研究一种全新的视角和启发，他甚至想借用海德格尔的"时间"来命名浪漫主义文学的核心秘密。不过，卢梭和荷尔德林以及德曼自身的文学批评实践让他坚信"时间"具有一种逆转和断裂的结构。最终他迈出了其理论发展历程中从"时间"转移到"语言"这关键性的一步：用"寓言"和"反讽"来改写这个"时间"结构。接着，德曼便从尼采和卢梭那里发现了"语言"的秘密：语言是一部不受人控制的生产机器。

最后，我们想就在第二章集中讨论过并散见于其余各章的一个关键词"过渡"（passage）多说两句。我们以为这是领会德曼理论的一条捷径。如我们在第二章所谈的，德曼认识到海德格尔《存在与时间》中的关键点在于"非本真"意识向"本真"意识的"过渡"，而法国哲学家马里翁（Jean-Luc Marion）也揭示出海德格尔的"此在"就是一种"存在"与"存在者"之间的"过渡"，并且我们知道"此在"的本质就是"时间"。这些构成了德曼用"语言"改写"时间"所依赖的秘密的理论基础。在德曼这里，"语言"（而不是"此在"）成了最好的"过渡"：它不仅是显现之物与隐匿之物、超验世界与经验世界之间的最佳"桥梁"，而且它自身就是"过渡"的目标。"语言"不仅是道路还是真理。同时，"过渡"既是个名词也是个动词，这对应了德曼将语言视为认知体系（记述功能）和行为体系（施为功能）的合一。此外，从文学理论的角度来说，"过渡"是对形式／内容、文本／世界和作者／读者等诸多形而上学二元概念的"解构"。在以上这些意义上，如果我们能够领会"过渡"这个词，就可能会较好地体会到德曼理论的玄妙之处。

# 目　录

**001 第一章**

浪漫主义研究的困境及出路

**005** 　　第一节　困境初显：象征主义的两个面向

**008** 　　第二节　问题深化：与海德格尔初次相遇

**019** 　　第三节　问题出路：超越主客二分模式

**037 第二章**

它山之石——德曼与海德格尔

**041** 　　第一节　重思海德格尔理论

**049** 　　第二节　超验的主体

**063** 　　第三节　语言阐释的时间结构

**083 第三章**

从时间到语言

**085** 　　第一节　盲识与洞见

**097** 　　第二节　时间的修辞

**112** 　　第三节　修辞的盲识

**129　第四章**

尼采的语言观

**131**　　　第一节　语言的"破绽"

**154**　　　第二节　尼采论语言作为转义

**168**　　　第三节　语言作为劝说设置

**175　第五章**

作为认知的语言

**178**　　　第一节　语言的"诞生"

**195**　　　第二节　自我的语言模式

**211**　　　第三节　阅读的寓言

**225　第六章**

作为行动的语言

**227**　　　第一节　语言作为判断

**238**　　　第二节　语言作为诺言

**252**　　　第三节　语言作为辩解

**271　结束语**

道路就是目标和真理

**275　引用书目**

**281　后　记**

Chapter 1

# 浪漫主义研究的
# 困境及出路

第一章

在写于 1955 年的《内在的世代》(*The Inward Generation*)中，德曼提出这样一个观点："如果我们将历史的视角扩展到足够远，而将浪漫主义纳入进来，那么当今的思想状态就显得更为清楚了。人的内在意识和非他所是的总体之间有着深深的分裂，对此分裂的认识在 1800 年之前当然就已经存在了，不过在那个时间前后才凸显出来。随之而来的难以忍受的张力，要想克服它，必须将它以某种形式显化出来。"[1]

这段话隐含了三层意思：(1)人类的存在面对着一种自古以来的危机，即自我意识与所处世界的分裂关系。这种危机意识也许早在古希腊时期就已经存在了，但直到 1800 年前后的浪漫主义时期才成为一个主题，或明或暗地主导了西方人的思考，一直延续至今。这是人类的一个永恒主题。德曼从一开始就很敏锐地抓住了这个主题："人们可以令人信服地与德国哲学家海德格尔一同争辩说，这是一个本质性的经验，整个

---

[1] Paul de Man, *Critical Writings, 1953–1978*, edited by Lindsay Waters, Minneapolis: University of Minnesota Press, 1989, pp. 14–15. 凡引自该书处，下文中皆夹注为"(CW，页码)"。

西方诗歌和思想均源于此，或者更激进一点说，人们可以和黑格尔一道宣称，分裂是所有人类意识的开端。"①对于德曼来说，这是一个基本事实，构成他研究的起点。（2）这种分裂关系是一种折磨着人类几个世纪的痛苦体验，从这个意义上来说，一切人类创造性的活动，尤其是哲学、文学、艺术等人文学科的活动都是对此难以承受的反应。换言之，人类几千年的思想形态，虽千变万化，但皆源于此。（3）为了克服这种因存在分裂而产生的痛苦体验，首先要做的就是将此分裂状态赋之以形，否则就无从下手解决问题，就好比为了战胜敌人，需要让敌人先现身，和敌人照面，才能击败敌人。简而言之，这三层意思就是德曼文学研究的起点和指导思想，可以概括为一句话：将文学作为人类对存在危机的一种反应形式来研究。

既然认识到存在危机是人类面对的第一课题，而对此危机的意识开始显明于浪漫主义时期，那么德曼作为文学研究者选择浪漫主义文学作为其研究对象，就再自然不过了。不过，在德曼眼中，浪漫主义不仅仅是狭义地指 18 世纪末到 19 世纪中叶那段时间，而是可以一直覆盖到 20 世纪 20 年代现代主义的兴起，甚至连现代主义也可算作浪漫主义的一种表现，因为人类的存在危机意识发端于浪漫主义，一直到如今都没有解决，所以 19 世纪和 20 世纪的思想史，"都是浪漫主义和唯心主义思想传统的一部分"②，如果不这样来看待现代主义，这将是一种"被错误认知的现代主义"（BI, 52）。从这个广义的角度来说，德曼在 20 世纪 50 年代既

---

① Paul de Man, *Romanticism and Contemporary Criticism*, edited by E.S. Burt, Kevin Newmark & Andrzej Warminski, Baltimore and London: The Johns Hopkins University Press, 1993, p. 208, Notes 7. 凡引自该书处，下文中皆夹注为"（RCC，页码）"。

② Paul de Man, *Blindness and Insight: Essays in the Rhetoric of Contemporary Criticism* (2nd edition), Minneapolis: University of Minnesota Press, 1983, p. 52. 凡引自该书处，下文中皆夹注为"（BI，页码）"。

研究马拉美、波德莱尔等现代主义作家，同时研究济慈和荷尔德林这样的经典浪漫主义作家就不奇怪了。在研究这些作家的过程中，德曼发现，借助以黑格尔的理论为代表的形而上学理论和方法来研究存在分裂这个千古难题会遇到难以克服的困难，因而在研究思路和方法上亟须突破，而这个新的突破口就是海德格尔的现象学理论。首先让我们来看看德曼在浪漫主义研究中遇到了哪些问题。

## 第一节　困境初显：象征主义的两个面向

德曼在写于 1954 年至 1956 年的文章《象征主义的两个面向》（"The Double Aspects of Symbolism"）中指出，继承了其前身浪漫主义的问题意识，象征主义诗人从一开始就敏锐地意识到了自身与非他所是的一切，包括自然物、他人、神祇和上帝之间存在根本上的分裂。这种分裂具体表现为自己的意识想要去捕捉自身之外的某物时，总是无法成功。从诗歌语言的角度来说，这意味着语言所命名或呈现的各种事物与这些事物本身不相符。语言（逻各斯）无法与它所要表现的这个世界重合，语言不能"是"（to be）它所命名之物，而只是事物的符号或者象征。这里需要注意的一点是，这样的认识需要分两层来理解：第一层是意识与意识之外事物的分裂关系；第二层是语言与意识之外事物的分裂。象征主义笼统地说语言与事物的分裂关系，显然暗含着一个预设，即语言是意识的工具。这一点恰恰是德曼以后要解构的。

一旦象征主义诗人们体会到了这种分裂的痛苦，他们就要想方设法克服它。德曼发现他们有一个共同应对方法："如果诗人发现自己处在这种分裂和孤独的状态，他的意识与自然世界的统一状态相割裂，那么他第一个自然的本能反应就是把诗歌语言当作手段来恢复这种遗失的统一状态。"（RCC, 151）这样的思路预设了两点：其一，大自然是自我统一的存在状态，与大自然统一就是与存在统一；其二，诗歌语言可以作为象征来融合分裂的两者。简言之，诗歌语言不仅呈现自然世界中的万物融合，而且可以让精神世界与物质世界相互融合统一。

不过德曼的研究表明，象征主义对此问题其实存在着两种不同的思路："如果波德莱尔的诗歌可以称作是存在的诗（a poetry of being），马拉美的则可称为生成的诗（a poetry of becoming）。"（RCC, 161）波德莱尔的诗之所以被称为"存在的诗"，是因为他一方面相信有一种万事万物和谐统一的状态，虽然我们无法直接通达此状态；另一方面他认为我们完全可以通过想象力的活动来通达此状态，而想象力所要凭借的就是象征了。所以，在波德莱尔那里，所谓的象征主义就是使用语言来重新发掘存在于想象领域当中的万物融合的存在状态。不过，波德莱尔的想象有一个特点，就是在这个想象的领域中，不同的实体可以相互打通壁垒而达到连通状态，而人的意识在此过程中则要做出牺牲，从而达到"物我两忘"之融合境界，但归根结底是以牺牲人的意识为代价的。

德曼认为，与波德莱尔相反，马拉美在"生成的诗"中虽然也表现出与存在统一的渴望，但认为除非通过"非存在"（non-being），否则就不能够表达或通达"存在"。对此德曼特别指出，其实质就是只有当人们体验到了死亡，才能表现出与存在合一的状态。因此，实现与存在相合一状态的象征只不过是一种面具而已。也就是说，如果波德莱尔向往的是与存在不经中介而直接的相连，那么马拉美则恰恰是要抛弃这种与存在直接相连的状态，因为他意识到这种直接相连的状态实际上超越了语言，超越了意识，反而成了对语言和意识的毁灭。他所主张的诗歌行为就是通过思考与主体相异的客体，将客体的这种他者性转化成一种认知并表达于语言中，诗歌因此不是主体与客体相合一之处所，而是主体在对客体进行反思后返回自身以达到认识自身的最终目的。显然在马拉美那里，语言就不是两个原本分裂的实体之间等同关系之体现，而是主客体之间的中介物，更准确地说就是包含了主客体对立关系的中介物。所以，德曼认为，在马拉美那里，"如果语言在其极限处，能够成为完美的中介，在自身中包含了自然存在物的本质和主观意识的本质，它就将建立起真正的统一状态，不是人们在波德莱尔那儿获得的那种意识被牺牲掉的统一，而是一种平衡的统一，用黑格尔的话来说，在其中'概念表达了客体，客体表达了概念'"（RCC, 159）。不过，德曼立刻指出，正如马拉美也知道的，通过语言来实现主客体这种程度的融合，这个愿望无法实现，根本的原因在于"自然存在对意识的那内在的优势是如此巨大，以至于所有想要主宰它的企图一开始就注定失败"（RCC, 159–160）。不过，这个失败的过程恰恰就是主体的自我意识向前运动的生成过程，因为每一次的失败都是意识积累知识客体而朝向那绝对存在前进的过程。这显然是黑格尔的意识理论在诗学上的运用。

波德莱尔和马拉美的两种思路从理论上来说无法分出高下，甚至在实践中选择波德莱尔思路的可能还占多数，但是此时的德曼偏爱马拉美，认为马拉美的思路是朝向真理之路的正确起步与开端。道理也很简单。根据黑格尔的理论，在诗人的创作活动中，意识无法完全一次性地掌控客体世界而返回到绝对精神，但每一次意识活动都是意识吞噬和否定部分客体的过程，因此出现这样的结果："那幸存下来的无中介存在的事物被建立起来，但毫无价值，因为它既没有意识也没有历史——它也许根本就不存在；而某种意识活动，即诗歌的意识活动，则暗示有一种可能的未来的诞生，因为它使超越了中介和无中介对立性概念的某物能够持续而永恒。"（CW, 27）当然马拉美本人无法命名该事物，不过有一位被海德格尔大力推崇的德国大诗人荷尔德林曾写过一句著名的诗行，给人以希望：所存留的，由诗人建立起来（what remains, that the poets establish）。那么海德格尔这位大哲学家是否在荷尔德林那里找到了解决问题的钥匙呢？

## 第二节　问题深化：与海德格尔初次相遇

我们在上一节中讨论的问题，只不过是德曼在研究浪漫主义中所遇困境的一个初显而已。马拉美应对存在危机的思路是让主体来征服客体，实际上是以主体或意识为导向的；与之相反，波德莱尔的思路则是让主体去融入客体，实际上是以客体为导向的。德曼的这个研究结果中隐含着一个根本性的大问题：马拉美和波德莱尔的分歧只不过是表面的，两者实际上分享着主客二分这个传统形而上学的基本预设。德曼表明自己倾向于马拉美以意识为主导的思路，但是马拉美的意识仍然是形而上的意识。在主客两端形成闭环的形而上体系中，如果找不到一个突破口，德曼所有的研究将只不过是在其中重复打转而已。所以，存在危机的问题，此时在德曼的研究中就具体体现为主客二分这个宏观的大问题。显然处理这样的大问题不能直奔主题，需要对它加以细化。我们认为，这项工作德曼是在《海德格尔对荷尔德林的阐释》（"Heidegger's Exegeses of Hölderlin", 1955）这篇文章中完成的。

在确立其学界地位的《盲识与洞见：论当代批评之修辞》这部著作的第一个版本中，德曼将《海德格尔对荷尔德林的阐释》这篇文章摆在了末尾。对于这篇文章，有很多不同的解读。我们认为，如果从德曼自身学术成长史的角度来看，分析这篇文章可以使我们更好地认识到德曼在研究浪漫主义文学的过程中逐个解决的问题，并为我们研究他的整个学术发展提供线索。

文章一开头，德曼就针对海德格尔对荷尔德林诗歌的阐释提出了三个大问题：（1）如何看待海德格尔的阐释对荷尔德林研究的贡献；（2）对荷尔德林的研读反过来对海德格尔哲学发展有何影响；（3）海德格尔的阐释方法问题。显然，这三个问题如同一个三明治结构：前两个问题分别是文学问题和哲学问题，而第三个问题则是联结两者的中间层。德曼认为第三个问题是更为要紧的，因为海德格尔在此的方法问题不是简单而孤立的方法本身，而是关系到他的存在论哲学与诗学之间关系的大问题。可以说，从这个起点我们可以看出，从一开始德曼就透露出他的研究兴趣既不是单纯地将哲学成果运用在文学上，也不是单纯地研究诗学本身，而是研究两者的关系[①]。

几乎被整个19世纪遗忘的德国大诗人荷尔德林，在20世纪初就被欧洲学界重新发掘出来，其文集被整理出版。他不但被认为是德国浪漫主义最重要的诗人之一，而且被视为整个西方最重要的诗人之一，因为他的思想被认为是对我们现代人吹起的警醒号角。与此同时，对他作品的阐释却充满了挑战。一方面他的作品意象丰富，节律多变迷人，思想严谨而细腻；但另一方面其文稿多有删改、涂抹，残篇散佚甚多。这两

---

① 我们在下面的讨论中将反复提到，德曼的这个研究视角，其实就是一种"既不是／也不是"的"过渡"（passage）视角。他首先所感兴趣的是两者之间的东西，然后进一步将这个"之间"之物"通道化"。简而言之，德曼的研究模式可以归纳为两个步骤：首先是关注差异，而后对这种差异进行差异化。这个基本的步骤在这篇文章中得到了初步的体现。

方面相伴相随，对准确阐释其作品造成的困难不言而喻。由此而生发出了两种阐释策略："科学的文字学试图找到客观和量化的标准，而海德格尔则以他自己评论的内在逻辑的名义来决定意义取舍。"（BI, 248）

乍一看，海德格尔的阐释方法是一种完全任性而为的"六经注我"式的方法。他完全抛开了文字学的束缚，可以不顾上下文，单独拎出孤立的词语或诗行而赋予其绝对的意义；也可以对任何诗学技巧视而不见，违反文本分析最基本的规则而得出奇怪难懂的结论。然而，德曼以为海德格尔这些貌似任意而为的阐释行为"并不是因为缺乏严谨性，而是因为它们取决于一种诗学，它允许，甚至是要求任意性"（BI, 250）。这种"诗学"，是一种哲学与文学相结合的产物，正是德曼所要探讨与反思的对象。德曼所勾勒出的海德格尔"诗学"的基本框架包含了最根本的两点：（1）"诗歌的本质在于陈述基督再临（the Parousia），即存在的绝对在场（the absolute presence of Being）"（BI, 250）；（2）这个"存在的绝对在场"可以被语言陈述出来。根据这两点，海德格尔认为，荷尔德林配得上是最伟大的诗人，是诗人中的诗人。虽然每一位伟大的思想家都无法逃离存在而不得不身处其中，但因为存在的本质在其揭示自身的同时又不停地遮蔽自身，而使得传统的形而上学者们，包括过去的那些形而上学的诗人，都无法用语言命名存在。迄今为止只有荷尔德林一人做到了："荷尔德林陈述出了存在的在场，他的词语就是在场的存在（Being present），并且他知道这就是如此。"（BI, 250）

如果我们退后一步来看德曼概括的海德格尔诗学的两个基本点，我们就会发现，它们其实可以扩展为环环相扣而缺一不可的四个部分。第一，就是对诗歌（或者扩展而言，文学或艺术）的本质的判断——陈述存在的在场。第二，这个存在的在场可以在语言中表达出来。虽然不幸的是，千万年来只有一位诗人做到了这一点。第三，诗人自己知道他的诗歌语言表达出了存在的在场。这一点，也可以用来区分荷尔德林与其他形而上学者：后者不知道自己在做什么，往往把被遮蔽的存在当作在场的存在，而本真的存在则被当作否定之物而加以排斥，"他们说出了真理却不知道"（BI, 250）。这种"知与行"的一致性是荷尔德林所具有的。第四，其实也是最为隐蔽的，就是这个真理也为像海德格尔这样的哲学家所知道："海德格尔已经穿透了存在的运动过程，能够以存在再临的名义，揭示那显现自身于存在者（being）中的存在在场的意志（the will to the presence to the Parousia of Being）。"（BI, 251）这最后一点，貌似最不相干，但其实是最为重要的一环，因为这是一个环环相扣的见证链条：上帝被耶稣基督表达出来，而若没有基督的门徒们做见证，那么整个的基督教理论将不复存在；同样，存在被诗人荷尔德林的诗歌语言表达出来，若没有像海德格尔这样的哲学家来做荷尔德林的见证，那么这套见证存在的诗学就不可能存在。无论如何，见证是重要的，因为它是呈现真理的方法："如何来保存真理的时刻——这个问题折磨了诗人和思想家，甚至是神秘主义者们，而见证是海德格尔对这个问题的解决之道。"（BI, 252）①

德曼在体贴地为我们阐明了海德格尔的"见证诗学"理论——"海德格尔需要一个见证是可以理解的"（BI, 254）——之后，突然话锋一转，

---

① 在这里要注意到，上面所论的这个诗学的基本框架，是德曼从海德格尔那儿学习来的，虽然我们在下文中会看到他对此的批评与质疑，但是这个基本框架被他自己保留了。比如日后在那篇著名的《修辞的盲视：雅克·德里达对卢梭的阅读》中，他提出了作品 / 读者 / 批评家的阅读结构来为德里达的阅读做解释，以及他坚持认为卢梭知道自己在写什么，基本上就是我们现在所讨论的这个诗学框架。只不过在此处，德曼对语言中的"知与行"的关系提出了质疑，以此来批判海德格尔的诗学，而在日后德曼则对"知与行"在语言中的关系做出了解构式的阐释。这种结构范式的转变作为一个问题，显然在此已经作为一个问题被提出来了。

认为海德格尔之所以选择荷尔德林来做存在的见证，有一个更深层次的原因："这是一个事实，即荷尔德林说出的恰恰就是海德格尔让他说的反面。这个断言只是在表面上自相矛盾。在思想（thought）这个层面上，很难区分一个陈述（a proposition）和构成其反面的东西。事实上，陈述一个反面的内容仍然是在讲述相同的东西，虽然是在相反的意义上。而在这类对话中，让两个对话者成功地说出了相同的东西已经是一项重大的成就了。的确可以说，海德格尔和荷尔德林在说相同的事；在海德格尔的评论中，无论什么人都可以批评，但这些评论的价值就在于准确地引发了荷尔德林作品中中心性的'关注内容'；在这里，它们超过了其他的研究。然而，它们悖逆了他的思想。"（BI, 254–255）① 紧接着，德曼就海德格尔对荷尔德林的名篇《如在节日的时候……》的阐释展开了具体批评。而这些攻击本身恰恰就是德曼在浪漫主义研究中所遇到的问题的细化，也是他今后的研究所要回答的问题。

　　第一个是关于存在的问题。德曼首先质疑的是海德格尔将这首诗中的"自然"等同于"存在"。这首诗表面上看所表现的是诗人伫立在大自然之中的场景，但海德格尔由于一开始就认定这其实表现的是诗人伫

---

① 这一段话并不复杂却常常被人误解。比如马克·弗罗芒－莫里斯评论说："但是，德曼怎么能够断言，海德格尔的确令荷尔德林说出了他实际所说的'反面'？为此我们首先必须知道荷尔德林'真正的'意图何在。像海德格尔一样——虽然在反面的意义上——我们必须得确认荷尔德林的'本意'就是那个意思（那个'反面'）……在这个游戏中，我们冒着什么也不能证明的危险，如果没有一个所指 X 的假定的话。"（《海德格尔诗学》，上海译文出版社，2005 年，第 118 页）其实，德曼的这段话道出了以下两点：（1）海德格尔和荷尔德林拥有一个共同的话题，即存在；（2）两个人就这个话题得出的结论恰好是相反的。简单地说，第一个是关于"什么"（what）的问题，第二个是关于"如何"（how）的问题。德曼的意思是，虽然海德格尔和荷尔德林都在谈论同一个 what，即存在，但对于如何呈现存在有不同的思想：海德格尔认为可以通过语言通达存在，荷尔德林则认为无法通过语言通达存在。在此意义上，德曼才说两个人说了相反的内容，这个相反性存在于"如何"这个层面上而不是"什么"这个层面上。因此，德曼无须确定那作为存在的 X 的所指，就能得出这个貌似自相矛盾的观点。事实上，德曼非常明白，由于要谈论"存在"这个对象有着特殊困难，所以，他所要论辩的内容只能在可以观察的"如何"这个诗学层面上展开。

立在存在中，所以，这个"大自然"必然就不是田园风光意义上的物质性的自然，也不是哲学意义上的那种非意识的状态，而是海德格尔所称的"所有在场者的在场"（the presence of the presents）（BI, 260）。但是，德曼认为，根据黑格尔的观点，这种存在无中介的给予（the immediate givenness of Being），若没有呈现给意识的话，仅仅只是存在而已（"just being"），意思是它既无可能，也无必要将自己建构成逻各斯。因而德曼认为这种存在只不过是"一种无谓之事（a matter of indifference），因为哲学家毫无必要留恋在这原初无中介的怀旧之地，毕竟对此状态一无可言"（BI, 256）。德曼的言下之意是，存在本身是无法言说，也无须言说的。而现在海德格尔不仅认为诗人"言及"了存在，而且"言出"了存在，这似乎是难以克服的困难。我们不难发现，德曼在这里运用了黑格尔的存在观来攻击海德格尔的存在观，这显然不太有效，因为两个人对存在的理解是不同的。

第二个是关于主体与存在的关系问题。在这首诗中，诗人与大自然之间有一种特别的关系。在海德格尔的解读中，存在或大自然教导（educate/erzieht）了诗人，自然是诗人想要直接通达或模仿的状态。而德曼则认为："这个模仿（imitation）不是亚里士多德式的模仿（mimesis），而是浪漫主义的教化（Bildung）：通过对存在有意识的经历来模仿。"（BI, 257）在德曼看来，在这首诗中，自然是与存在连为一体的，诗人则是通过将大自然当作导师来习得存在。这不仅不能证明诗人与存在有着直接的联结关系，反而说明诗人与存在有着距离关系。所以，德曼的结论是，"无论如何，荷尔德林的这段话并没有说诗人居于本体（the Parousia）之中，而只是说这是他生成的原则（the principle of his becoming），就如同在黑格尔的《精神现象学》中绝对者是意识生成的运动原则一样"（BI,

258）。很显然，德曼此时没有摆脱黑格尔的理论模式。我们可以看到，在这个讨论中，问题的实质在于如何看待主体（诗人）与存在的关系。对于这个问题，德曼将从海德格尔那里借鉴关于"此在"（Dasein）的理论。

第三个就是语言与存在的关系问题。在这个问题上，德曼对海德格尔的批判似乎更为尖锐。他紧紧抓住荷尔德林诗文中的一句——"And what I saw, the Holy be my word"——来做文章。德曼认为，荷尔德林所说的是，因为受到大自然的引导，他看见了神圣者，但他并没有说看见上帝，而只是像存在超越存在者那样超越诸神的神圣者而已。如果说作为存在的忠实信徒，诗人在大自然中被呼召而能够伫立在神圣者（存在）的在场中，这一点可以确认而真实的话，那么更重要的问题在于，如何在这之后将这个时刻记录并保存下来。但是，在这句诗中，"他并没有说，the Holy is my word。这个虚拟语气是表愿望的，它表明了祈祷，它标示了欲望。这些诗行述说了永恒的诗的意愿，但也即刻说明了这只不过是意愿而已，并不会因为诗人曾见到过存在就因此而能够命名它；他的词语只是祈祷基督再临，而并没有建构它"（BI, 258）。的确，荷尔德林这句诗中的虚拟语气比较直观地支持了德曼的解读观点，即荷尔德林的诗歌语言并没有记录和保存下存在。因为此时在德曼看来，这是语言的本性所决定的："在它最高的成就时刻，语言成功地中介了我们在存在中区分出的两个维度。它这样做，是试图通过命名它们，寻求掌握和仲裁它们之间的差异和对立。但是，它不能够重新聚合它们。它们的统一是难以言喻的，无法被说出，因为正是语言本身引入了这种差别。"（BI, 259）德曼的意思是，存在中的两个维度——存在和存在者——是因语言的区分和命名功能而显现出来的。因此语言的中介功能就表现为对存在中两个维度的区分而不是聚合。既然语言本身作为中介，不能直接命名和说

　　　　◁┃▷　从时间到语言——保罗·德曼解构主义文论初探

出存在，那么它所能做的就仅仅是"祈祷或斗争，而不能是建构了"（BI，259）。

不过，严谨的德曼并没有完全将海德格尔关于语言与存在之间关系的观点全盘否定。他需要找出其中的关键问题。他注意到海德格尔这样的观点："通过命名存在的本质（Being's essence），词语将本质内容（the essential）与非本质内容（the non-essential）（或者说绝对者与偶存在）分离开来。而且因为它分离，它也就决定它们之间的争斗。"（BI, 259）德曼认为，一方面这样的区分的确因为语言发生了，但是另一方面，从根本无须中介的存在的角度来看，这种区分的实质是语言将无可言喻之物（存在）与被命名者（存在物）区分开来，这等于是在毁灭前者。所以，与其说语言在区分双方并且决定双方的争斗，还不如说它在维持着这个争斗，因为一方面作为绝对者或本质者的只能是生成的目标而永远不会达到，另一方面，语言将这种争斗关系转入了自身之内。这也就解释了为什么语言是一种不断更新的媒介。这番解释其实暴露了德曼仍然在使用黑格尔的理论曲解海德格尔的理论。他首先仍然将海德格尔的"存在"等同于黑格尔的"绝对精神"，然后用"绝对精神"不断在意识（语言）生成的过程中来理解"存在"。奇怪的是，这种张冠李戴却使得他引用了海德格尔下面这段评论荷尔德林诗歌的话："大自然必须保留这个敞开（opening），必死者和不朽者在此相遇。这个敞开代求，去创造所有真正的存在物之间的关系。真实者只有通过这种代求才构造而成，因此就是一个被中介之物。这样被中介的恰恰也就是中介的力量。但是敞开本身，它允许所有的从属关系和同时关系（relations of appurtenance and simultaneity）的存在，并不来自中介。敞开本身就是无中介者。无论是神还是人，没有中介之物可以立刻抵达这个无中介者。"（BI, 260）德曼认为这样的理论阐释还是符合荷尔德林的哲学观点的，清楚地讲明了中介的必要性。但是，接下去海德格尔有这样的一段话："在一切事物中在场的东西，将所有相互孤立的在场物聚集在单一的在场中，并且代求允许每一物显现自身。无中介的全在（all-presence）就是为一切必须通过代求而被显现的东西进行代求的力量，即为一切中介的物。但是无中介者，它永远不能被中介；严格地讲，无中介就是代求，即中介的中介特征，因为它允许中介存在，'大自然'就是这个中介，它中介了一切，它就是'法则'。"（BI, 260）

德曼认为，在这段话中，海德格尔是自相矛盾的，因为虽然无中介者可以作为正面的推动要素出现，但是它怎么可以和中介等同呢？因为中介只能是在绝对者和偶在者之间的第三者，它能够容纳相互排斥的双方，即"说无中介者包含了中介者的中介的可能性，是因为它允许它存在，这是对的；但是，继续得出结论说因此无中介者自身就是此中介性的代求，那就不正确了"（BI, 260）。除非，海德格尔可以证明如下观点："the intercession，即语言，就是无中介者本身；法则，即做区分的语言，就是 the intercession，就是无中介者或存在本身：一切都统一在存在的层面上。通过说出法则，诗人就说出了神圣者；它显得混乱，只因为我们对存在的遗忘。"（BI, 261）但是，在德曼看来，荷尔德林的诗歌并不支持这个结论。尽管在他的诗歌中，荷尔德林以各种名称来命名绝对者和偶在者这两极，比如自然／艺术、混乱的／有机的、神圣／人性、苍穹／大地，但是荷尔德林只是说出了无中介的神圣者与中介者之间的差异，而且这中介者出自无中介者，却不再居于其中了。因此，总的来说，德曼这样认为荷尔德林："当他（荷尔德林）在叙说法则时，诗人并没有说出存在，不过，更是在说对一种秩序之外任何事物命名的不可能性，这种秩序在其本质上就是与无中介的存在相区别的。"（BI, 261）在这里，德曼其实对海德格尔的理论缺乏正面和深入的把握，对荷尔德林的理解也是欠缺的，因为他仍然用传统形而上学的二元对立的方法来看待语言问题。

第四个是语言与死亡的关系问题。虽然德曼对海德格尔理论上的挑战不能成立，但是他从文学批评家阐释的角度提出的问题是值得深思的。比如，他认为海德格尔故意对荷尔德林诗歌中关于塞墨勒（Semele）之死和狄俄尼索斯之生这个神话传说的半节诗行不加评说，其实就是因为难以对其理论自圆其说。而在德曼看来，这是因为，通过诗人所产生的大自然的觉醒不是存在的显现，而是历史在进程中的苏醒。因为虽然诗人无法直接言说存在，但是他能够唤醒存在的间接行动，因为他已经在中介性的关系中体验到了神圣者。也就是说，诗人承担起了确保存在与对存在的意识之间的中介这个超人般的重任。但是，这个重任同时也意味着一种超级牺牲，因为将存在恢复到意识是以必然否定其难以言喻的全在与获得有限和异化的此在的特征为代价的。而诗人对此必要性是很清楚的，但对于那些还没有达到这个阶段的意识的人来说，这仍然是以一种悲伤的外貌出现的。所以诗人不仅要承担起这种伤悲，而且要通过他自己那超越死亡的牺牲，来赋予其榜样和警告的力量。

德曼还注意到这里存在着一种内在的张力关系。因为所谓的内在的死亡，即一种自然的意识被超级的意识所超越的状态，一开始是以一种人的悲伤来加以思考的。然而，对此悲伤的内在经历是远远不够的。所以，在后面一个版本中，荷尔德林加入了"suffering the sorrows of a God"和"the sorrow of a mightier one"这样的诗句。这意味着这里的死亡已经被转化并提升到更高的层面，这其实在海德格尔那里也可以看到。所以，对于我们人来说，我们只能在有限的人的悲伤中来思考死亡；但是，在诗歌的词语的范围内，我们能够以神的死亡的形式来思考一种神圣的悲伤。诗人的工作变成了思考上帝之死，内化这种悲伤的工作。虽然德曼在此只不过是简单地提到了这两种死亡的现象，但是这为以后的思考埋下了线索。不管怎样，这里存在着两种死亡，它们和语言的关系问题恰恰也是德曼日后所要讨论的。

第五个则是德曼从上面的问题中所归纳出来的诗学结构问题。不论德曼对海德格尔的阐释有怎样的批评，他还是认为海德格尔和荷尔德林对存在的思考是对立的两种态度，"不过这两种可能的态度的相遇有可能构成一种合理有效的诗学的中心"（BI, 263）。具体说来，这个诗学的中心就是"如何来阐明一种处理无可言喻者和中介者之张力关系的语言。无可言喻者要求这种直接的符合性和盲目的暴力性的激情，海德格尔就是以此来处理他的文本的。另外，沉思意味着一种反思，它倾向于一种尽量具有系统性和严谨性的批评语言，但并不着急去做肯定性的陈述，这只能在长远中实现"（BI, 263）。从这段稍显含混的结论中，我们可以看见德曼在讨论象征主义诗歌时所归纳出的两个面向的模糊影像。如果在象征主义诗人那里所呈现的结构是以波德莱尔为代表的对大自然的激情满怀的拥抱和以马拉美为代表的对大自然的疏离这两种结构之间的对话，那么现在这个大自然显然已经被替换成存在，对存在也具有这样两种关系结构。而一种未来的诗学则是这两种关系结构的对话或相遇。这其实也正是德曼日后研究的雏形：他所要处理的是存在问题，但对于存在问题有两种态度或方法——与存在完全融合，与存在具有反思的间距。这两种态度或方法可以相遇或对话，在此过程中会产生新的诗学。这就是德曼解构主义诗学的雏形结构。

## 第三节 问题出路：超越主客二分模式

在上面两节中，我们已经看到，德曼在 20 世纪 50 年代浪漫主义研究中的根本困境其实就是他的思维模式仍然囿于主客二分模式，在这个二分模式之下又派生出关于主体、语言、死亡与存在等无法在此模式下解决的诸多问题。所以，要想突破这个困境，根本的出路就是要打破这个主客二分模式。在这一节中，我们将看到，德曼的这个突破形而上学主客二分模式的过程分两步来完成。第一步是严格区分意识主体与自然客体存在模式的差异，第二步是在此差异基础上获得超越主客关系的新模式。

浪漫主义研究一般将卢梭看作是浪漫主义的源头，因为在人们的心目中卢梭的形象具有这样一个特点，即一方面他在自身的历史当下生活，另一方面又与现实疏离。这显然就是在浪漫主义时期突显出来的存在危机感。卢梭不仅敏锐地感知到这种危机，还想方设法来减弱这种危机造成的痛苦与折磨。卢梭寻找到的解决这个危机的方法就是求助于想象。在想象中，卢梭构想出展现完美的统一与和谐的意象。浪漫主义研究者们普遍认为，卢梭的意象在意图上是泛神主义的（pantheistic）："这种统一的本质寓于自然客体当中。正是从与自然统一的经验这种虚构的记忆当中，正如据说存在于人类文明的初始或青春期那样，一种永恒统一状态的象征便获得了。"[1] 也就是说，卢梭之所以被认为是西方浪漫主义的

---

[1] Paul de Man, Amalia Herrmann, John Namjun Kim, Hölderlin and the Romantic Tradition, *Diacritics*, Volume 40, Number 1, Spring 2012, p. 110.

鼻祖，是因为他既是最早敏锐地感知到存在危机的人，又是最早为解决这个危机指明方向的人。卢梭为解决这个存在危机提供的方案就是，在承认"人类在发展历史中与原初文明的源头是分裂的"这个事实的同时，积极地通过想象来寻找这个失去的世界。一般的浪漫主义研究者们认为，卢梭以及其后的浪漫主义作家们都主张，只有从自然客体对象出发才能找回这个以统一与和谐为特征的世界，因为大自然被认为是自我统一的，而且人在自己的童年时期也是与大自然相和谐统一的，虽然这已然是遥远的过去。比如，我们在前文中曾谈到"存在的诗"与"生成的诗"，作为解决存在危机的两种不同的思路，它们的共同点是对主客二分的形而上学预设。而这个预设的一个具体表现就是双方都将自然客体当作效仿与追求的目标，都认为至少可以通过语言来实现与自然客体的统一和谐关系，这样就可以实现与存在的和谐统一关系。将自然或自然客体当作存在的代理，认为融于自然就是与存在相容，这种思想一直被认为是浪漫主义文学思潮的一个特点。德曼对此提出了挑战，认为其实在浪漫主义者思想的深处，主体与客体根本就是两种截然不同的存在形态，因此两者无法互通，更无法融合。所以，为了澄清意识主体的存在与自然客体的存在具有不同的模式，同时也为了证明这个观点在浪漫主义文学中早已存在，德曼写出了《浪漫主义意象的意图结构》（*Intentional Structure of the Romantic Image*, 1960）这篇文章，从而走出了摆脱主客二分模式的第一步。

德曼写文章总是胸怀大问题，但往往从文本的不起眼的细微处入手展开讨论。这篇文章也是如此。德曼主要围绕着荷尔德林的《面包与美酒》（"Brot und Wein"）第五诗节中的一行诗——"现在，现在词语必定为此像鲜花一样绚丽绽放（Nuns, nun müssen dafür Worte, wie Blumen, entstehen）"展开他的思考。在分析这句诗之前，德曼特别要让我们注意

从时间到语言——保罗·德曼解构主义文论初探

到，在诗歌中，语言的作用与日常使用的语言不同。诗中的语言不是为了作为符号来标识事物，而是为了命名："诗人知晓命名的行为……暗示了向源头的回归。"①而这句诗中的德语词 entstehn 就是英语中的 originate（起源）的意思。因此，如果用大白话来改写一下，这句诗的意思就是"词语的起源如同鲜花的起源"。这个比喻结构表明，"词语"与"鲜花"的相似性不在于其本质或同一性（identity），也不在于它们可类比的表象（appearance），而是两者起源（originate）的方式。也就是说，荷尔德林这句诗所含的隐喻不是出于两个实体的相似性，而是出于单一并特别的起源的经验。这显然与一般的比喻结构不同。

那么，作为自然客体的花朵是如何起源的呢？我们都知道，作为自然物的花朵自大地上生长而出，不需要模仿别的事物，也不需要与任何事物进行类比，只遵从自身的模式而存在，因此它们才被叫作自然物。而德曼则指出，之所以称它们为"自然客体"，那是因为"它们的源头只是由它们自身的存在所决定的"（RR, 4），它们的"生成"（becoming）完全与它们的起源的模式重合，也就是说，"存在与本质在它们中一直重合"（RR, 4）。简单地说，这就是一种以同一性为特征的存在模式。相对于自然物的这种同一性模式，用语言来表达的意识则具有完全不同的模式，因为"我们只能通过差异（difference）来理解起源：本源（source）涌现，是由于需要到达别的地方或者成为与现在不同的别的东西。'起源'这个词，带有间离（distancing）的前缀，将起源等同于否定和差异"（RR, 4）。简言之，主体意识的存在是以差异性为特征的。既然像花朵这样的自然客体

---

① Paul de Man, *The Rhetoric of Romanticism*, New York: Columbia University Press, 1984, p.5. 凡引自该书处，下文中皆夹注为"（RR，页码）"。

是自我同一的，而词语表达的意识是自我差异的，那么这两类实体的存在就代表着两种不同的起源模式。因此，在德曼看来，荷尔德林的这行诗其实很清楚地表明两点：（1）诗人梦想着自己的词语也能够如同花朵那样直接通达自己的源头——这也是通常人们从浪漫主义作品中觉察到的意图，所以这种比喻所蕴含的自然客体意象（花朵）只不过是诗人借此来表达对已然失落的自身的源头那浓郁的怀乡之情而已；（2）这种怀乡之情反过来证明了自然客体和意识主体具有截然不同的存在方式。如果说自然客体自源头起就是自我同一的，那么，"诗歌语言只能一次又一次地起源；它总是构成性的，能够无视在场而进行设置，但也是因为这相同的原因，所以无法给它设置一个根据（foundation），除非作为一种意识的意图（intent of consciousness）。对于思维，词语总是一种自由的在场（a free presence to the mind），这种方式使得自然客体的永恒性可以被质疑，并因此在永无止境地扩大的辩证法的螺旋中一再地被否定"（RR, 6）。德曼的这段论述极其简练地阐释了以语言为载体的意识主体存在的特点。简言之，作为人类意识工具的语言，因为自身与其源头先天的分离关系，只能一次次设置自己的源头，又一次次地否定它，这个过程其实也就是意识和语言对自然客体的辩证否定过程。不难看出，此处德曼的观点比起在第一节中关于"存在的诗"和"生成的诗"的区分有了很大的推进，因为他坚定地区分出了主体意识与自然客体在存在方式上的差异，这样就使得以客体来融合主体（"存在的诗"的方式）和以主体来融合客体（"生成的诗"的方式）这两种解决存在危机的策略从根本上都无效了。这一方面是对自己之前的研究发现的否定，因为他在1955年的文章中明确地赞成其中的一种方式；另一方面，这也在客观上促使其要寻找彻底地摆脱形而上学主客二分的思维模式的方式。

我们认为，在 1965 年前后，以这一年发表的《荷尔德林诗歌中卢梭的意象》( *The Image of Rousseau in the Poetry of Hölderlin* ) 为标志，德曼找到了突破主客二分模式之路。在这篇文章中，他将荷尔德林和海德格尔这两大资源无缝对接，从而做出了他关于浪漫主义文学研究的总结性的成果。这篇文章同时也表明他的浪漫主义文学研究将告一段落，解构主义研究的新阶段将拉开序幕。不过，在正式对德曼这篇重要的文章进行阐释之前，我们有必要先来看看他在 1958 年发表的一篇题为《荷尔德林与浪漫主义的传统》("Hölderlin and the Romantic Tradition") 的文章。这是德曼的一篇重要性被忽视的大作。在我们看来，这篇文章是德曼整个浪漫主义研究中最具转折性的文章，它表明德曼的浪漫主义研究视角和视野一下子被荷尔德林提升了。若没有 1958 年的这篇文章，我们将很难想象德曼会在 1965 年写出《荷尔德林诗歌中卢梭的意象》。

　　从研究的内在进程看，在研究了荷尔德林诗歌中自然客体（花朵）的意象之后，再对其中作为主体的人的意象进行研究，完全是合乎逻辑的。因此德曼注意到在荷尔德林诗歌中屡屡出现的卢梭意象也就是顺理成章的事了。不过这一次，德曼不是从意象的结构来思考荷尔德林作品的浪漫主义意义，而是从文化和思想根基深处来考察浪漫主义的特点，从而辨析出欧洲浪漫主义所具有的与传统所见完全不同的面孔。德曼认为，虽然荷尔德林与当时的德国文人一样对古希腊及其文化有着强烈的兴趣，但是他对古希腊思想有着更为清晰的认识。荷尔德林认识到，古希腊人与现代西方人之间有着优势与长处对称互补的关系：现代西方人不曾拥有而渴望之物乃是古希腊人自然而然拥有之物，反之亦然。具体来说，因为古希腊文化中有一种现代人所渴望而不可得的泛神主义精神，所以古希腊人能够轻易地用语言瞄准真实而自然的客体。就好像古希腊的运动员能够通过长跑到达其目的地，古希腊武士能刺穿其敌人一样，古希腊人的语言能以相同的准确性通达其命名的客体对象，从而达到与自然客体融为一体的美学效果。遗憾的是，他们缺乏强烈的自我意识。而现代西方人恰好与之相反，拥有强烈的自我意识，却失去了那种与自然客体相统一的精神和语言能力。所以，现代人羡慕古希腊人的那种泛神主义，哀叹与自然的分离，这些当然就是我们在上文中提到过的存在危机的表现，是现代西方人思想和文化的主题。而对于古希腊人来说，这个主题是难以想象的。古希腊人所缺乏并艳羡的是一种自我反思的能力，这种力量恰恰是现代人天然具有的。这样就产生了一种很有意思的文化现象：现代西方人的作品中到处充斥着对与自然融合的赞叹的主题，而在实际中与自然的融合是西方现代人所缺乏的；在古希腊的作品中则显示出清晰的表达结构和强烈的自我反思精神，而这种自我反思能力在现实中也是古希腊人最缺乏的。所以在荷尔德林看来，古希腊人辉煌的文化固然令人羡慕，但现代西方人不用过度嫉妒羡慕古希腊人可以自然而然地与大自然融为一体的状态，因为那毕竟不属于我们；相反，现代西方人应该"牺牲对非我之所是的欲望，而去增强我们思维中的清晰与洞见（clarity and insight）"（RCC, 163）。根据这样的思想，德曼认为荷尔德林所呈现的卢梭的形象不是传统浪漫主义研究中那位抒发古之幽情的泛神主义的代表了，而是一位现代西方人历史进程开端的代表，"他身上带有一种新的统一融合的应许"①。那么，这个新的融合到底是什么呢？

德曼认为，荷尔德林在《莱茵河》这首诗第十一节所呈现的卢梭形

---

① Paul de Man, Amalia Herrmann, John Namjun Kim, Hölderlin and the Romantic Tradition, *Diacritics*, Volume 40, Number 1, Spring 2012, p. 116.

象体现了这种新的融合。在这首诗第十一节的前三行中首先出现了天空和大地意象的对立，然后是"卢梭"的形象与"大地之子"的对比："卢梭"在天空的重压下劳作，而"大地之子"则轻易地被他们的大地母亲所接纳。德曼分析说，此诗中大地被称为"大全"（All），其实暗指泛神主义的口号"一寓于大全"（One in All）。因此，"大地之子"指涉的就是古希腊人，他们能够与山川、岩石、树木等大自然客体融合统一。与之相反，"卢梭"这个形象则不是与大地上的万物相联系的，他不羡慕古希腊的那个掌管树木、田地和羊群的潘神，而是努力向上与流动的苍穹相联结与融合，这就是一种新的融合。而这个透明和流动的苍穹就是人类意识，与物质性的自然客体完全相反。其实，卢梭在《一个孤独的散步者的梦》的第五篇"遐想"中有可以佐证这样一种意识状态的一段话："在这样一种情况下得到的乐趣，不在于任何身外之物，而在于我们自身，在于我们自己的存在，只要这种状态继续存在，一个人就可以像上帝那样自己满足自己。排除一切其他欲念而只感到自身的存在，这本身就是一种非常珍贵的满足感和宁静感。单单这种感受就足以使一个人对自己的存在感到可贵和可爱，并知道如何消除一切来不断分散我们的心力和干扰我们在世上的乐趣的肉欲和尘世杂念。"[①] 这是一种自给自足的、不借助于外物的类似主体自我意识的自我统一状态。如果"卢梭"的形象暗示的就是这种状态，那么我们就完全可以说在荷尔德林的诗歌中，"卢梭"这个形象所体现的新的融合迥异于古希腊人那种与自然客体相融合的模式。

　　比起他在《浪漫主义意象的意图结构》中的观点，德曼的这种解读

---

① 卢梭著，李平沤译，《一个孤独的散步者的梦》，北京：商务印书馆，2008年，第67页。凡引自该书处，下文中皆夹注为"（《散步者的梦》，页码）"。

显然有了进一步的发展。因为在上面我们曾论及，虽然德曼证明了主体意识和自然客体有着完全不同的存在模式，但是那个结论主张的是自然客体可以自我统一，而主体意识只能将这种自我统一的状态作为一种意图来加以设置，只能在一次次螺旋式地否定自然客体的过程中不断地接近那无限的绝对精神。而根据我们在前文中的论述，达到这个绝对精神所要付出的代价就是死亡。现在，无论是荷尔德林诗歌中的"卢梭"形象，还是卢梭本人的"遐想"独白，似乎都在支持一种新的意识状态。这种用卢梭自己的话来说"像上帝那样自己满足自己"的意识状态显然不是一种死亡状态，这是一种截然不同于主客两极对立系统中的主体意识。现在，德曼敏锐地在荷尔德林的诗歌中读出了这种意识状态的可能性。那么，该如何来理解这种可能的意识状态，一种与自然的和谐统一状态迥然有别的存在状态？为了具体地回答这个问题，德曼写下了《荷尔德林诗歌中卢梭的意象》这篇重要的文章。

关于"卢梭"意象，德曼在《荷尔德林诗歌中卢梭的意象》中直接这样评论："这是一个关于他的问题。他不仅以自己的方式超越了古希腊人的辉煌，而且将西方的命运引向一种人与诸神新的结合（a new marriage of men and gods）。"（RR, 37）这句话对"卢梭"意象在荷尔德林诗歌中的意义做了新颖且精准的评价，在我们讨论话题的语境中隐含了两层意思：其一，"卢梭"意象代表了对古希腊那种通过与大自然融为一体来克服存在危机模式的超越；其二，这种超越体现为与诸神"新"的结合方式。这个"新"——体现为"卢梭"在《莱茵河》中在天空之下劳作但有别于大地之子——到底是什么？为此，德曼结合荷尔德林的《莱茵河》这首诗提出了三个概念来加以解释。

第一个是"神圣者"这个概念。德曼指出，在荷尔德林那里，"神圣者本质上是基督复临，一种包容和支撑所有其后出现的两极对立者（polarities）的全在（all-presence）"（RR, 32）。德曼总结道，在荷尔德林那里，神圣者有这样两个特征：（1）对于每一种地上的实体（earthly entity）而言，神圣者虽然没有片刻放弃其全然在场，但必然处在一种缺席（absence）或掩蔽（concealedness）的模式中。（2）从质的角度来看，神圣者贯穿万物，无论是自然还是人，都有神圣者同在，不会出现厚此薄彼的情况。但根据直接性的程度的不同，神圣者同在的模式会有变化。也就是说，虽然神圣者总是不分时间和地点地到处运行着，从而赋予各种存在物以存在和命运，但它自身的、隐藏的、在各种不同的实体中表现的程度是不一样的。很显然，这个神圣者可以类比海德格尔的存在，因为这两点就是海德格尔所论的存在的两个特点：（1）存在是贯穿一切的本源；（2）存在具有既显又隐的模式。

第二个是"半神"（semi-god）这个概念。荷尔德林用"半神"这个词在《莱茵河》前六节中指涉莱茵河，在后面三节中则指涉"古希腊英雄"，以及在最后十、十一、十二节中指代"卢梭"。德曼认为，三者虽然是不同种类的实体，但都有一个共同点，使得它们都可以被称为"半神"，在大地上完成他们自身的命运。也就是说，这个"半神"不是一种人与神圣者的混合物、两分体（duality）或综合体，而是这样的实体：要么是通过其自然和客观的行为，要么是通过其内在的意识——这些具体的方式并没有本质上的区别——它们共同遵循并执行着一条根本性的法则，即无论是哪种方式，哪怕是以一种缺席的被中介的模式（the mediated mode of absence），既无法意识又无法呈现的方式，存在总是对它们在场并且控制着它们。这个"半神"似乎与海德格尔的存在者的概念比较相近。

第三个是"源头"这个概念。对于这个概念，德曼的论述比较集中而连贯，我们不妨直接摘录德曼对此的解释："这就是源头。它是在时间中的一种流动、一种展开，如此就本质而言是属地的（essentially earthly）；但它来自神圣者，因为作为开端（a beginning），它通往一种存在模式。这种存在是在时间之外，且被剥夺了生存（existence）这个词的属地意义。它是神圣者和大地的交叉点，是在神圣者（对于荷尔德林来说，即天空、太阳和火）和大地（对于他来说，在字面意义上，就是人和大自然寓居的大地之表）相遇时产生时间的地方。"（RR, 32）因此，对于"半神"来说，他们可以意识到自身作为实体的同时，其起源（origin）既是堕落（downfall）又是生成（becoming）的，即神圣者堕落到时间中形成的。这样，"半神"的行动就要与"源头"一致；或者说"半神"就是通过"源头"而存在的。我们也不难看出，这个"源头"相当于存在的给予。而这种存在的给予形式就是海德格尔的前理解、前知识与前把握的结构。

那么，这三者之间有怎样的结构关系呢？德曼的回答很简单："与源头的一致（conformity with the source）是一种间接的却毫无疑问是与神圣者的接触联系（contact）。"（RR, 33）德曼的意思是，作为存在者的"半神"可以通过"源头"这个中介与"神圣者"发生联系。但作为中介的"源头"本身是有界限的，一旦超出这个界限而直接发生与"神圣者"的联系，必招致毁灭的后果，而且无法逆转。① 因此，在《莱茵河》这首诗中，"古希腊英雄"这个"半神"逾越了这个中介的界限。他们嘲弄天火，鄙视凡人之路，而想与诸神等同，这样与诸神靠得太近，就招致了被天神击杀而毁灭的灾祸。而莱茵河这个"半神"则避免了这个危险，因为它一

---

① 显然这是一个崭新的三分结构，而不是传统的两分结构。如果是在传统的两分结构中，只有作为存在的神圣者和作为存在者的"半神"，那么两者是相互排斥的，两者相遇的结果就是一方毁灭另一方，但随即会出现新的二元对抗关系，这是形而上学二元对立结构模式所决定的。比如意识在"吞噬"客体后会再次产生新的意识与客体的对立关系，这样便可以一直循环下去。

开始朝向东方的源头，然后掉转方向，从而避免了被摧毁的命运，成为西方文明和历史奠基者的象征。同样地，"卢梭"这个代表西方现代人类的人物，与前面的"古希腊英雄"不同，他寻找并遵守"源头"的法则，并没有像普罗米修斯那样的英雄去直接盗火，因为从古希腊灭亡的教训中得到的智慧使他知道这意味着死亡。他在所居住的"大地"上寻找"源头"。显然，这个"大地"并不是日常所指的自然客体，那么它指什么呢？卢梭又是如何在"大地上"寻找"源头"，使自己既免除被"神圣者"毁灭的危险，又可以与"神圣者"相联系呢？

德曼再次以卢梭的《漫步遐想录》为例，因为这也是荷尔德林反复阅读的，且被认为是卢梭最具启发性的文本。在第五篇"遐想"中卢梭有这样的语句来描写他听到的湖水的声音："波涛起伏，水声不停，不时还夹杂着一声轰鸣；这一切不断传到我的耳里，吸引着我的眼睛，时时唤醒我在沉思中停息了的内心的激动，使我无须思考，就能充分感觉到我的存在。"（《散步者的梦》，65）德曼认为，卢梭所感知到的这个声响，就是因为"水在投入存在绝对的深渊（the absolute depth of being）中，却被保护性的大地的中介（intercession）所阻止而产生的"（RR, 39）。而这水声就是"源头"，因为它"允许我们在客体与存在关系上的真实的依赖性，与在它们作为保护性却又透明的障碍物的本真的辩证作用中来看见客体"（RR, 39）。也就是说，通过水声，我们可以领会到水这个自然客体与存在的关系，同时，因为这种关系我们主体既可以一窥"神圣者"这个存在，又可以受到"源头"的保护而免遭"神圣者"的毁灭。简言之，这个水声作为"源头"，在我们与存在的关系中又是中介和保护者：通过它，我们可以与存在相连，但又不会有被存在的力量毁灭的危险。

那么，是什么让卢梭听到这个水声的呢？荷尔德林在诗中称赞卢梭具有"聆听的甜美禀赋"（一百四十三行）①来听到这水声，而这个禀赋更确切地说就是"更稳重的心智"（一百四十二行），这个词在英文中是surer sense。德曼认为，这个被荷尔德林称赞的 sense 绝对不是受客体刺激而产生的外在的感官感知（sense perception），而是完全内在的："在此出现的意识不再源于客体，而完全从我们自身发出。"②（RR, 38）那么，这种感知能力有什么特点呢？德曼对此评论道："因此，这个更稳重的心智比起感官感知来说，更加与存在保持一致，而且将客体包含在一个实体中加以理解，这个实体比起客体有确定的本体优先性。这个实体称为'大地'。"（RR, 39）从这句话可以看出，这种内在感知能力，或者说我们人身上的那种内在性（inwardness），比客体更具本体优先性，这是因为它比起客体来说更加与存在保持一致——当然是通过源头的力量——而且能够理解客体。这里我们应该注意到"理解"这个词。因为这个词提示我们，这种能力其实类似于海德格尔的"此在"的理解和阐释能力。

德曼指出这种理解力来自荷尔德林在《人性颂》（"Hymn to Humanity"）中的一句"我们心中的神即主宰"（Zum Herrscher ist der Gott in uns geweiht）③所表达的内在于我们的存在，即"内在于我们的神"（God within us），也就是内在于我们的存在的在场（presence of being）。

---

① 这一句诗以及下一句诗的译文均引自《荷尔德林后期诗歌》（文本卷德汉对照），荷尔德林著，刘浩明译，上海：华东师范大学出版社，2009 年，第 193 页。

② 这不是一种 inner feeling 与 pure sense perception 的联结，而是完全从 pure sensation 到 sentiment intime 的运动，"是一种黑格尔意义上的扬弃（Aufhebung）"（RR, 295, 注释 41）。换言之，这种内在的意识将外部对客体的感知辩证地保留在自身内部并超越了它。德曼从历史角度指出，荷尔德林已经受到过德国唯心主义的教育，因此不用像卢梭那样去辩驳 18 世纪的经验主义与感觉主义的思想潮流。所以 sense perception 在他的诗歌作品中并不是肯定或否定的对象。但是，他将卢梭从 sense perception 转向 sentiment of existence 看作是西方思想发展史上的关键时刻（RR, 38）。

③ 该句译文引自《荷尔德林诗集》，荷尔德林著，王佐良译，北京：人民文学出版社，2015 年，第 106 页。该译文将"上帝"替换为"神"。凡引自该书处，下文中皆夹注为"（《诗集》，页码）"。

在荷尔德林诗歌中几次出现的"内在于我们的神"这个表达也都与卢梭相联系。德曼强调，这个"内在于我们的神"虽然必然要通过真实和客观的世界来显现自身，但在荷尔德林的诗歌中明显肯定了其相对于它对自身的外显形式的优先性，并且到了荷尔德林创作小说《许佩里翁》（Hyperion）的阶段时，这种内在性不再以内／外、宁静／暴力等对立的力量来展示，而是以一种所描绘的风景的开放特性来表达了。也就是说，此时在荷尔德林的诗歌中，天空、家、花园和我们（人）一起组成了我们的世界："这个'内在于我们的神'的'我们'，即意识的内在性（the inwardness of consciousness），就好像中轴，那拥抱了天空和大地、人和诸神的整体的全在（the all-presence of the totality）都围绕着它来旋转。"（RR, 26）德曼这样的解释显然很容易让我们想到海德格尔的理论，即Dasein 的这个 Da 就是打开天、地、人神相聚的那个敞开之地，是让一切都显出意义来的场所。

更重要的一点是，这个内在性还具有本体存在论意义上的阐释功能。这个功能在回答这样一个问题——荷尔德林诗歌中常常描写"内在性"意识的这种宁静、安静、平静，那么该如何来理解它与外在行动的关系呢——时得到显现。按照一般形而上学的二元对立思想来分析的话，不外乎有两种解释：要么就是宁静状态引向行动，要么就是行动导致宁静状态。德曼指出，第一种解释显然不是荷尔德林的意思，因为根据荷尔德林写给弟弟的信，这种平静的"内在性"并不是引向行为的那种蓄势待发的静态，而是超越生／死对立的。[①] 那么是不是第二种解释呢？德曼

---

① 因为德曼认为，"与很多浪漫主义与后浪漫主义诗人那里不同，死亡对于荷尔德林——同样也对于卢梭——根本不是一种绝对，而是生存的辩证法中的一个时刻。这个辩证法对于他不是存在与非存在的辩证法，而是直接在场（the immediate presence）与中介（mediation）的辩证法"（RR, 294，注释 23）。

也加以否定，因为在小说《许佩里翁》中，主人公许佩里翁认为自己能够与迪奥玛在内在性中相联结这个错误的信念，与他认为可以通过外部行动在我们的地球上重建古希腊的辉煌这个错误是相对应的。即在古希腊人那里，古希腊人的战天斗地的行动，最后导向的不是内心的宁静，而是自身的灭亡。毕竟，内心的宁静与死亡不是一回事。因此，在否定了这两种解释后，德曼提出了第三种解释。他认为，荷尔德林所表现的现代人对宁静的渴望可以让人有机会返回自身的本源："似乎在对宁静的需要和行为中，人们重新感知到了我们存在的根据和本源，它因为尚不了解的原因已经在已然无效了的行动中遗失了。"（RR，28）换言之，当我们渴望那种类似于古希腊人的宁静状态时，我们应该明白，古希腊人在自身的行动中已然灭亡了，我们可以在古希腊人的行动中窥见自身的本源："一种辩证的必然性在起作用：内在性的宁静是一种将自身投入与存在的关系中去的途径，因而将在它之前和在它之后的行动转至更高的层面。"（RR，28）很明显，虽然这种内在性不是存在本身，但它具有本体论的优先性，因为它之前或之后的任何外在的行动都可以借助它"转至更高的层面"，这个更高的层面实际上就是在与存在的关系中显出的其存在论的意义层面。我们认为，这种"转至更高的层面"正是我们的"内在性"———一种有别于通常意义上的意识——的理解力的体现。我们认为，这其实就是海德格尔"此在"的理解功能，靠着它，行动和感性客体世界①才会显出意义来。德曼下面这段关于"大地"这个"内在性"所寓之地的论述更加直接地表明，这个意识的内在性其实就是海德格尔"此

---

① 德曼认为，在现代人对古希腊世界表现出来的怀乡之情所体现的感性客体存在论上的优先性，在古希腊人的实际生活中表现为外在的行动对内在意识的存在论上的优先性。所以在此意义上，行动和感性客体世界都需要内在性意识的理解力量在存在论上的提升。

在"的理解功能："……它可以被称为'大地母亲'（maternal earth）是因为它依赖于存在，而又比居住在大地上的生物有优先性。大地准确地说就是对感官感知那面向存在的超越，这种超越总是严格地被束缚在被中介者的界限之内。荷尔德林的'大地'就是海德格尔的'存在于世'（Being-in-the-world），是卢梭的'存在感'（sentiment of existence）。"（RR，39-40）此在被认为是对存在的理解，万事万物都只有通过此在所开辟的这个 Da 才能具有意义。所以，荷尔德林的"大地"就是意识，不过不是一般在主客对立结构意义上的意识，是完全超越了主 / 客二分关系的此在的理解能力，在此意义上这种意识就是摆脱了自然客体的束缚，除去了通过自然客体来达到与存在相融合目的的幻象，因为它遵循了源头的法则，已经在其中理解了存在，即实现了与自己的"新"的融合。

行文至此，我们可以看到德曼在研究浪漫主义文学时期这样的运思轨迹：他在运用传统的黑格尔理论来阐释浪漫主义文学，得出的结果是"存在的诗"与"生成的诗"这样的分类结果。但这两种模式背后是共同预设的二元对立模式。为了克服这种二元对立模式，德曼从荷尔德林那里寻求帮助，最终在荷尔德林和海德格尔两大资源的合力帮助下，突破了这个形而上学的二元对立模式。这个过程也是德曼从原先对海德格尔理论的不理解和不接受到理解和接纳的过程。当然，德曼并没有完全接受海德格尔的理论，而是有所保留，至少有两个问题留待突破：一个是时间问题，另一个是语言问题。德曼在讨论荷尔德林的诗歌时对这两个问题都有所触及。

时间问题出现在关于古希腊英雄死亡的讨论中。在前面我们曾提及，德曼认为古希腊人突破了源头给他们的保护界限，直接与天神相接，而使得自身在历史性行动的英雄模式中经历了灭亡的危险，"并因此具体地将绝对的时间性法则镌刻在人类的记忆中"（RR, 35-36）。这个绝对的时间性法则是什么？就是与存在直接接触必然带来的死亡。这种死亡表明了他们行动的失败。不过，在德曼看来，这个失败具有重要的形式意义："但在此这个失败表现为更纯的形式：因为不仅对完满的时刻的重复被揭示为是不可能的，而且它的持续也是不可能的，甚至是当这个时刻没有将自身基于更早的模式而实现。这种不可能现在得到了清楚的理解：因为英雄的行动（即，与本源相一致）使我们过分地与诸神等同，这意味着我们的毁灭，召唤神圣的雷电降临我们身上，将我们灭为灰烬。"（RR, 36）在这里，我们应该注意两个关键词，一个是"时间法则"，一个是"镌刻"。在此，"时间法则"其实就是死亡的必然性，而这种死亡不是别的原因造成的，而是与天神（存在）直接的联系造成的，因此具有存在论意义。现在这个具有存在论意义的"死亡"已经被镌刻在我们人类的记忆中了。也就是说，古希腊文明的毁灭所遗留的一个重要的教训就是关于死亡这个时间法则的教训，现在已经成为我们现代人记忆的一部分，也成了我们内在性意识的一部分。那么，如何在我们的理解中体现这个"时间的法则"呢？在下一章中，我们将看到，在这个问题上，德曼有着与海德格尔不一样的理解。

语言问题则出现在有关"卢梭"形象的讨论中。在荷尔德林的《卢梭》这首颂诗中，德曼发现该诗描绘了两类人：一类是通过他们英雄的行动能够超越个别性命运的狭窄边界的人；另一类是像卢梭和荷尔德林自己一样的人，待在未来的岸上，孤立且闭锁在无所行动之中。而且，在这首诗中，荷尔德林第一次建立了"卢梭这个将时间蕴含在自身之内的内化的意识和语言"（RR, 29）之间紧密的关系。也就是说，德曼注意到荷尔德林将内在的意识、时间与语言联系在了一起。卢梭的行为模式与古希腊英雄不同，完全是语言行为，因为他命名、说话、理解和阐释。"语言"和"符号"这两个词都反复出现。所以，德曼说："在我们之中的上帝存在于语言的形式中，它是与存在联系的中介形式，与那种描绘行动者的更直接的联系不同。"（RR, 29）这句话的意思是，我们的内在性意识（即我们中的上帝）是以语言的形式存在的，因此，它与存在的联系便是通过语言这种媒介产生的。而那些古希腊英雄则是直接行动者，没有语言这个中介而直接与存在联系。毫无疑问，对于存在者来说，诸神对他们直接显现，因为他们被置于存在的敞开（opening of being）中——"存在的敞开"这个词显然回响着海德格尔的思想；而对于卢梭，诸神则是陌生人，他必须费尽力气去破解他们所传送的符号。对于直接行动者来说，诸神不是符号；而对于诗人来说，诸神仅仅作为符号而存在。也就是说，作为语言动物，卢梭或者诗人荷尔德林本人，"其功能是阐释存在的显现（the manifestations of being），而不是直接再现它们"（RR, 30）。这其实就是此在的理解和阐释功能。这样的语言显然不是海德格尔在论述荷尔德林诗歌时所认为的那种直接记录下存在的语言。这表明了德曼对海德格尔理论的保留。不过，问题在于该如何看待时间与语言的关系，以及横亘于两者之间的主体如何参与形成理论的架构。对时间、主体和语言的关系问题的探讨是德曼借鉴和突破海德格尔而走向解构主义修辞批评的必经之路。

# 它山之石——
# 德曼与海德格尔

*–Chapter 2–*

保罗·德曼的《盲识与洞见：论当代批评之修辞》这部文集的主体是德曼对欧美文学理论家卢卡奇、布朗肖、普莱以及美国新批评家们的理论所做的批判性阅读。他发现，一方面这些理论家对文学语言或文学现象有着非常犀利的洞见，另一方面如果细究这些洞见，或者将这些洞见做进一步的推进，则会发现这些理论家的论述中隐含着一些否定这些洞见的观点，即这些理论家的盲视。因此，德曼提出了"盲识与洞见"这个著名的理论现象，即每一个他所评论的理论家，甚至包括德里达在内，都在他们在批评实践中将自己富有开创性的理论洞见建立在有意或无意被遮蔽的理论盲点上。但这种"盲识与洞见"的关系并不是一种形而上学的自相矛盾："然而，这种矛盾冲突并不相互取消，它们也不进入一种辩证的综合性动态关系中去。不能发展出矛盾或辩证的运动，因为在显明的层面上一种根本的差异阻止了两个陈述在一个共同的话语层面上相汇，一个总是隐藏在另一个之中，就如同太阳隐藏在阴影中，或者真理隐藏在错谬中。"（BI, 102–103）在这段关于"盲识与洞见"的解释中，德曼一再强调，"盲视"与"洞见"双方其实不存在一种辩证关系，因为它们不处于相同的层面上。

虽然他在此没有明说，但我们可以粗略地说这两个层面其实就是形而上学层面和非形而上学层面，或传统的本体论层面和海德格尔所揭示的存在论层面。这些文学评论家所得出的洞见性的结论实际上是处在形而上学层面的，但是这个所谓的"洞见"则是本源于非形而上学层面的"盲视"，因为形而上学理论家们看不到非形而上学的本源。我们以下面讨论到的美国新批评的文学理论观为例。美国新批评家们主张文学的有机观，认为文学作品的形式就如同自然客体那样是一种有机循环的形式。但是，根据德曼的阐释，实际上这种有机循环形式的本源是海德格尔所揭示的此在理解的阐释学循环现象。这种在存在论上的阐释循环恰恰就是对自然客体有机循环的一种否定。所以，在我们看来，德曼通过对这些文学理论家的批判性阅读所建立的"盲识与洞见"模式，究其实质就是在海德格尔的理论启发下，探求并建构的文学理论在反形而上学层面的本源性内容。如果从这个角度来看，并且结合对德曼整个理论历程的反观，我们认为，德曼在 20 世纪 60 年代所做的研究工作，其实是一个对海德格尔的理论既借鉴又批判的过程：德曼或明或暗地借用了海德格尔的理论来对众多文学理论家进行批判性阅读，与此同时又反过来对海德格尔的理论展开反思和批判，最终走出了海德格尔的现象学理论，并开辟出了属于自己的解构主义文学理论的新天地。我们认为，在这个过程中，德曼主要抓住时间和主体这两个要点，并最终将时间和主体关系融合到语言中，从而形成了属于自己的解构主义的修辞阅读理论。

## 第一节　重思海德格尔理论

德曼在 20 世纪 50 年代与海德格尔的相遇，主要是通过海德格尔的后期著作；而德曼对海德格尔前期以《存在与时间》为代表的理论观点不够熟悉和理解，这应该是一个事实。在 20 世纪 50 年代，德曼只是把海德格尔看作是众多西方大思想家中的一员而已，比如他在 1955 年说："在黑格尔的绝对精神、尼采的查拉图斯和海德格尔所谓的存在之间，无论有什么差异，如果从这些哲学所假定的历史性视角之内来看，这三者都隐含着一种预言性的异象，即转离错误的当前而朝向一种新的开端。"（CW, 13）在这个判断中，黑格尔、尼采和海德格尔被放在了同样的理论层面上来看待，将他们的共同点归结为替人类的存在危机局面开辟预言性的方向。而到了 20 世纪 60 年代中期，我们则看到了德曼对海德格尔这样的评论："我知道海德格尔自己在其后期的文章中，时不时地使用神谕性的口气——但这也许是一种可以理解的某些人身上的人性弱点，他可能觉得自己没有被完全理解。任何形式的乌托邦式的预言都与他格格不入，都是一种将时间视为确定性的、个别化实体的危险的错误观念，完全是人类历史规程开放而自由的时间的反面。"（CW, 105）这个对海德格尔理论预言性质的否认表明德曼熟悉了海德格尔前期以《存在与时间》为代表的理论，而且对海德格尔的定位已经发生了改变，因为他认为若是将海德格尔继续看作是一个人类历史前途的预言性的思想家，则等于在犯一个混淆两个层面问题的错误："这是一个经典的例子，混淆了……'存在者的'（ontic）和'存在论的'（ontological）历史观。"（CW, 105）我们知道，在海德格尔的《存在与时间》的创作期间，"存在者的"

和"存在论的"这两个概念的区分是其思想的基础。前者所关涉的是存在者的性质，后者则是存在者拥有其性质的特殊方式。很显然，德曼之所以能如此评判，就是因为他此时不仅对《存在与时间》中的理论已经非常熟悉，而且有了自己独特的理解与领会。所以，借着1964年发表在《纽约评论》（The New York Review）上的题为《重思海德格尔》这篇短文，我们可以看到德曼对《存在与时间》的基本认识。这篇短评表面上是在评论威廉姆·巴罗特（William Barrett）的《什么是存在主义》（What Is Existentialism）这本书，实际上可以看作是德曼对自己的"老师"海德格尔所教授内容的自我"检查"：他认为威廉姆的这本书的第二部分比起十二年前写成的第一部分对海德格尔有了更正确的认识，这实际上也是在间接地承认自己在十几年前对海德格尔理论的认识也不到位，现在借着这个评论来自我纠偏。所以他盛赞《存在与时间》："尽管《存在与时间》除了某些一带而过的提示之外，没有处理文学问题，但它的确包含了能够给予文本存在论阐释更加具体的方向性的洞见。"（RCC, 57）

德曼认为《存在与时间》的要义在于消除对人的直接经验和对此经验的认知的混淆："海德格尔一开始就坚持认为，人的行为，不是自弃自身于经验的无中介性之中，而总是在认知的方向上阐释此经验，这个行为构成了存在本身的人类方式。粗略地说，这意味着我们能够通过将自己的主体性转化成语言，并最终用真正哲学的纯粹语言来视其所是，来理解自己的主体性，在此意义上，我们才是人。因此，海德格尔根本就不希望将人抛入直接的行动、感觉或情感这种未加区分的含混一团中去；他整个的工作都在朝着相反的方向努力。"（CW, 104）德曼对海德格尔《存在与时间》的理论出发点的理解是精准的。我们知道，海德格尔认为西方几千年的哲学史就是一部存在的遗忘史。但是要追问存在，必须从存在者入手，因为毕竟存在是存在者的存在。在所有存在者中，只有一种存在者即人这种特别的存在者才能通达存在。因为在被海德格尔命名为"此在"的人身上，存在总已经以某种方式展开了，而这种展开的方式就是人的理解或领会，因为人在理解或领会中存在："人之为人，倒在于他先就领会着他竟存在，领会到一切事物竟存在。对存在的领会从根本上规定着此在这一存在。"① 在上面的引文中，德曼说人之所以是人就是因为他已经在"认知的方向上阐释此经验"了，这是对海德格尔关于人作为此在理论的准确把握。当然，毋庸置疑，德曼所说的这个阐释绝不是"存在者"层面上的，而是"存在论"层面上的，这可见于他对海德格尔死亡理论的理解。

德曼很明确地说，当海德格尔谈论死亡的时候，根本就不是在谈论一种肉体上的死亡，一种与我们即时性的体验相联系的死亡，而是基于认识论的原因而讨论死亡："他谈论死亡，旨在建立起两种认知方式之间的关键性的区分：非本真的、逃避性的方式，以此我们普遍性地'知道'我们的必死性是某种当前发生在他人身上而未发生在我们自身上的事情；本真地认识到自己作为有限的并因此在本质上是时间性的生物。"（CW，104）的确，如海德格尔所说，在日常生活中，人们对死亡的态度是"人总有一天会死，但暂时尚未"这样一种"两可地承认死亡的'确知'上——以便继续遮蔽死，……有所遮蔽地在死之前闪避，就其本来意义来说，可能对死亡并不是本真的'确知'的"②，因为归根结底，若死亡只是一种

---

① 陈嘉映著，《海德格尔哲学概论》，北京：生活·读书·新知三联书店，1995年，第59页。凡引自该书处，下文中皆夹注为"（《概论》，页码）"。

② 海德格尔著，陈嘉映、王庆节合译，《存在与时间》，北京：生活·读书·新知三联书店，1999年，第293—394页。凡引自该书处，下文中皆夹注为"（《存在与时间》，页码）"。

经验上的确知，"则此在可能根本没有就死亡所'是'的那样对死有所确知"（《存在与时间》，295），所以这涉及的是一种非本真的认知。而本真的认知，则是要认识到死亡"乃是此在最本己的、无所关联的、确知的，而作为其本身则不确定的、不可逾越的可能性。死，作为此在的终结存在，存在于这一存在者向其终结的存在之中"（《存在与时间》，297）。海德格尔之所以这样不厌其烦地讨论这两种对死亡的不同认知方式的差别，目的还是要服务于"此在是在理解中存在"这个主题，因为"此在之存在的阐释，作为解答存在论基本问题的基础，若要成为源始的，就必须首要地把此在之在之本真性与整体性从生存论上带到明处"（《存在与时间》，269）。而对死亡结构的揭示或界说就是"为了把此在借以能整体地作为此在存在的方式摸索出来"（《存在与时间》，297）。所以，在海德格尔那里，正如德曼所论的，讨论死亡不是为了一种庸俗意义上的存在主义主题，即获得一种物质性、经验性或直觉性的知识，而是为了更源始地认识此在作为理解存在的方式，即德曼所说的为了认识论的目的。

值得注意的是，德曼这样高度精练地概括《存在与时间》的主题："海德格尔在这本书中的目的首先是要表明，与事物的一种非本真的局部性的关系的可能性以及克服它的意图是如何内在于人类结构的本质之中的。《存在与时间》的整个组织结构就是由这个主题所确定的……在本源上与我们日常使用的过去、现在和未来毫无关系的时间性这个概念，依赖于这种从一种'堕落'（fallen）意识向一种'本真'意识的过渡（passage）。"（CW, 104-105）在这段话中我们要注意两个要点，因为这两点是德曼从《存在与时间》领悟到的内容，对他以后的理论探索有着重要的启迪，既提供了思想支撑，又指明了具体方向。提供思想支撑的是关于《存在与时间》的主题的第一点，即这本书要表明的是在人的本质中有一种本

真 / 非本真这样双重性的结构：一方面是人与世界的非本真关系；另一方面是克服这种非本真关系的意图，即建立本真关系的可能性。这种本真 / 非本真结构可以说就是德曼的"盲识与洞见"模式的理论背景支撑。这是理论界已经认识到的。而我们认为，其实这种结构不仅是"盲识与洞见"模式的理论支撑，也是德曼在《阅读的修辞》中所主张的语言观的理论源头之一。因为语言的修辞内含一种自我解构的特质，其实就是德曼在这里所总结的"克服非本真关系"的表现。换言之，在《存在与时间》中所蕴含的本真 / 非本真的"克服"关系就是语言自我"解构"的原型。

指明具体方向的是第二点——关于时间性这个概念的认识。按照海德格尔的思想，时间性应是本源性的结构，一切非本真的意识是对此本源结构的回避，或者说非本真的东西是对真理性结构的遮蔽。那么为什么德曼要说时间性反而依赖于这种过渡呢？这种过渡具有怎样的性质呢？如果本真意识是奠基于源始性的时间性结构，而堕落的非本真的意识是奠基于庸俗日常的时间结构，而且此日常时间结构是派生于源始性的时间结构，那么德曼这里的意思就非常明确了：重要的不是两种结构谁为源谁为流，重要的是两者之间转换的通道，因为在了解了两者之间的通道或过渡内容之后，才能做到克服这种非本真性内容。换言之，在德曼看来，上面提到的"克服"的发生需要一个场所。德曼暗示这个场所就是这个"过渡"所隐含的一种"之间"结构。这其实就是语言。德曼下面这段话非常直白地表明了对语言作为"过渡"的兴趣："因为如果语言是审美的自我于其中构建自身的中介，就没有理由来查看语言之外的假设性的领域。它们在语言作为文学作品存在之前或之后。我们首要且唯独感兴趣的是这种语言的真理，而不对引向它的源头感兴趣……也不对这个真理之后经验性的运用感兴趣。"（RCC, 53）在这段话中，德曼划分出了三个领域：（1）作为文学作品存在的语言领域；（2）先于语言的真理源头领域；（3）后于语言的经验领域。我们以为，（2）和（3）就是德曼在海德格尔那里看到的"本真意识"领域和非本真的"堕落意识"领域，其实也就是"存在论层面"和"存在者层面"的两种表现形式。而德曼的观点是，（2）和（3）从根本上来说取决于（1）。换个角度来说，德曼其实就是在海德格尔理论的基础上，即在区分"存在论层面"和"存在者层面"的基础上更进一步，主张作为文学作品存在的语言领域是超越这两个层面的。当然，德曼眼中语言的这个超越性不是在超越主客二分意义上成立的，而是在更深层次的解构意义上成立的，这需要德曼接下来不断地进行解构性论证才能完成。

那么，这样的语言存在为什么更值得探讨呢？德曼用海德格尔自己的学术发展来说明这个问题。他认为海德格尔在《存在与时间》之后的作品中专注于诗学阐释，这不是因为海德格尔放弃了严谨的哲学语言而转向了较为散漫的文学语言，而是恰恰相反："文学语言使海德格尔感兴趣，因为它比起哲学家的语言不是不如而是更严谨，对自己的阐释性功能具有更清晰的意识。因为人被定义为哲学动物，通过语言阐释自身的存在，真正的诗人比起哲学家来说在人类本质的投射（essential project）中走得更远，不是因为他们更接近自然，而是因为他们更接近语言。"（CW, 105）不是更接近自然而是更接近语言——因为语言是此在理解自身存在的场所，因为语言是诗人守护存在的家园——这显然还是在海德格尔语言思想的范围之内。在这段话中，德曼之所以重视语言还有一个重要的原因，就是文学语言更加严谨，即"对自己的阐释性功能具有更清晰的意识"。这是什么意思？难道海德格尔对语言功能的存在论认识还不够吗？

　　德曼对海德格尔关于语言的功能有着非常明晰而到位的认识。他这样评价《存在与时间》对语言功能的阐释："的确，《存在与时间》不仅强调了语言作为主要实体特殊的、决定性的重要性，通过它我们确定了我们在世的方式，而且特别指出对语言不是工具性而是阐释性的使用表征了人类有别于自然实体的存在。而这种阐释性的语言拥有可以显明出来的结构。这个结构本质上是时间性的——一种特别的建构时间三个维度的方式，构成了所有的意识活动。任何存在论的主要工作因此就是描绘这种时间性的结构化（temporal structurization）。它将必然是时间的现象学（phenomenology of temporality）（因为它描绘了意识），也是语言的现象学（因为时间性为我们意识的存在方式是通过语言的中介）。"（RCC，57-58）显然，所谓的语言的阐释功能可以用"时间性的结构化"这个词组来高度概括。我们要注意到，不是时间性的结构而是时间性的结构化。因为时间性本身是一个结构，但这个结构要发挥作用就需要通过语言来实现。这是因为，一方面，文学语言最少受到经验性的工具化和物化的腐蚀，是最适合进行现象学的描述的；另一方面，通过描述语言的时间结构，也是最能够揭示语言的本质的，因为语言的本质在于它存在论层面上的时间结构。或者，如果说此在的存在就是去理解存在，此在就是时间性的存在，那么理解的语言也必然是时间性的。因此揭示语言的时间性就应该是题中之义了。换言之，时间性本身是一个此在存在的意义结构，但这个意义结构存在的方式要通过语言来实现。说得粗浅一点，时间性的结构化包含着内隐的时间现象这个内容和对此内容进行外显的语言现象两个方面。在德曼看来，更重要的是后者。这也就是语言的阐释功能。与此同时，语言本身不仅是"先于语言的真理源头领域"

与"后于语言的经验领域"之间的"过渡",而且既是一种工具(即在存在者层面上),又具有阐释功能(即在存在论层面上),这种天然的二合一功能便是它作为"过渡"的资本。我们在下文中将谈到海德格尔的"此在"其实也具有这样的特点。所以,德曼将"此在"的时间性改造成同样具有过渡功能的语言就不足为奇了。

在理解了德曼将语言看作"过渡"的可能性之后,我们便容易明白德曼为什么说文学语言能够更严谨。因为这样的语言跨越了这两个层面,或者说语言自身作为这两个层面的交叉点,它能够更好地、更严谨地"认识"自己。在德曼那里,"认识"分为两种:一种是仅仅发生在存在者层面上的,另一种是从存在者层面跃升到存在论层面上的。在存在者层面上的认识,仅仅是囿于形而上学的体系,是有限而封闭的;跃升到存在论层面上的认识才是本源性和开放性的,因此才是更严谨的。比如,我们在本章开头曾谈到,德曼的"盲识与洞见"这个批评模式其实就是表明形而上学理论家之所以有"盲视",皆因为他们的结论往往只落在存在者层面上,而遮蔽了存在论层面上的意义,因此他们对文学和文学语言的认识是不够严谨的。语言——尤其是文学语言——因为具有这样的"过渡"性质,可以身跨两个层面,所以能够在存在论层面上做自我认识。归根结底,这样的自我认识不是在黑格尔意义上的自我意识的完全回归和自我重合,而是自身在与存在的关系中建立起来的认识,即在存在论层面上的认识。

## 第二节　超验的主体

### 1. 超验主体的发现

我们在上一章中谈到，德曼在研究浪漫主义文学中所遇到的困境和解决方法，即超越形而上学的主客二分。那么，这种超越要超越到哪里去呢？这种超越如何能实现？粗略地讲，超越形而上学主客二分模式内含着一项要求，即与旧的主体模式分离。主体简单地说就是人的意识及其活动的体现。超越旧的主体模式就是与旧的意识模式断裂，并在此基础上来探索与构建出新的意识模式。20 世纪前叶相互对垒的现象学和结构主义两大思潮大致可以看作这种在断裂基础上进行新探索和新建构的两种不同方向上的努力。法国大思想家福柯曾在《词与物》( Les Mots et Les Choses ) 中有过这样的论述：

> 对知识考古学来说，连续性区域中的这个深深的切口，尽管必须得到分析并且是细致的分析，但不能用单一言辞来"说明"甚或记录，它是一个激进事件，分布在所有可见的知识表面上，并且我们有可能一步步注意到它的标记、震颤和结果。思想只有在它自己的历史的根基处重新认识自身，才能完全确信无疑地为这一事件的独立真理提供基础。但知识考古学必须满足于描述事件可观察的外部现象……[1]

---

[1]　福柯著，莫伟民译，《词与物——人文科学考古学》，上海：上海三联书店，2002 年，第 284 页。凡引自该书处，下文中皆夹注为 "(《词与物》，页码)"。译文参考了英文版 ( Order of Things, London and New York: Routledge, 2002, p. 236 )。

福柯所说的这个"深深的切口"就是 20 世纪新的意识或认知模式与旧的模式产生断裂的地方，也是新模式的超越性发生之处，需要细致地分析。福柯的这段话实际上还说明了两种对待此"切口"的方法。一种显然就是他自己所主张的知识考古学的方法，"描述事件可观察的外部显现"，因此他要考察在经验世界里经济学、政治学、社会学等具体的学科领域，为的是分析在实际而非抽象的经验领域中的思想或认知结构，一种匿名的理论结构体系，它"把事物联系在一起，但又独立于事物而维持着、转化着……还先于人及其一切活动而存在着"（《词与物》，译者序 7）。另一种方法则是"在它自己的历史的根基处重新认识自身"，就是脱离具体的经验世界而从思想或意识的内部去考察其发生的根基。这应该就是以胡塞尔和海德格尔为代表的德国现象学的方法。虽然福柯极力自辩，但学界一般将福柯归入结构主义阵营。所以，我们大致可以说，20 世纪法国结构主义和德国现象学这两大思想流派有着共同的攻击对象，即以笛卡儿、康德和黑格尔等为代表的古典哲学所建立的理性主义，一种将真理与无限都建立在人有限的理性基础上的康德式的人类学。

对于德曼来说，德、法这两大思想阵营的异同点非常明显："当代德国思想的某些方面也许接近于这个态度，尤其是在试图超越源于康德的古典的'人的科学'上……但相似性到此为止，因为现象学和海德格尔的倾向，尤其在将它们运用于文学时，引导的方向是与福柯知识结构考古学所引导的方向完全不同的。它们是要深化对自我的研究，这个自我是对存在的哲学性理解企图的起点。"（BI，38）在这个论述中，我们应该注意到三点：（1）德曼显然是自觉地将自己的研究放在欧美后现代思想对抗和解构古典理论这个大背景下。这种理论上的自觉性使他具有非常明确的方向感和理论抓手。对此的清晰把握可以让我们非常有效而准确地把握德曼的思想脉络而不会出现"差之毫厘，谬以千里"的状况。（2）德曼很显然选择了德国现象学理论为其主要理论资源。其中的一个主要原因在于——这也是在下文的论述中要展开的——现象学的研究注重区分经验与现象，区分具体实际的社会生活现象与意识活动，这分别对应非文学活动和文学活动。这与德曼始终要捍卫文学地位的初衷是一致的。（3）显然，德曼虽然非常熟悉现象学，但是他心目中依仗的现象学其实就是海德格尔的现象学理论，尤其是海德格尔的《存在与时间》中的思想。

在理解存在的开端之处就是现象学所要揭示的主体，即福柯所谓的"在它自己的历史的根基处重新认识自身"的自我。首先，正如上面我们所暗示的，这个自我认识的主体绝不是康德意义上的哲学人类学所研究的那个有意识的人，不是那个经验自我，而是在基本存在论意义上的人，即海德格尔的此在。与此同时，这个体现为具有自我理解意识的主体之"我"所包含的意识，既不是通常意义上在经验中可感的，也不是心理学（精神分析学）或是历史性意义上的。这些在海德格尔看来，都不是根本的，而是派生的；都是处在存在者层面上的，可以对象化来加以研究的。就其根本而言，经验性的、心理学的、历史性的意识都不是与存在直接关联的，反而是主体忘记存在后出现的产物。

显然在德曼看来，福柯关于思想根基处的问题就是自我和主体的问题。他认为主体问题实际上是一个文学活动的根本性的问题。其一，如同在康德的审美判断活动中一样，读者面对作品所需要的判断活动就是一种主体的活动；其二，文学活动中的主体问题的一个很大的层面就是作者与读者之间的关系问题，一般将之视为主体间性问题；其三，这涉及作品内部的主体关系，即构成性的主体与被构成的语言之间的关系；

其四，最后一层就是文学作品的主体与自身的关系。这四层主体关系，由外及内，就是判断的主体、阅读的主体、写作的主体和阅读自身的主体。德曼认为最后一层是最核心的，因为如果主体与自我的关系能得到建构的话，那么其余几层的主体关系就有了基础。从另外的角度来说，如果自我在与自身的关系中能够实现自我认知和自我阅读，即自我构成了一个统一的整体，那么就容易理解其余的主体关系，因为若没有主体的自我统一这个基础，其余的主体之间的关系就无从谈起，就好比如果符号本身是自我分裂的，那么在两个符号之间建立关系就比较困难了。

为了具体来探究文学中的主体问题，德曼选择了路德维希·宾斯万格（Ludwig Binswanger）的著作《易卜生与艺术中的自我实现问题》来加以剖析。宾斯万格认为易卜生所要发展或实现的自我是在不断舍弃自出生以来在社会环境中产生的生理、心理和精神等各层面的经验自我而形成的。用现象学的术语来说，就是经过悬搁而还原到本源性的自我。对存在主义心理学家宾斯万格来说，自我实现的过程与文学活动之间可以无缝相连。这就预设了实际世界中的经验自我和文学世界中的虚构自我之间毫无张力的关系，甚至只要掌握一定技巧就可以随意来回切换，至少经验世界里的自我可以做到"去芜存菁"地被压缩还原到文学作品中去。从经验世界中的作家角度来看，这似乎毫无问题。但如果从作品的角度来看，就出现了悖论性的问题：一方面，这个被还原到本质的自我所在的文学作品具有一定的形式，一种完整的总体化的形式——"形式在总体性中构成了其整体，因此它总体性地完成了其美学意图的模态"（BI, 40）；另一方面，形式的总体化根本就不意味着构成性自我的总体化。也就是说，文学作品无论是作为主体的源头，还是作为从主体发展出的成果，作品形式的完美性就必然地对应着一个完美的主体。用德曼的话来说就是，"在作者的个人自我和在文学作品中达到总体性的自我之间存在差别……这个差异不是一种偶然性的事件，而是构成了艺术作品本身。艺术发源自并通过这个差别"（BI, 41）。其实，我们以为德曼这样的评论隐含着黑格尔的理论思想，即主体自身内部的差异被投射到了主客之间，只不过这种差异是无法被黑格尔理论本身解释的。

德曼认为卢卡奇于 1917 年发表在《逻各斯》（Logos）上的文章《美学中的主客关系》（"Die Subjekt-Objekt Beziehung in der Ästhetik"）凸显了这个难题。卢卡奇对作品的形式结构与作者的主体性之间的关系做出这样的解释：首先文学作品之间是自在自为的一个独立的整体。作品与其他任何实体之间，甚至与其他作品之间都是相互外在与分离的关系。但是，于自身的疆界之内，则是一种内在性关系（immanent）。这表现为主体性的意图不仅在其开头就出现了，而且贯穿始终。凡是无法直接被自我主体所经验的都被清除，在作品中所保留下来的都是构成性自我的意识或意图的体现。当然，自我主体的意图一定要将自己投射到表现为完整和自治的形式中。这种形式显然与经验世界中那种包含了生理性、社会性和精神性等要素的自我形式不一样。简言之，经验自我和美学自我的差别在于：（1）前者是尽量向着现实世界开放，而后者则努力将自身从这个世界还原为自成一体的总体性模式；（2）前者体现的是理性主体的力量，是一个理论化的逻辑主体，而后者则体现为使作品形式之内的一切都内在化于自身的意图。现在的问题是，如果经验自我与美学自我的这个差异完全成立的话，该如何来看待作为经验自我的作者与该作者投射到其作品中的美学自我的关系？一方面，卢卡奇意识到，既然作品是独立的实体，具有自身完整的形式，就与经验作者这另一个实体是完全隔绝的；另一方面，经验作者想要实现真正纯粹的主体性，则客观上必须要有这样的作品形式。这显然是一个悖论：两者既是断裂的又是联结的。唯一可逃离此两难境地的出路就是采用克尔凯郭尔（Kierkegaard）的方案，即"通过克尔凯郭尔式的一跃：作品必须成为瞄向一个无法抵达的目标投射，其部分成功在于采用了'在其出现之时的放弃'的形式"（BI, 43）。也就是说，根据逻辑无法解决这个两难问题时，只能凭借克尔凯郭尔所谓的"信心之跃"（leap of faith）来克服两个主体间的断裂关系。但依靠信心的力量来解决主体关系的理论问题显然是无法令人满意的。

在德曼看来，解决这个两难问题的最有效方案还是来自海德格尔在《存在与时间》中提出的关于主体的理论。德曼认为卢卡奇孜孜以求的、从逻辑推演来看又与之隔绝的这个寓于作品中的主体其实是一种新的自我："这个新的自我……能够揭示其自身命运的真理，并能正确地阐释自身的存在模式。从这个'本真'自我的角度来看，作者与读者之间的分别——仍然暂时被卢卡奇所维持的分别——消失了。在存在论层面上，读者与作者从事着相同的基本性的投射活动（the fundamental project），分享着相同的意图（an identical intent）。"（BI, 44）

德曼这段话的关键词是"在存在论层面上"。这个"新的自我"在存在论层面上才能够被理解。在存在论层面上，这个"新的自我"就是能够自我理解的"此在"。根据海德格尔的理论，"此在"作为我们向来所是的存在者，能够追问存在的意义，因此也就能够领会自己的存在。但显然"此在"只是一个存在论上的自我理解的结构，而不是经验中有血有肉的个人。如果将现实世界里的经验主体——作者和读者——都还原到"此在"这个新的自我结构上，那么两者之间的差距就消失了：两者的活动相同，都是与存在建立关系；两者的目标也相同，都是将存在当作自己的意图对象。所以，"在存在论层面上"，卢卡奇所焦虑的两个主体间无法克服的差距以及克尔凯郭尔想要用"信心之跃"来跨越的鸿沟，根本就不存在了，因为千差万别的主体形式都被还原和统一到了"此在"这个本源性的自我结构上去了。或者，更简单地说，卢卡奇所焦虑的两个主体之间的差距实际上是"此在"堕落到世界的结果，现在可以重新还原到这个原初性的"此在"结构。

显然，"此在"这个新的自我形式就是福柯所谓的"在它自己的历史的根基处重新认识自身"的那个自身。这个自我结构作为一种意识结构，因为与存在之间的这种特殊的理解关系，所以处在自己历史的根基处；又恰恰因为理解了存在而生存，所以又是自我认识的。在此意义上，此在的存在就是自我认识或自我意识的：不是在黑格尔意义上的意识与自我意识的重合那种模式，即意识从客体那里返回自身，因为这仍然是建立在主客二分模式之上的；而是在此在与存在的追问关系上，是此在从存在那里"返回"自身，这显然完全"超越"了主客二分的模式。

如果这个新的自我或主体结构在哲学理论上成立，那么在文学艺术中有怎样的体现呢？德曼为此继续从卢梭那里寻找其在文学上的阐释。他将著名的卢梭研究学者让·斯塔罗宾斯基（Jean Starobinski）的研究结果作为自己的起点。斯塔罗宾斯基发现卢梭的意识活动具有双重性：内在性与客体性。在内在性一端，卢梭的意识体现为一种完全的连续性，即自然的自我与可以观察和解释其存在的自我之间是透明的；在客体性一端，卢梭又好像是一个纯粹的客体，对其意识是完全阻隔和不透明的。更奇怪的是，卢梭似乎可以在两者之间穿梭，无须中介与过渡。德曼对此解释说："一方面，卢梭的自然主义是物质性的，肯定的是人生理的需求和人需求的超结构性（道德和社会）模式之间被动的连续性；另一方面，又宣称与存在不经中介的连接，通过的是纯粹感情的活动，这个宣称强调的是纯粹的超越性，一种前反思的本能，不再是在意识中而是在存在中有其中心，或者可以说处于两者完全透明的认同关系中。在两种态度之间，没有综合的可能，仅仅是来回振荡。"（RCC, 36）很显然，这两种状态，前一种就是经验自我，后一种就是作为此在的自我。

那么，这两者之间具有怎样的关系呢？或者说，经验中的作者自我与作品中的自我有何关系呢？德曼通过对卢梭《皮革马利翁》这部短剧的分析来阐释这个问题。这部戏剧讲的是雕塑家皮革马利翁以其完美无瑕的手工让其雕塑格拉西复活的故事。德曼之所以选择这部作品，是因为卢梭所表现的皮革马利翁与其雕塑作品之间的关系可以看作是作者真实的自我与文学虚构自我的关系。首先，两者是有距离的。皮革马利翁用布将自己的雕塑盖起来，表明了自身与其之间的距离，作为经验的主体不能直接等同于艺术作品中的主体。其次，两者之间不是一种欲望关系，而是一种认知关系。在剧中，雕塑家皮革马利翁对自己所创造的美女像似乎产生了欲望。这似乎可以解释为经验主体将其欲望投射到艺术作品中，以便补偿其在经验世界里的不足。德曼认为将自己的缺乏经验作为一种欲望然后想在虚构中得到补偿，这本身并没有错，这在存在者层面上完全成立；但这不能等同于在存在论层面上对自身与存在之间的距离的弥补。也就是说，在存在者层面上的欲望关系实际上在存在论层面上是真理与谬误的认知关系。归根结底，德曼认为，这是一种时间困境导致的结果，是从与自身存在的源头相分离而来的。那么，皮革马利翁与其雕塑作品的欲望关系，一方面说明其实质是对真理源头的认知关系的存在者化，另一方面也说明这个真理的源头不在艺术家的经验自我中，而是在艺术作品中。更有意思的是，当作品中的格拉西复活之后，竟自称为"自我"，与作为大理石的自然客体以及有血有肉的雕塑家皮革马利翁本人相区分。这充分说明，这个艺术作品中的自我是一个自治的意识主体，既有别于自我同一的自然客体，也有别于经验性的主体。她拥有的仅仅是本真的意识，没有皮革马利翁身上那些堕落的经验属性，也没有作为自然客体的大理石的非意识。所以，总结起来，在德曼那里，经验主体与艺术中的超验主体的关系表现为两个方面：两者是非连续性关系，后者是前者的认知源头。

## 2. 超验主体的小说阐释

不过，这种新的自我认识先天地具有某种危险性。德曼对此有清醒的认识："本真的读者——或批评家——以及作者现在参与到了相同的危险事业中。这种危险是……一种新的时间经验，尝试去存在于一种时间中，它不再是日常存在的堕落的时间。艺术家将自己投射到他未来的作品中，好像他能维持一种本真的时间，但与此同时他知道这是不可能的，纯粹是一个赌注而已。他好像一个冒险者那样行动，进入一个完全超出他能力范围的领域。"（BI, 44）

德曼在这里所谈到的危险有两层含义：第一层是危险的本身，第二层则是应对危险所产生的危险。为什么这种新的时间经验是危险的？这种时间经验是对经验世界的还原，实质上就是死亡，因为与存在的直接相连就意味着死亡。但如同我们生理上瞬间的心跳停止其实也可以被救回来一样，也并不是十分危险，这里真正的危险就是想要"维持"这种本真的时间，想要长久地存在于这个时间中，而这是不可能的。这样，对于创作文学作品的作者来说，必然出现两种时间现象：一种是日常的时间，因为总是落入经验世界里，背向存在的真理，因此是一种谬误的时间；另一种则是完全清楚自身的存在模式，即向着存在或者说向着死亡而生的时间。因此，对于作家来说，在这两种时间模式之间来回做钟摆式的振荡运动似乎是不可避免的了。

这种钟摆模式往往会产生第二层意义上的危险，这种危险就是产生"存在者—存在论的混淆"（BI, 39），即以存在者层面的意义来掩盖存在论层面上的意义，或者说就是海德格尔所说的对存在的遗忘和遮蔽。具体到德曼这里，他认为这种混淆的危险就是将寓于文学作品中的那种本真或本源性的自我理解和认识的知识当作是一种手段、工具或媒介来"服务"于经验性的自我："这种知识被解释为一种手段而作用于这个知识所揭示的命运，此时，某种程度的混淆就发生了。在这个时刻，为了经验性问题，存在论的探究被抛弃了，而经验问题则使得其误入歧途。"（BI, 48）德曼的意思是说，将存在论意义上的主体自我理解的知识拿来当作经验世界的存在者意义上的主体投射性或派生性的产物，是一种本末倒置的错误行为。

实际上在结构主义的文学批评活动中，对于文学活动中的主体问题，就有这样头脚倒置的现象。"二战"之后，法国结构主义思想逐渐占据了欧洲思想理论舞台的中心。作为一种以方法论为导向的理论，虽然结构主义一开始主要的用武之地是在社会科学领域，但很快其影响力就波及了文学批评领域。德曼注意到，当结构主义思想被运用于浪漫主义文学批评时，欧洲的浪漫主义文学研究便出现了一种反浪漫主义的现象。比如，法国学者勒内·基拉尔（René Girard）的《浪漫的谎言和小说的真实》（*Mensonge romantique et Vérité romanesque*）就是以结构主义思想为指导的一部研究浪漫主义小说的著作，其明确攻击浪漫主义。

在这部讨论塞万提斯、斯丹达尔、福楼拜、陀思妥耶夫斯基和普鲁斯特等五位伟大的欧洲小说家的作品中，基拉尔所瞄准且要批判的对象是经典的浪漫主义主题，即主体或自我的自治性现象："浪漫主义一直认为孤独的主体产生幻想，只有小说家才能写出幻想产生的真实过程。浪漫主义者在想象问题上维护一种'单性繁殖'观。他迷恋于自主性，拒绝向自己的神明致敬。"[①]主体应该向其致敬的"神明"就是主体依赖其而存在的中介体，因为小说中的中心人物是完全依赖于另一个主体的，这个主体起到中介的作用，事实上主宰着小说中心人物的一切，所以这个中介体相当于这个中心人物的神。而中心人物这个主体与作为它的神的中介体之间的关系就优先于小说中任何别的关系。比如，据基拉尔的分析，塞万提斯作品的主人公堂吉诃德与阿马迪斯·德·高拉，《红与黑》的主人公于连·索莱尔与拿破仑，马塞尔与盖芒特家人的关系，就具有一种在各方面都占决定性作用的存在论上的优先性，因为小说中的各个部分若离开了主人公与他所依赖的中介体的关系就无法存在。所以，在基拉尔看来，主人公与中介体之间的关系才是真正的浪漫主义的主体结构所在："所以，'小说的'这个词的歧义一直反映着我们对一切中介体的无知……从现在起，我们用'浪漫的'这个词指那些反映了中介体的存在却没有揭示中介体的作品，用'小说的'这个词形容那些揭示了中介体存在的作品。"（《浪漫的谎言》，16）在基拉尔眼中，浪漫主义将个人主体视为独立的和创造性的中心，这是错误的浪漫主义式的主体观，因为主体在他看来就是依附于一个其自身之外的中介者而存在的，自身根本就无法独立存在。

但德曼看来，自治性（self-autonomy）这种"生存（此在）的本质"

---

① 勒内·基拉尔著，罗芃译，《浪漫的谎言和小说的真实》，北京：北京大学出版社，2012年，第17页。凡引自该书处，下文中皆夹注为"（《浪漫的谎言》，页码）"。

（RCC, 26）是哲学上的真理，是"我们存在于世的方式"（RCC, 6）。进一步而言，将文学中的主体看作是这样的自治性结构，是基于这样的认识，即文学作品是主体自身创造的一个自我生产的世界。这个世界是从存在论上先于它的源初之地发出的光芒照耀而成的，因此这个文学世界与它的源初之地显现出一种极其特殊的关系，这种关系决定了文学作品中各部分之间的关系，或者说前一个关系是后一个关系的先决条件。我们以为，文学作品的世界所由之而生发出来的在存在论上居先的"源初之地"类似于我们在上一章讨论过的"源头"，或者其实就是作为此在的主体的先结构的世界。这个先结构的世界我们将会在下一节中具体讨论。但现在我们需要理解的是，文学中的超验主体因为是对存在已然发生了理解的此在，这个"已然发生的理解"就是文学作品由之而出的发源之地。它也就是我们前面谈到的"读者与作者从事着相同的基本性的投射活动时分享着相同的意图"的具体体现。正如卢卡奇理解的，"这个主体性的意图处在其自身展开的开始之初"（BI, 42），这个"开始之初的意图"就是此在对存在的理解。这样我们可以用一句话来概括德曼这里的意思：文学作品就是这个超验主体对自己的这个意图或对存在先行发生的理解的展开。

在基拉尔看来，人物——被看作是作者自己的主体性的延伸——与中介体的关系是欲望的三角关系。主人公所欲求之物，都不是最终的所欲对象，而是指向这个中介者。这样，这个人物不是为了成为自身，而是为了成为自己之外的他者，即中介者。在此意义上，这个主体不是为了追求自治性，而是为了逃避自我。因而，当这个主人公称自己为自治的主体时，就落入了一种虚幻，实际上它只不过是受制于他者的奴隶而已。这种对自治性的迷思就是被基拉尔称为浪漫主义的虚假意识。19世纪伟大的小说家在自己的作品中揭示了那种浪漫主义主体观的虚幻性："我们认为，小说天才是要在努力克服我们笼统称之为浪漫主义的态度之后才能获得的，因为我们觉得，各种浪漫主义态度都是想维持关于自发性欲望的幻想，维持一种近乎神圣的自主主观性的幻想。小说家身上起初存在的那个浪漫主义者是不愿消亡的，超越他，很慢，也很费力。超越完成于小说作品，也只能完成于小说作品。"（《浪漫的谎言》，29）德曼敏锐地指出，基拉尔的这个"人物—中介体—客体"的三角关系，其实质还是一个时间性的问题。作者的叙述意识和人物被叙述的意识不是一种形式关系，而是一种时间关系，即人物的意识先于叙述者的意识，在前者跑完了全程之后，后者才能开始。在小说开始时，作者和人物是不加区分的；在第三人称叙事中所隐含的客体化完全是虚幻的，作家是不加任何批判地表达了其意欲归属中介者所居之世界。随着作品慢慢地展开，去神秘化的过程也启动了，原先那属于他者世界的熠熠生辉的一切都显出肮脏龌龊的一面来。不过，最后的启示或转化发生在小说的结尾。此时，作者不仅意识到他者的世界也不比自己的世界更好，而且意识到那种使他受制于他人的欲望具有欺骗性。此时，真正的视角才可能出现，作家的自我分成了两个：一个是存在于黑暗、错误中的旧自我，一个是现在的、能够以正确的眼光看待整个过去的新的自我。但这个新的自我，只能电光石火般在启示性的瞬间存在：仅仅是为了这个结束的时刻，标志着旧我的存在的突然而剧烈的消亡。这是一个主体自我发展的时间过程：主体从错误的自我认识开始，中间经过中介的作用，最后在结束时达到了自我理解。

但德曼认为基拉尔的三角欲望的主体理论所暗含的这个时间模式恰恰应该颠倒过来。因为在小说一开始，作为超验主体的人物——它被视为作者在作品中主体的代表——实际上已经对自己的存在有了正确的理解。基拉尔模式的不足在于它只能阐释小说的结尾，却无法解释小说的开头。在基拉尔的这部著作中，开头是完全错误和虚幻的，需要远离而抵达在结尾时出现的新洞见。但德曼认为，真实情况恰恰不是这样的，因为"奇迹不是作品的结尾远远地超越了开头，而是开头已经蕴含了本质性的一切，有待结尾来肯定"（CCR, 19）。德曼甚至举例说，普鲁斯特的这部在其死后出版的小说《尚·桑德伊》的开头与《追忆逝水年华》的开头几乎一模一样；福楼拜的《包法利夫人》在小说开头描写查尔斯小时候的内容完全预示了小说后面的发展，因此可以说福楼拜实际上早已经在小说开头就预见了其小说的整体内容。这些小说的时间结构都是预示性（prefigurative）和预期性（prospective）的，而不是基拉尔的三角欲望主体模式所隐含的回顾性模式。这完全是因为作为文学作品起源的超验主体对自身命运具有先知识，这是经验自我无法占有的。这意味着，小说从一开始，这个超验的主体就"知道"了结尾——当然这里的"知道"不是指全部细节上的内容安排，而是指"若没有对包含在开头中的先知识的展开，就没有朝向结尾的进程"（CRR, 20）——小说本身就是对此先知识的展开。在这个展开的过程中产生了开头、中间和结尾的时间结构，这当然是在存在者层面上的时间结构。

所以，只有从一个可以囊括其开头和其结尾的主体的视角出发，才可以真正理解小说中的时间绵延。而这个主体视角不是小说中的人物所拥有的，只能是作为作者意识的体现。换言之，小说中的人物故事都是这个作为超验主体的作者意识的展开。显然，这样的作者主体与人物就不是主体间的关系，而是一种理解的关系。时间的过程也不是朝向高潮的过程，而是一个阐述过程：将在开头的先知识揭示出来，然后以循环

　◁》　从时间到语言——保罗·德曼解构主义文论初探

回到源头的方式被重新领会。这个模式是阐释性和解释性的，而不是天启式的，是超验自我的自我理解的体现。因此，基拉尔的错误在于，"他错误地解释了存在于超验的自我与其源头间的时间关系，似乎它们是两个经验主体间的人际关系"（CCR, 23）。我们以为德曼以时间关系来解释基拉尔的人物欲望关系是有说服力的，因为人物的欲望关系实际上还是经验世界的堕落后的非本真的关系，而时间关系则更接近于本真的此在与世界的存在论关系。

## 第三节　语言阐释的时间结构

我们曾在上一章中谈到，尽管海德格尔对荷尔德林的阐释在很多细节的处理上显得非常粗暴，无论是从语文学或文体学，还是从历史语境的角度来看，都有令人感到不满意的地方，但德曼还是给予了海德格尔这种极富个人色彩的哲学式阐释方法非常高的评价，认为当时德国国内外的荷尔德林研究都间接或直接受到海德格尔的影响，这也说明海德格尔的阐释在方法上非常重要。这个阐释方法显然就是海德格尔的阐释学理论。德曼非常看重海德格尔的这个开创性的理论，曾罕见地大段引用了海德格尔在《存在与时间》中关于阐释学循环的观点：

> 人们其实总已经注意到了这个事实，即使只在领会和解释的派生方式的领域中，比如在语文学解释中。语文学解释属于科学认识的范围，诸如此类的认识要求对根据做出严格论证。科学论证不得把它本应该为之提供根据的东西设为前提。然而，如果解释一向就不得不活动在领会了的东西中，并且从领会了的东西那里汲取养

料……那么，解释怎样才能使科学的结果成熟，而又免于循环论证？然而，按照最基本的逻辑规则，这个循环乃是 circulus vitiosus（恶性循环）。……然而，在这一循环中看到恶性，找寻避免它的门径，或即使只把它当作无可避免的不完善性"接受"下来，这些都是对领会的彻头彻尾的误解。……不要先认错了进行解释所需要的本质条件，这样才能够满足解释所必需的基本条件。决定性的事情不是从循环中脱身，而是按照正确的方式进入这个循环。领会的循环不是一个由任意的认识方式活动于其间的圆圈，这个用语表达的乃是此在本身在生存论上的"先"结构（forestructure）……在这一循环中包藏着最源始的认识的一种积极的可能性。（BI, 30;《存在与时间》，178—179）

在德曼看来，海德格尔的阐释学循环理论有两个至关重要的点：第一个是关于所有阐释活动的认识论本质，第二个是对循环（circularity）或总体性（totality）概念的认识。

我们在上一节中谈到过，德曼将《存在与时间》的主题放在一种新的认识论上。当然这种认识论绝对不是传统中那种建立在主客二分基础上的认识论。在主客二分模式上并以科学研究为模型的认识论，主张的是主体去发现寓于客体中的客观规律。这种规律是一种客观存在却有待发现与探究的实体，可以被概括出来并普遍化，进而可以运用到更多的领域，对特定的事物进行预测、评估和衡量。这种认识和理解活动用海德格尔的话来说，就是考察存在者的现成存在状态，是发生在存在者层面上的。但是这种认知和理解模式应该有一个更本源的处于存在论层面上的模式。这个模式的要点在于一切认识和理解活动都是通过此在来完成的，因为此在是特殊的存在者，"其与众不同之处在于：这个存在者在它的存在中与这个存在本身发生交涉"（《存在与时间》，14）。这种交涉简单地说体现为此在"以对存在有所领会的方式存在着"（《存在与时间》，15）。因此，有别于在存在者层面上的认识和理解活动，在存在论层面上发生的认识和理解活动总是对存在已经有所领会的阐释活动。德曼对此理解活动用一句话来概括，就是："我们只能理解那在某种意义上已经给予我们和已经被认知了的，尽管是以一种破碎的、非本真却不能被称作是无意识的方式。"（BI, 30）这句话表明德曼对海德格尔的阐释理论的核心内容，即阐释总是对已经理解的内容的阐释，有深刻的把握。

不过，作为文学理论家，德曼在此做了一个很不起眼，却至关重要的发挥。在上面那段长引文之后，他紧接着写道："对于诗歌文本的阐释者，这个先知识就是文本本身。"（BI, 30）在海德格尔那里的先结构原本包含了三层结构："任何解释工作之初都必然有这种先入之见，它作为随着解释就已经'设定了的'东西是先行给定的，这就是说，是在先行具有、先行识见和先行掌握中先行给定的。"（《存在与时间》，176）德曼用作为"先知识"的文本来涵盖这三个"先行"结构，是对海德格尔理论创造性的改写。他认为，"每首诗歌或每一部作品作为一个整体，是一种诗歌意识对其自身特别的和自动的意图所拥有的理解的个别性的版本"（RCC, 55）。既然文学作品体现的是诗歌意识的自我理解，而自我理解在存在论层面上肯定是对先入之见的理解，那么用文学文本来替换海德格尔的"先行"结构在理论上显然是站得住脚的。不过，这样的改写也隐含着对海德格尔理论的质疑和批判，这一点我们将在下面谈及。

德曼对阐释学循环理论中的循环或总体性的概念也有自己的认识。一般而言，所谓的阐释学循环就是部分和整体之间的关系，即作品中的个别的词语和作品的整体之间相互作用和相互阐明。而就海德格尔的阐释循环而言，这意味着当理解完全实现并被阐释出来的时候，先知识结构也就会完全显露出来，这时循环便实现了，作品的总体性的形式也就被完全显现出来了。但是，德曼非常清楚地指出："真正的理解总是意味着某种程度上的总体性；若没有它，与先知识的连接就无法建立。它无法通达先知识，虽然对先知识有或多或少清楚的意识。"（BI, 31）也就是说，所谓完美的阐释循环结构，即对先知识完全的揭示只是一种努力的方向，在实践当中是无法实现的。如果阐释活动就是对理解的先结构的展示，这个展示只能是部分的、临时的，而不可能是完全的和最终的；哪怕这种展示就是作品的作为总体性的形式，这个形式也必然是不完全的和最终的——"总体性的观念意味着封闭的形式，这些形式努力去获得有序和连贯的体系，并有一种几乎无法抵抗的倾向去将自身转化成为客观的结构。但是，被一直遗忘的时间要素应该提醒我们这个形式仅仅是走向它完结的过程中"（BI, 31）。完美的形式不可能显化在感性的物质性的语言形式中，而只能存在于阐释者的头脑中。

总而言之，德曼认为："根据其本质，阐释学理解总是延后的：理解某物就是意识到总已经知晓了它，但与此同时，还要面对这个隐藏的知识的奥秘。只有在理解意识到自身的时间困境（temporal predicament），并意识到总体化（totalization）发生的境域就是时间的时候，理解才能被称为是完整的。理解的行为是一种时间行为，有自己的历史，但这个历史永远躲避总体化。"（BI, 32）德曼这里的观点完全是海德格尔的观点：理解总是已经发生并发生在时间境域之中的。不过，细究一番，我们仍然可以发现德曼在海德格尔理论的基础上有自己的思考和发挥。

简单地说，海德格尔的阐释学理论似乎完全处在理论的层面，是完美的理想化的过程，即在"后"的阐释可以完美地展示在"先"的理解，"领会在解释中有所领会地占有它所领会的东西。领会在解释中并不成为别的东西，而是成为它自身"（《存在与时间》，173），似乎阐释就是理解的完美实现。但是，在德曼看来，如上文所示，这样的完美实现只能存在于阐释者的头脑中，而无法落实到具体可感的语言表述中。换言之，在具体的作为阐释的批评实践中，那种理解与阐释完美契合的理想化的批评现象是不可能的。但海德格尔似乎不这样认为。他在《荷尔德林诗的阐释》第二版前言中对自己的阐释活动做过一番著名的"自辩"："也许任何对这些诗歌的阐释都脱不了是一场钟上的降雪。……为诗意创作物的缘故，对诗歌的阐释必然力求使自身成为多余的。任何解释最后的但也最艰难的一个步骤在于：随着它的阐释而在诗歌的纯粹线路面前销声匿迹。"① 这种像雪一样自行消融而只为了听到钟声的阐释批评就如同布朗肖所说的"不增不减"的阅读："阅读的行为不改变任何东西，也不给已经在那儿的增加任何东西。它让事物如其所是。"（BI, 63）但是，在德曼看来，海德格尔对荷尔德林阐释行为的这番自诩是令人不安的，"因为它违背了阐释过程的时间结构。隐含的先知识总是在时间上先于想要追赶上它的显明的阐释性话语"（BI, 31）。德曼的意思是，文本作为先知识是隐含而先行的，而后行的阐释话语虽然要努力完全展示出这个先知识的奥秘，却总是慢半拍而永远赶不上。这个时间上的"赶不上"就是阐释循环只能达到某种程度而不是完全的总体性的缘故。德曼因此称这种循环为"半循环"（semi-circularity）。我们这里需要注意两点：（1）海德格

---

① 海德格尔著，孙周兴译，《荷尔德林诗的阐释》，北京：商务印书馆，2014年，第3页。凡引自该书处，下文中皆夹注为"（《阐释》，页码）"。

尔对完美的阐释活动的自信实际上是发生在存在论层面上的，在理论上是可行的。（2）德曼更多思考的是阐释活动从先知识存在论层面向实际的语言层面"过渡"而出现的问题。正如本章第一节所论的，德曼虽然非常欣赏海德格尔在《存在与时间》中展现的理论，但他所感兴趣的是从"堕落"的"非本真"的认知向"本真"的认知的"过渡"，而这个"过渡"就是语言活动。所以，我们应该注意到在上面德曼所说的是"隐性"的"先知识"和"显性"的"阐释性话语"之间的关系。这里一"隐"一"显"表达的就是存在论层面和存在者层面之间的关系。所以，"隐含的先知识总是在时间上先于想要追赶上它的显明的阐释性话语"中的这个"时间上的先于"表达的是存在论意义上的"先于"，而不是存在者层面上的"先于"，即作者"先"写好了作品而"后"批评家对其文本进行评论这个线性时间关系中的先后关系。按照海德格尔的理论，创作文本和批评文本的先后关系只不过是一种源于存在论上的更源始性的时间结构。

　　现在的问题是，德曼凭什么来批评海德格尔那种如雪花一样落在钟上的完美阐释活动是站不住脚的？他的这条理由，即"隐含的先知识总是在时间上先于想要追赶上它的显明的阐释性话语"是否有效呢？凭什么说批评文本永远无法"赶上"被批评的文本？因为无论是文学文本还是阐释文本，最终都是语言的存在形态。所以这里要思考的问题实际上就是语言的时间结构问题。

　　德曼这样评价《存在与时间》对语言功能的阐释："的确，《存在与时间》不仅强调了语言作为主要实体特殊的、决定性的重要性，通过它我们确定了我们在世的方式，而且特别指出不是工具性而是阐释性的对语言的使用表征了有别于自然实体存在的人类的存在。"（RCC, 57）语言不仅仅是我们日常使用的工具，更重要的是作为此在的人理解自身的存在于世的方式。但根据海德格尔的观点，"此在源始的存在论上的生存论结构乃是时间性"（《存在与时间》，270），那么不言而喻，此在在世而进行自我理解的语言当然也在本质上拥有时间性结构。这就意味着，对于海德格尔的现象学来说，语言的时间结构应该是其研究的对象："任何存在论的主要工作因此就是描绘这种时间的结构化，它将必然是时间的现象学（phenomenology of temporality）（因为它描绘了意识），也是语言的现象学（因为时间性为我们意识的存在的方式是通过语言的中介）。"（RCC，57–58）既然海德格尔现象学的目的是探究存在的意义，探究的途径是通过此在这个特殊的中介，那么同理，要探究作为此在意义的时间性，也就需要探讨作为时间性中介的语言。这样，讨论语言的时间性就是现象学的题中之义了。这个思路是德曼从海德格尔理论向前跨出的重要一步。

在具体讨论这重要一步之前，需要先说明两点：首先，在德曼那里，语言是作为一种文学作品的存在来讨论的。就像海德格尔讨论的此在既不是存在本身也不是经验中的存在一样，德曼要讨论的语言也是如此，因为语言毕竟是此在用以进行理解的语言，而不是存在者层面的现成事物。其次，语言的时间性在德曼的讨论中既是其存在的意义，又是其展开自我的样式。通俗地说，语言的时间性既有"静"态的一面又有"动"态的一面，既有"隐"的一面又有"显"的一面。从这个角度来说，德曼在此阶段对语言的时间性结构的讨论实际上是在讨论语言存在的方式，这为他在下一个阶段抛开海德格尔以及现象学的束缚奠定了基础，但这种对语言存在方式（即时间性结构）进行讨论的思路显然出自海德格尔及其现象学。

在上文中，我们曾提到德曼不同意海德格尔对荷尔德林诗歌的那种理想式的阐释，具体说来就是对荷尔德林的名篇《如在节日的时候……》

的阐释。德曼说，阐释这首诗的挑战不在于诗文本身难懂，而在于版本问题。海德格尔所评论的这首诗的版本结尾是第六十六行的"留在虚空袭来的神的／风暴中，他靠近之时，心已坚固（yet in the far-flung down-rushing storms of ／The God, where he draws near, will the heart stand fast）"（《诗集》，303）。这与第一节遥相呼应："如同在节庆的日子，一个农夫去往、田野观看，那个早晨，／当炎热的夜过后，清冷的闪电落下／此时和远处雷声还在隆隆滚动，／河水重又漫上它的河滩，／大地显出一片新绿／从天空降下喜悦的雨／浇灌葡萄园，林子里的树／挺立在寂静的阳光下闪着光。"（《诗集》，300）开头这节暴风雨过后一片安宁的景象与结尾这个"心已坚固"的意象是完全合拍的。但问题是，在第六行之后，荷尔德林还留下了几行未写完的结尾："我痛呀！／而我立刻就说，／我靠近了去看天空之神，／他们自己，他们把我深深地扔在生者之下／在那些虚伪的祭司之中，在黑暗里，我／对那些饱学之士唱起了警示的歌。／那里。"（《诗集》，303）这个未完成的结尾所传达的显然与第一节那祥和的气氛格格不入，显出非常负面的情感。海德格尔所评论的内容依据的是这个六十六行的版本，虽然他知道还有六十六行之后的诗句。但他没有将这些未完成的诗行纳入自己的评论范围内，这在德曼看来有违他自己所倡导的阐释学方法的原则。

德曼指出，这首诗的一般读者会将第一节中出现的农夫形象与在第二节中出现的诗人形象相类同，两者都未经受暴风雨的打击，而是在暴风雨后风平浪静时出来查看事物的情况。海德格尔自己就采用这种读法："正如一个行走的农夫为他的世界安然无恙而欣喜，徜徉在广阔田野上，'同样地，他们处于适宜气候中'——诗人们。"（《阐释》，59）但是，德曼认为还有另外的读法，不将诗人与农夫视为一类人，理由是在第七节中有这样的诗行："然而我们理应在神的雷暴之下，/ 你们诗人！以赤裸的头站立。"（《诗集》，302）这里诗人的形象就不是灾后安然无恙巡视田野的形象，而是如同遭受雷电打击的在田野中的树木那样的形象。这就提示了，其实在该诗的第一节中存在着两种时间的代表：一种是直接暴露在雷电打击之下的田野中的树木，另一种是暴风雨之后安然无恙的人。不过，根据海德格尔的读法，这首诗的描述从自然到历史，再到诸神，最后到达存在自身，是一个循序渐进地通向对存在完全地揭示的过程。而原本隐含在第一节中的时间张力也因此得到了消解，因为在最后结尾的诗人具有一种联结历史、诸神和自然于存在的作用，这种作用实质上体现为"描述诗人为一个这样的人：他站立在过去的存在中（当他等待着存在的揭示），站立在现在（当它发生在英雄行为的历史中），并站立在将来（就像农夫关心他的田地，他的作品所关注的对他人来说就是与存在相联系的中介形式）"（CCR, 65）。德曼的解释虽然仍然比较抽象与隐晦，但是很明显在暗示一点，即海德格尔主张的诗人所具有的理解存在的能力——我们在上一章中谈到过德曼对此的质疑——就是诗人（存在者的代表）能够将过去、现在和未来这三维的时间构成一个整体。这个整体当然就是海德格尔的时间性——"我们把如此这般作为存在着的有所当前化的将来而统一起来的现象称作时间性"（《存在与时间》，372），而且时间性的到时的特点就是整体性——"时间性在每一种绽出样式中都整体地到时，即生存、实际性与沉沦的结构整体的整体性，也就是说，操心之结构的统一，奠基于时间性当下完整到时的绽出统一性"（《存在与时间》，398）。如果德曼的分析正确的话，那么很显然海德格尔的评论应该是这种"时间性当下完整到时的绽出统一性"的体现，这就意味着海德格尔完美地"复制"了荷尔德林诗歌的先知识，从而实现了他心目中那种"不增一分不减一分"的阐释理想。

然而，德曼对此提出了挑战，认为这样的成功所付出的代价是对荷尔德林那个未完成的结尾的压制。德曼认为，一方面，"对它们的压制实际上意味着，这首诗的真理，如海德格尔所理解的，表达了一种总体性，与这首诗歌自身语言的总体化模式是不相合的"（CCR, 65）；另一方面，海德格尔所压制的那部分结尾诗行抵制了海德格尔对总体性的判定，这就意味着"这个文本的真理的来源不再寓于文本本身之中，而是在于它之外的意识之中；这个评论，这个阐释真的是给这个诗歌话语添加了什么"（CCR, 65）。这显然违背了海德格尔自己主张的那种什么也不添加的阐释学理想。

德曼认为，被删减掉的那个结尾实际上绝对不是可有可无的片段，它所承载的信息恰恰就是荷尔德林诗歌中一再出现的主题。在这个未完成的结尾中，荷尔德林提到的一种危险——相信自己可以接近天空之神，却被抛入黑暗里，实际上在第六节中"正如诗人们所说，因塞默勒请求／神以真身显现，于是神的闪电落在她的屋子"（《诗集》，302），已经谈到了。换言之，诗人想要接近天神的意识和以塞默勒为代表的古希腊英雄们要直接与天神相会的行为具有相同性，即两者都是极其危险的，因为都会招来天神的击打而灭亡。不过，古希腊英雄们的行为和诗人的行为却不一样：前者由于其与天神过近，其结果必然是死亡，而后者通过语言这个中介来反思这种英勇的行为则避免了死亡。其实，在诗歌开头的第一节中直接暴露于暴风雨中的树木所代表的时间模式就是与存在的直接联系而产生的死亡时间，暴风雨之后安然无恙的农夫巡视田野则代表的是对这个死亡时间模式的反思。这两种不同的时间所产生的张力关系已经在第一节中出现了。这首诗其余的部分（除了被删的未完成的结尾以外）则是从自然、历史、古希腊人物事迹以及诗人等不同方面来阐述与存在（天神）的关系，是对蕴含在第一节中两种时间模式的具体展示。在未最后完工而被有些版本删除的结尾中，有"在黑暗里，我 / 对那些饱学之士唱起了警示的歌"这样一句，就是诗人对与天神（存在）过于接近而招致危险的反思与警告：诗人明确地告诉读者，如果像古希腊英雄们那样与天神直接对抗或亲密接触，必然会让自己灭亡；反而，像自己这样反思这种危险倒是安全的。显然，在这样的警告中，即在语言反思行为中，"死亡"的时间已经被包含在反思的时间中了。而只有在这被删的结尾中，这两种时间之间的张力关系才在反思中得到了揭示，使得在开头隐含的张力关系变得清晰显明起来。所以，在德曼看来，如果把被舍弃的未完成的结尾重新增补回诗歌，那么这整首诗歌就是一个非常理想的自我阐释过程。该诗的首节无论在时间上还是在存在论意义上都是该诗的先知识，而最后的结尾则是对该先知识的显明。这样首尾相连就构成了完整的阐释循环。不过，这个循环的源头既不在作者荷尔德林的经验性存在中，也不在先于语言文本的存在经验中。该诗的源头在该诗的第一节中，其结尾在理想的最后一节，整首诗的形式就是在阐释性阅读行为中将两种汇拢在一起的时间过程。而很显然的是，整个阐释性活动只不过是发生在整首诗中的阐释行为的延展而已。这完美地实现了海德格尔所主张的理想阐释：评论就是让自己消失而让所评论的内容完整现身。反而是海德格尔自己所做的评论，不顾这个被删减的结尾，而将自己的意思强加于这首诗歌之上，明显地违反了自己倡导的阐释学原则。

那么，我们需要问的是，在德曼眼里，是什么原因使得海德格尔所做的评论违反了自己的阐释学原则？或者说，德曼与海德格尔的分歧到底在哪里？我们认为可以用德曼的两句话来回答这个问题。第一句是"总体化原则（principle of totalization）的确是存在论的，在于它必须在存在本身的非连续性结构（the discontinuous structure of being itself）中被找到"（CCR, 72）。第二句是海德格尔的"错误在于用语言的存在的维度来替代了可以被称为语言的形式维度的东西"（CCR, 71）。

第一句话的前半句是德曼对海德格尔循环阐释学理论的肯定，后半句则是对此理论的深化。我们在前文中已经谈到了海德格尔所倡导的阐释学理论以及德曼对此理论的阐释。德曼当然赞同海德格尔从存在论层面的高度来揭示人类的理解活动，因为人类的理解活动就是此在对存在的理解与展示。这决定了此在的理解活动就是要通达已经领会的先知识。而对这个先知识的通达所形成的循环就是总体化的过程。从这个意义上来说，因为人的理解和阐释活动都是瞄向存在的总体化过程，所以，总体化是在存在论层面上成立的。但是，我们在前文中也谈到德曼认为这个总体化的循环并不是完全封闭的，而只是半封闭半循环，因为阐释的话语永远都要慢半拍而无法赶上先知识。现在我们知道这里的根本原因不是在存在者层面上，即阐释活动在时间上永远落后于所阐释的文本对象，而在于"存在本身的非连续性结构"。

存在的结构是什么？这个问题的正确问法应该是被此在理解的存在的结构是什么。此在理解存在的视域是时间性。我们在前面引用过海德格尔在《存在与时间》中的论述，表明在海德格尔那里，时间性是一个完整统一的整体。在海德格尔的《存在与时间》中，时间性总是一种统一的结构，有很多关于时间性统一状态的表述，比如："'作为'像一般领会与揭示一样奠基在从视野上绽出的时间性的统一中"（《存在与时间》，409），"把在世引回到时间性的绽出的统一视野上就使此在的这种基本建构的生存论存在论的可能性成为可理解的了"(《存在与时间》，415）。因此，既然时间性对于海德格尔是一种统一性结构，那么不言而喻，存在也应该是一种统一状态，虽然我们对自隐中自显的存在无法直接通达。但德曼对海德格尔关于存在的这种统一状态的认识是一直抱有怀疑态度的。早在 1955 年的《永恒的诱惑》一文中，德曼就对存在的统一性提出了质疑。一方面他认为从海德格尔的论述中可以推论出存在的分裂性——"作为分裂的存在这个观念贯穿于海德格尔的作品"（CW，34）；另一方面，他对海德格尔关于存在统一万物这一观点表示质疑——"如果两个存在者在它们的存在中被定义为相互对立，存在这个共同的事实就不能在自身中构成一个统一性的原则，因为它们的分裂精确地伸展到了根基之处"（CW，34）。不过，当时德曼还是从海德格尔后期的作品来反对存在统一性的观点。现在，德曼明显是依据时间的观点来重新提出自己的质疑。

不过细细究来，我们应该明白的一点是，德曼并不是在讨论存在本身，而是在讨论被此在理解的存在。因为他在 1965 年出版的《荷尔德林诗歌中的卢梭意象》中说过这样的话——"正是对源头的遗忘（常常被不正确地称为对存在的遗忘）描绘了我们当前的文明"（RR，39），"不是存在，因为它首先从未被知晓过"（RR，44）。明眼人可以看出，第一句完全是冲着海德格尔关于几千年来的哲学就是对存在的遗忘来的；第二句则解释了，因为存在从未被知晓过，也就谈不上遗忘了。但是我们在上文中已经知道，德曼是赞同海德格尔阐释学理论的，那么这是否意味着德曼的观点自相矛盾呢？实际上，德曼所说的源头就是海德格尔的三层性的先结构，用德曼自己的话来说就是先知识，是已经被理解了但仍然被隐藏的知识。所以，归根结底，德曼所感兴趣的是意识中的理解的先结构这个层面，而不是存在这个层面。所以，当他用"存在本身的非连续性结构"这样的表述，其实指的是被人的意识已经理解了的存在的非连续性，即此在理解中的先结构的非连续性层面。

既然如此，那么荷尔德林《如在节日的时候……》中的第一节包含的两种不同的时间模式的张力关系就可以被看作是这首诗自我理解和阐释的先结构。这个先结构就是生（暴风雨之后的反思）与死（暴风雨中的打击）的张力结构。不难发现，在诗人对存在的领会和理解中，两种时间形态具有先后的分裂关系：毕竟是闪电和风暴击打田野在"先"，农夫巡视田野在"后"。德曼把诗人描写的这些具象的暴风雨之先与之后的关系，提升到存在论层面：对存在理解的先结构就是把与存在的不经中介的关系（即死亡）纳入反思中。更准确地说，在存在论层面上，"死亡"必须"先"发生，才有"后"反思。这个在存在论层面上的"先""后"关系就是我们前面论述过的德曼认为的后行的阐释话语永远慢半拍而赶不上先知识，而形成闭环阐释学循环的总体性。所以，阐释学总体性总是在某种程度上成立而已，原因是先知识本身就不是一个自我统一的时间结构，而是呈现为"先""后"关系的时间现象。这个在存在论层面上的"先""后"结构主要是因为"死亡"的先行到来。也就是说，阐释话语永远慢半拍而赶不上先知识这个可以观察到的现象，作为一种"显"的语言形式"对应"于存在论层面上的先结构中的"先""后"关系这个"隐"的意义。

如果这样理解可以成立的话，那就顺理成章地来到了德曼的第二句话：海德格尔的"错误在于用语言的存在维度来替代了可以被称为语言的形式维度的东西"。语言的存在维度当然是指语言与存在的联系。我们在前面已经提示过，在德曼的讨论中，语言往往是指作为文学作品存在的形式。所以，语言在荷尔德林这首诗歌中的存在维度就是这首诗歌对存在的理解。根据上面的讨论，这首诗歌在海德格尔看来，表现的主题意义是诗人可以用其语言通达存在，但这个结论显然是不顾荷尔德林那未最后定稿的结尾而达成的，因为这个结尾恰恰是警告与存在直接相联系的危险。也就是说，这个结尾对存在关系否定性的语气与整首诗歌其余部分似乎是对存在关系的肯定性的语气，从形式上来看是完全非连续性的。这种形式上的非连续性显然与主题上语言与存在之间的连续性是相悖的。不过，我们不要以为德曼对海德格尔的批评是在完全否定海德格尔的理论。至少到现在为止，德曼仍然还是赞成海德格尔的存在论批评方法的。让我们重温一下德曼的这句话："任何存在论的主要工作因此就是描绘这种时间的结构化，它将必然是时间的现象学（因为它描绘了意识），也是语言的现象学（因为时间性为我们意识的存在的方式是通过语言的中介）。"现在从这句话中我们可以得出两点认识：（1）德曼对海德格尔的时间的现象学理论是完全没有意见的，他不满意的是海德格尔没有描绘出语言的现象学结构。他所要做的工作就是要在海德格尔的基础上来探讨语言的现象学结构。而由于语言只不过是时间性的中介形式，所以语言的形式必然要与时间性结构相应，这使得德曼下一步的工作仍然还是在海德格尔的时间理论范围之内运作。（2）德曼实际上是在实现自己关于"过渡"的理论。关于这点，前面我们谈到过。在这里，我们会发现，描绘意识的时间现象学其实是"隐"的，而中介时间性的语言则是"显"的，所以德曼所要做的工作就是让"隐"的"显"出来。在这个过程中，他将会发现，实际上作为"显"的语言形式已经内在地包含了"隐"的内容，即语言是身兼"显""隐"二性的。更重要的是，这里的"隐"不是传统意义上的看不见的意识那种状态，而是指存在论的内容，是与存在的关系，而"显"则显然是可以观察到的在存在者层面上的内容。这样语言身兼"显""隐"二性就具有非常的意义：语言贯通了存在与存在者，完美地实现了在两个层面之间的"过渡"职能。当然，这样的"过渡"理论实际上是海德格尔首创的。因为他关于此在这个天才般的理论构想——这是人类历史上第一次被提出来的革命性的构想——就是一个过渡性的东西，在存在与存在者之间过渡："此在以这样一种方式存在，以至于它只有通过在其存在的意义中对存在本身的理解才能把自身看作存在者。它作为从存在者层次向存在论状态的永恒的过渡而存在，或者毋宁说，作为通过存在论状态而从它之中的存在者出发而进行的过渡……由于此在自身表现为非空间性的链接，于是此在便在自身中实现了从存在者向存在的过渡。"① 因此，到目前为止，德曼的思想方法与资源可以说仍然还都是在海德格尔的领地内。

现在让我们来看看德曼讨论的语言现象是怎样的。我们应该清楚的是，在此时的德曼看来，时间仍然是他思考的中心，语言只不过是时间运作的形式而已。不过，他所关注的时间不是海德格尔那里的完全自我统一的时间状态，而是与语言直接相关的时间形式。在上文的讨论中，我们已经反复提到德曼突出了两种时间状态：一种是与存在直接相联系的死亡的时间，另一种是与存在间接相联系的反思的时间。前一种时间也被他称为行动的"暴力的时间性（the violent temporality）"，后一种则是"阐释的庇护的时间性"（the sheltering temporality of interpretation）（RR，63）。而语言——准确地说就是语言作为诗歌或文学作品而存在——则将两者囊括在内。诗歌正是因为将两者囊括在内而存在。具体而言，德曼

---

① 让－吕克·马利翁著，方向红译，《还原与给予：胡塞尔、海德格尔与现象学研究》，上海：上海译文出版社，2009 年，第 227—228 页。凡引自该书处，下文中皆夹注为"（《还原与给予》，页码）"。

发现以荷尔德林和华兹华斯为代表的浪漫主义诗人的作品中——比如上面讨论的《如在节日的时候……》——很明显地包含了两种时间形式或两种存在模式。这两种时间模式或存在模式是非连续的"生与死"的断裂关系：一种是与存在直接相联系的"死"，另一种是与存在间接相联系的"生"。因此，"生"与"死"这两者之间具有难以跨越的鸿沟，表现在语言形式上就是诗歌往往有一种突兀的形式上的转变：或是在语言风格形式上，或是在语气上，或是在别的形式上，有一种非连续性。这种非连续性德曼称为"诗歌的时间性"（poetic temporality）（RR, 64）。也就是说，在语言形式中表现的非连续性就是语言的时间性，语言的时间性就是一种非连续的断裂性。这是对海德格尔统一的时间性的一种明显的挑战。

在我们进一步阐释德曼的语言时间性理论之前，我们可以对德曼这样的思考做一个理论上的反思。我们在前面已经提到过，当德曼说存在具有分裂而不是统一的结构的时候，我们强调德曼是在说被此在所理解的存在。在第一章中，我们已经讨论过德曼的源头概念，现在我们可以说，这其实就是德曼用荷尔德林的语言来对海德格尔的先结构原则的文学化改写。根据德曼的思路，这个作为先结构的源头不能对存在进行直接的理解而只能通过对其他存在者（比如在古希腊神话中的英雄）的存在状态的反思来理解存在。在德曼看来，海德格尔的"先行结构"原本就是一种反思结构。对存在的"理解"就是对存在的"反思"的双重结构：第一重是先行的行动，它无法自我理解，结果就是如同鲁莽的古希腊英雄那样招致死亡；第二重就是对此行动的思考，它表面上是对前一个行动的思考，其实是借此来自我思考，因为这个被思考的点是与存在相联系的，虽然存在此时以死亡的面目出现。所以，当我们说此在是自我理解的存在，或说此在理解了存在，在德曼那里就是此在通过"思考"了死亡而存在。现在，语言的阐释功能就是将此在的这种"思考"外显出来，用德曼的话来说，就是诗歌的行为不仅记载了招致死亡的行动，而且"呈现了一种回转（a turning back），通过它，意识将这种冗余（excess）转化成语言"（RR, 63）。这个"冗余"就是指与存在直接相连的行动，而"回转"则是对此"冗余"的"沉思"。"意识将这种冗余转化成语言"就是德曼对此在在语言中思考存在这个现象的阐释。这样看来，语言或者诗歌行为，作为对此在理解存在的这种先结构的形式外显而具有形式上的非连续性，即体现为德曼所谓的"诗歌的时间性"，这是有其存在论上的根源的。

虽然从表面上看，德曼挑战了海德格尔关于此在理解存在的时间结构，但实际上在关于死亡的中心地位上，则完全体现出海德格尔的思想。海德格尔认为，在此在的生存中，虽然死亡是此在的尚未，但必然先行到来："只要此在存在，它就始终已经是它的尚未，同样，它也总已经是它的总结。死所意指的结束意味着的不是此在的存在到头，而是这一存在者的一种向终结存在。死是一种此在刚一存在就承担起来的去存在的方式。"（《存在与时间》，282）这个存在论上关于死亡的观点被德曼大大地借鉴到自己的理论创建中。不过，在现在这个阶段，德曼仍然只是将死亡看作是意识和语言来反思、展示的对象。因此，死亡就作为语言活动的中轴而使得语言得以展开。在这个意义上，语言的时间现象有了其"动态"的一面，而不仅仅是"静态"的类似于空间化的断裂性而已。为了说明这个问题，不妨让我们来看看德曼对华兹华斯《有一个男孩》这首诗的分析。

这首诗一共是三十四行。前二十五行描绘的是人——诗中描绘的在威南德湖畔长大的男孩——与大自然之间的和谐关系。第二十六行突然毫无预兆地描述了这个不到十二岁男孩的死亡以及诗人在其墓前整整半个小时的哀思。虽然这种转折在形式上显得突兀而令人费解，但是德曼认为，如果知道这首诗原来是诗人华兹华斯的一首自传性质的诗，就不难理解了。在这首诗的后半部分，诗人华兹华斯站在这个孩子的墓前，实际上是在反思他自己未来的却是可预期的死亡。死虽然是确定会到来的，却无法被经验反思。因此，为了想象和传达这种对死亡的意识，他只能将死亡表现为发生在过去的某个人身上的事件："华兹华斯因此是在预期一个未来的事件，好像它存在于过去。似乎是在回忆，在朝向过去移动，但他实际上是在预期将来。将一个过去的自我客体化（objectification），即将一个毫无意识地经验到对其自身死亡的预期的意识客体化，允许他来反思这个实际上无法想象的事件。"（RCC, 81）死亡作为一个未来的事件被虚构为一个过去的事件来反思。"过去"和"未来"以"死亡"为中轴而来回运动。当然这个被思考的"死亡"实际上不是华兹华斯肉身的死亡，不是存在者意义上的"死亡"，而是在存在论意义上的"死亡"。而因为这个通过虚构一个过去的自身来描述一个未来的经验的行为只有通过语言的虚构才能发生，那么这种被思考的"死亡"，即在存在论意义上的死亡，其实就是我们上面所讨论过的作为非连续性出现的"诗歌的时间性"，也就是语言活动的当下时间。进一步思考，如果这个存在论意义上的"死亡"要求"过去"和"未来"在虚构中可以来回替换运转，那么也可以说是作为语言活动的当下时间允许这样的时间的逆转运动："它（指诗歌的时间性结构）借给过去连续性，否则过去将立刻沉入那从意识中消退的未来的非存在（non-being）中去了。"（RR, 64）我们知道，沉入非存在中去就是指不被此在思考或理解而失去了意义。在这里，这种此在的思考即对死亡的反思，就是诗歌语言的虚构行为。所以说，"未来"和"过去"有意义皆因为"当下"诗歌的语言活动"借"给它们连续性而呈现出意义。德曼在这里的思考实际上有双重的意思：（1）在语言中的时间运动表现为以"当下"为中轴的"过去"和"未来"之间的可逆性运动。这个语言活动的"当下"，表现为诗歌的时间性结构，是日常"过去"和"未来"时间概念的来源。从这个意义上来说，德曼还是秉持海德格尔的观点的，即日常时间来源于更本源的存在论上的时间性。（2）更具意义的是，德曼将海德格尔的存在论时间结构转译到了语言活动中，这就在潜在的意义上将语言活动本身当作了比意识更本源的存在。这为德曼完全摆脱现象学的意识理论的束缚打下了基础。这时德曼就可以说："文学的阐释的存在论并不是指文学需要从存在的角度或者从存在代理人的诗人的角度来阅读，而只能从存在论为导向而不是经验为导向的意识的角度来阅读，但该意识应该是植根于主体的语言中而不是植根于存在中。"（RCC, 71）德曼能说出"意识……植根于主体的语言中"这样的结论，根本的原因就在于他已经认识到语言活动的时间结构比起意识的时间结构更为根本，语言的活动主宰了意识活动。

# 从时间到语言

-*Chapter 3*-
◀▶

## 第一节　盲识与洞见

### 1. 何谓"盲识"与"洞见"

《盲识与洞见：论当代批评之修辞》中有一组文章决定了这本书的书名。在这组研究美国的新批评、卢卡奇、宾斯万格、布朗肖和普莱的文章中，德曼发现了一个反复出现的现象，即这些研究对象总是以一种间接的方式就文学语言或文学现象的本质提出真知灼见。这些"洞见"不是以显白的方式被直接陈述出来，让读者可以轻松地从他们的行文中摘录，而是需要稍微再朝前一步，越过他们所做的肯定性论述而获得。这样如同拨云见日后获得的"洞见"，往往与他们直接说出来的结论形成反差，甚至会形成矛盾对立的关系。"不过，这些矛盾对立并不相互取消，也不进入辩证的综合性的动态关系。矛盾冲突或辩证运动发展不起来，因为在一个显明的层面上，一种根本性的差异阻止了两种论述在一个共同的话语层面上相遇；一个总是躲藏在另一个之中，就像太阳躲在阴影中，或真理在谬误里。"（BI, 102-103）

这是怎样的关系呢？这两个层面虽然"对立"，但既不是日常理解的矛盾关系又无法综合，反而是太阳与阴影、真理与谬误的关系——阴影因遮挡太阳而出现，谬误因遮挡真理而形成——"盲识"也是遮挡了"洞见"而形成的。但是，用这样的修辞性的语言来解释反而更容易让人产生误解。虽然我们将会在本章中解释这样的误解是不可避免的，但我们仍然有必要对德曼的这对概念做一点解释，因为这对概念是德曼开始逐渐摆脱海德格尔理论的内在束缚而开辟出自己的理论疆界的起点。

让我们从德曼所举的例子中最简单的一个入手。在卢卡奇的《小说理论》中，"盲识"与"洞见"这对关系表现得近乎自相矛盾。卢卡奇一开始将小说定义为一种反讽的模式，呈现为一种非连续性的断裂形式，与古希腊史诗那种体现出生命与存在和谐统一的有机整体性完全不同。所以小说的反讽形式是因为作为存在者的人与存在源头的时间断裂关系而形成的。但是，卢卡奇又认为小说在现代——比如在福楼拜的《情感教育》中——又因克服了非连续性的形式障碍而重新获得了有机统一性形式："在真正的时间经验中，反讽的非连续性消失了，在福楼拜那里，对时间本身的处理，不再是反讽性的了。"（BI, 58）卢卡奇显然是自相矛盾的，一方面说时间造成了反讽的非连续性形式，另一方面说时间战胜了反讽的非连续性："某个概念，时间，在两个无法调和的层面上运作：在有机层面上，我们有源头、连续性、成长和总体性，陈述是清楚和肯定的；在反讽的意识层面上，所有的都是非连续的、异化的和碎片化的，它是如此隐晦，深深地躲藏在错误和欺骗后面，而无法深入主题断言。"（BI, 104）那么，在卢卡奇这个例子中，其所见（"洞见"）与所未见（"盲识"）到底是什么呢？这种对"时间"的自相矛盾的用法显然不是德曼所谓的"盲识"与"洞见"。我们不能在"时间是连续性的"和"时间是非连续性的"这两个陈述之间来选择哪个是他的"洞见",哪个是他的"盲识",因为卢卡奇可以为自己辩护说"时间"的非连续性是其连续性状态的一个特例或者外在表现而已,甚至反过来说也可以。在"矛"与"盾"之间做选择只能落入辩证法的陷阱。德曼认为,卢卡奇的《小说理论》涉及"有机形式""反讽"和"时间"三要素,"将作为文学语言一个例子的小说还原为这三个要素之间的相互作用(interplay)是一个巨大的洞见。但是这三者相互联系的方式,它们所施展的这个戏剧的情节是错误的。在卢卡奇的故事里,恶棍——时间——表现为英雄。当他实际上在谋杀女主人公——小说——时,他被认为是在拯救"(BI, 104)。有观点据此认为,"时间"这个既是恶棍又是英雄的双重身份就是卢卡奇的"盲识"与"洞见","卢卡奇最大的洞见也是他最大的盲识"[1]。这样的观点貌似不错,但如前文所述,显然过于简单,错失了德曼关于"盲识"与"洞见"的真义。

我们应该注意到,德曼在这里表述的核心在于:从三个要素之间的关系来理解小说是一个洞见,但这三个要素之间的相互联系的方式是错误的。也就是说,在德曼看来,一方面,卢卡奇能够将"时间"作为最核心的要素来解释小说的形式,这是他的小说理论中的洞见,即"时间"是他最大的"洞见"。另一方面,卢卡奇对"时间"这个核心要素在小说中运作或存在的方式的阐释是错误的。因为在卢卡奇那里,"时间"一开始就扮演"恶棍"使得小说表现为反讽的形式,然后扮演"英雄",消除了小说反讽的非连续性形式,从而拯救了小说。这样,"时间"成了一个从"坏"变"好"的线性运动过程。但德曼实际上认为,以线性方式来

---

① 董学文主编,《西方文学理论史》,北京:北京大学出版社,2005年,第460页。

看待"时间"的存在方式是错误的,"时间"具有非线性的存在方式,它其实自始至终都同时在扮演"恶棍"和"英雄"两个角色。"时间"的存在方式实际上呈现为"既是(恶棍)又是(英雄)"这样的结构,而不是"先是(恶棍)后是(英雄)"这样的结构。"时间"的这种存在方式,对他来说却是"盲识",即"时间"是他最大的"盲识"的意思。"时间"作为"洞见",就是其静态的"所是"(what);"时间"作为"盲识",就是其动态的存在方式的"何为"(how)。卢卡奇在关于"时间"存在方式的"盲识"的基础上得出了关于"时间"的"洞见"。像卢卡奇这样的文学批评家的问题出在"他们的方法忘记了对此洞见的感知"(BI, 106),他们用以获得"洞见"的方法反而是他们的"盲识":"他们的盲识就在于对一种方法论的确认中。此方法论可以根据他们自己的发现来'解构':普莱的'自我'结果竟是语言,布朗肖的非个人化是自我阅读的隐喻,如此等等;在所有这些例子中,方法论教条正在与文学洞见相抗衡……"(BI, 139)①
在美国新批评那里,"形式"是他们的"洞见",但是对于形式——"既是有机整体性的创建者又是其拆解者"(BI, 104)——这样的存在方式他们视而不见,而只片面地主张形式只是有机整体性的创建者这样的"盲识":在布朗肖那里,其"洞见"是文学作品中的非个人化,但是在探究非个人化过程中必须存在的自我阅读过程又悄悄地将某种形式的自我塞了回来;在普莱那里,其"洞见"是文学中作为源头的"自我",但他的"盲识"是看不到这个"自我"的源头却需要在它之前出现的语言的帮助。所以,在德曼所阅读的这些批评家那里,"时间""形式""非个人化"和"自

---

① 简言之,就是"所知"与"所行"是相互抵触的。这里其实预告了德曼日后的理论进展,即语言修辞在本质上是"知"与"行"相互脱节的关系。

我"都是他们的"洞见",但是他们关于这些"洞见"的存在方式往往构成了他们各自的"盲识"。

## 2. "盲识"与"洞见"何来

那么,现在要问的问题是:为什么会出现"盲识"与"洞见"。德曼这样解释:

> 洞见似乎是获自一种激发了批评家的思想否定性的运动,一种未说出的原则,使得他的语言背离了他所表达出的立场,扭曲和消解他说出的承诺内容到了完全倒空实体内容的地步,似乎连肯定的可能性也都受到了质疑。正是这种否定的、明显的摧毁之功引向了可以被合理地称为洞见的东西。(BI: 103)

这段话非常简洁地道出了"盲识"与"洞见"产生的机制:一种否定性的运动一方面让批评家说出自己想说的内容(即"盲识"),另一方面又将此内容的实体内容消解到倒空的程度而引向了"洞见"。虽然这个过程非常抽象,需要具体展开,但是我们首先要搞清楚的是德曼这里的"否定性运动"指什么。让我们再次引用德曼在论述布朗肖时的话:"事实上,意识毫无意识地卷入了一种超越其力量的运动中。随着作品的推进而被'越过'的各种否定的形式——自然客体的死亡、《伊纪杜尔》中个人和意识的死亡,或者宇宙的摧毁、被毁灭在《骰子》中的'风暴'中的历史意识——结果都是寓于存在中的一种持续的否定性运动的个别性表达。"(BI, 73)很明显,"否定性运动"就是存在的运动。存在具有一种至高无上的否定性力量,超越了一切意识及意识可以预见的否定性形式。在批评家的文学批评活动中，贯穿其中的这种存在的力量推动文学批评叙事的进行，让批评家有意识地得出一些肯定性的论述和结论——在德曼眼里，这些结论只不过都是为了躲避存在的否定性力量的计谋而已——但与此同时，这些肯定性的论述和结论又被存在那无与伦比的否定性力量消解和颠覆，甚至抽空了其实体内容，从而达到了洞见。

在这段话中，我们会发现，存在的这种否定性力量实际上在同时做两件事情：一方面它支持批评家说出了想表达的立场，但另一方面又"使得他的语言背离了他所表达出的立场"而引向了洞见。这个否定性的运动在批评家的文学批评活动中"同时"产生了两套观点：一套是批评家意识到的、肯定性的、言明的观点，另一套是他未曾意识到的、否定性的、未能说出的观点。后者是对前者的完全否定，将前者的实体内容倒空了而形成的"洞见"。在这里，我们应该注意到这样一点：最后形成的"洞见"竟然是违背批评家们的立场而形成的。这意味着其实"洞见"这个词现在出现了两种用法：一种指的是受批评家们的意识控制的观点，另一种则是不受批评家们的意识控制的观点。还是以卢卡奇的"时间"为例。我们在前面已经讨论过，"时间"虽然是卢卡奇在讨论小说理论中的洞见，但是他的时间观是一种线性的时间观，"时间"因此可以是将主客体联结在一起的工具。而德曼所谓的"时间"则是一种非现象的、非线性的时间观——它"要求内在性的还原时刻，在其中意识与其真实的自身相遇，并且这个时刻正是主客体的有机类比关系显示自身为错误的时刻"（BI，58）——它不仅不能联结主客体，反而显示出主客体之间相通的关系在根本上是错误的。同一个"洞见"，却有完全不同的含义：德曼所谓的作为"洞见"的"时间"恰恰是对卢卡奇意识中的作为"洞见"的"时间"的否定。这样看来，同一个词语可以包含对立的两套意义体系或两种用法，这也是日后德曼更进一步的解构主义语言修辞理论所要阐释的。

在这里，我们应该回过头来回答一个在上文讨论"盲识"与"洞见"的含义时故意绕过去的问题。如果读者熟悉德曼的著作，就应该知道德曼在《修辞的盲识》中主要讨论的是德里达对卢梭的阅读，认为德里达在阅读卢梭时也因为"盲识"而误读了卢梭。但德里达的"盲识"与前面提及的几位批评家不同，他的"盲识"不在于方法论上的问题。德曼认为德里达的方法论是完全没有问题的，只不过是用错了对象而已。那么，为什么德里达在方法论上没有问题，却还是在阅读卢梭时产生了"盲识"呢？下面这段话应该是德曼最好的回答：

> 为什么他必须批评卢梭做了实际上正是他自己合理地做了的事呢？根据德里达的观点，卢梭对逻各斯中心主义语言理论的弃绝……"不可能是一种激烈的弃绝……"相反我已经尽力表明卢梭对传统词汇的使用，在其策略和意蕴上，是完全与德里达对西方哲学传统词汇的有意识的使用相似的。在卢梭那里发生的正是在德里达那里发生的：实体和在场的词汇（a vocabulary of substance and of presence）不再是声明性地（declaratively）而是修辞性地（rhetorically）使用……卢梭的文本没有盲点：在所有的时刻它都解释了自身的修辞模式。德里达错误地解释为盲识的则是从话语的字面（literal）层面向修辞（figural）层面的换位而已（transposition）。（BI, 138-139）

这段话的关键之处是"实体和在场的词汇不再是声明性地而是修辞性地使用"和"从话语的字面层面向修辞层面的换位"这两个要点：词语在被修辞性地使用时，发生的是字面义向修辞义的转化。德里达的"盲识"就是没有看见话语在这两个层面之间的转化,而语言在这两个层面之间转化的可能性就是语言的"修辞性"。德里达的"盲识"因此就是"修辞的盲识",而不是方法论上的"盲识"。所以,这也同时解释了上文中所讨论的"时间"这个"洞见"其实也是在两个层面上使用:卢卡奇的是在字面意义上的"时间",是"实体和在场的词汇";德曼所使用的是修辞意义上的"时间",是倒空了实体和非在场的词汇。在上文中提到的"形式""主体"等洞见性的主题都可以做这样的理解。

## 3. 如何分辨"盲识"与"洞见"

我们上面的讨论实际上已经暗设了这样一个问题:德曼凭什么来指出别人的"盲识"?他有怎样的特权可以来分辨"盲识"与"洞见"?对此问题,德曼这样回答:

> 洞见只对于处在特殊位置上的读者才存在,他能够就其所是地将这个盲识作为一种现象来观察——但他自己的盲识问题根据定义是他自己无法发问的——并因此能够区分出陈述(statement)与意义(meaning)。他必须解构(undo)一个眼光(vision)显明的结论。此眼光之所以能够向着光运动,只是因为它早已盲视了,而无须恐惧这光的力量。但这个眼光无法正确地汇报其在旅程中所感知的,来批判性地写关于批评家们的内容,因此就成为一种反思、一个盲视的眼光(a blinded vision)的悖论性效果(paradoxical effectiveness)的方式。这盲视的眼光需要通过它无意识所提供的洞见来得到矫正。(BI, 106)

德曼直言不讳地说出了自己能够对其他批评家的"盲识"与"洞见"做出判断的原因：他站在特殊的位置上，能够对别人的"盲识"做出观察和判断，能够分辨出批评家们在朝向真理之光运动时所获得的"盲视的眼光"中哪部分是"盲识"，哪部分是"洞见"。盲视的批评家们好像是一个折射真理之光的中介，德曼能够借此判断出，哪里是"亮光"，哪里是"阴影"。而这样做的根本原因，就在于像德曼这样的特殊的读者，已经站在了一个特殊的位置上，已经事先掌握了观察别人所需要的真理之光，再根据这个真理之光来纠正别人的"盲识"。在被阅读的批评家那里，他们的"洞见"在"盲识"中被"无意识地提供"；在像德曼这样占据特殊位置的读者那里，这个"洞见"被有意识地用来纠正批评家们的"盲识"。在一方是无意识的"洞见"，在另一方却是有意识的"洞见"。比如上文谈到的在卢卡奇那里的"时间"就是如此。卢卡奇虽然感知到了"时间"这个"洞见"，"但这个眼光无法正确地汇报其在旅程中所感知的"。要正确地汇报出这个"洞见"，需要一种正确的看，而正确的看意味着要掌握一种理论，因为正如理论的英文词 theory 的希腊语词源 theōria 所表明的，理论就是一种沉思、推测和观看。这样看来，德曼认为自己是站在特殊的理论位置上来辨别"盲识"与"洞见"倒是可以接受的。像德曼这样的读者，用事先已经"掌握"的理论去烛照别人的文本，然后做出了"盲识"与"洞见"之分，表面上看，这似乎有常常为人诟病的理论先行的嫌疑，我们以为这实际上还是海德格尔阐释学循环理论的体现，似乎无可厚非。

不过，如果我们细读前面这段引文，应该会留意到这句话："但他自己的盲识问题根据定义是他自己无法发问的。"自己没法发问，但可以通过别人来发问。德曼站在特殊的理论位置上，以"盲识"与"洞见"的潜在模式来阅读别人的文章时，显然出现了一些令人困惑的情况。我们可以发现，在对美国的新批评、卢卡奇、宾斯万格、布朗肖和普莱的这几篇非常成功地揭示"盲识"与"洞见"的文章中，常常是在对被阅读对象进行大量分析，即对这些批评家的文章中的"盲识"部分做了展示之后，突然会转向理论"洞见"。比如，在分析美国新批评的形式概念之后，德曼突然转向了这么一段话："这种上下文的统一性，对文本的研究一次次地肯定了它，美国式批评将其有效性也归功于它，那么这种统一性是从哪里获得的呢？这种统一性——实际上是半循环性——不是寓于诗歌文本之中，而是寓于对此文本的解释行为之中，难道不是这样的吗？我们发现的这个循环，并称之为'形式'，不是来自文本和自然事物的类比，而是构成了阐释循环，……其存在论的意义基于海德格尔的《存在与时间》。"（BI, 29）在这段以反问和直接揭示答案的非常间接的"过渡"之后，德曼就开始论述海德格尔的阐释学理论来解释文学形式"洞见"。这个"洞见"显然不是德曼靠着对"盲识"的分析，一步一步通过论证得出的结论，而是直接从海德格尔那里空降下来的。显然，在"盲识"与"洞见"之间几乎没有什么论证性的过渡，两者之间几乎是一种断裂性的跳跃关系。当然，也许我们可以为德曼辩护说，这种"盲识"与"洞见"之间的断裂性关系，只不过是他写作的风格问题而已。

但这背后其实隐含着一个重要的理论问题。当我们说"盲识"与"洞见"之间存在断裂关系——"不仅批评家说出了作品没有说的，他甚至说出了他自己并不想说的"（BI, 109）——这意味着批评家在进行语言活动时，无法完全掌控语言本身。也就是说，批评家在其头脑中对作品的理解是一回事，而对作品具体的阐释则又是另一回事。在德曼的主要理论来源《存在与时间》中，这根本不是一个问题。海德格尔一句"领会在解释中并不成为别的，而是成为它自身"(《存在与时间》，173）就在理解与阐释之间画上了等号，仿佛语言根本就是对主体透明的工具；而在海德格尔的后期，如我们在前文中已经看到的，他主张语言能通达存在。现在德曼的阅读实践则提出了这个重要的问题：为什么批评家的意识无法完全控制其语言表达的全部意义？

这个问题其实就是主体和语言的关系问题，即谁是意义源头的问题。德曼在阅读普莱的时候实际上已经觉察到了这个问题。他发现，一方面主体所理解的意思需要语言来表达，好像语言要先于主体；另一方面语言要表达的意思来自主体，好像应该是主体先于语言。所以他当时的结论是："自我和语言是两个焦点，作品的轨迹围绕着它们而生发了开来。每一个都是对方的先在性（anteriority）。"（BI, 100）此时，这个主体和语言只是作为普莱的"盲识"提出来而已。但是，经德里达的"提醒"，德曼意识到这其实也是自己理论视野中的"盲识"，因为德里达对卢梭阅读的一个结论和德曼从普莱那里得到的"盲识"几乎是一模一样的——"德里达的阐释表明，指定一个在场的时刻（a moment of presence），总是要设定另一个在先的时刻"（BI, 115）。德里达认为，卢梭一方面认为声音应该是书写语言的源头，另一方面在描述作为源头的声音时，又表明了这些作为源头的声音其实从一开始就占据了那些阻止书写语言成为源头的"所有的距离和否定的因素"（BI, 115）。普莱那里的主体和语言、卢梭这里的声音和语言，这两组关系其实都指向了同一个问题：如何来理解和阐释"盲识"与"洞见"这种语言活动现象？

虽然在上面的论述中我们知道，可以用否定性的存在运动来解释"盲识"与"洞见"之间的关系，但这毕竟还是哲学上的解释。在上一章的第一节中，我们也特别提出德曼的这个观点，让我们再重复一遍："《存在与时间》的整个组织结构就是由整个主题所确定的……时间性这个概念，在本源上与我们日常使用的过去、现在和未来毫无关系，依赖于这种从'堕落'意识向'本真'意识的过渡。"我们认为，非本真的"堕落"意识就是在存在者层面上的"盲识"，"本真"的意识则是在存在论层面上的"洞见"。从这个角度来说，《存在与时间》虽然从哲学角度提出了这两个层面的内容，但是对于如何在这两个层面之间"过渡"，则没有提出有效的解释。或者，从作为文学理论家的德曼的角度来说，主体和语言的张力关系无法在此在这个结构中得到解释。海德格尔是以此在来掌控语言，语言只不过是此在理解和阐释存在的工具；而德曼现在越来越强调语言独立于主体的地位。他引用了布朗肖评论马拉美时的观点："语言对他来说既不是说话者，也不是倾听者：它自行说话和书写，它是一种没有主体的意识（consciousness without a subject）。"（BI, 69）这种"没有主体的意识"也称为"语言的非个人化"（impersonality of language）（BI, 69）。这个表达——"诗人遇见的语言是作为一种相异和自主的实体，并不是对主体可以熟悉的意图的表达，也不是符合他需要的工具"（BI, 69）——暗示了语言的这种超越经验主体的作用。所以，这里便出现了两难的问题：一方面经验主体要用语言来表达自己的意图；另一方面，语言在被经验主体使用时又会超越这种意图。这就是产生"盲识"与"洞见"现象的根本性原因，因此需要从语言入手来加以解释。

上文中我们已经谈到在阅读普莱的过程中，德曼发现了语言与主体之间的张力关系，两者似乎是双曲线的两个焦点，文学作品就如同双曲线那样围绕着它们而形成自身。不过，如果进一步思考，这个语言和主体之间的双焦点关系之所以能够形成，是因为在它们与存在的关系中都需要对方：主体理解了存在，需要语言来表达，否则主体就与存在相等

　　◀▶　　从时间到语言——保罗·德曼解构主义文论初探

同而面临消亡；但是，如果将语言摆在主体之前，那么又会面临着主体被掩藏的窘境。该如何走出主体和语言的这种两难关系？德曼紧紧抓住海德格尔的思路来解决这个问题：与存在的关系的实质是时间问题。因此，德曼认为，语言与主体的关系问题就是与存在的时间关系的两个面向。结合上面的思考，德曼所要做的便是从语言的角度来阐释这两个面向，即将时间的两个面向改写为语言修辞。下面，我们将从作为寓言的时间修辞和作为反讽的时间修辞两个角度来具体阐述德曼是如何通过改写时间而逐渐位移到自己的语言理论的。

## 第二节　时间的修辞

### 1. 象征与寓言

修辞格的研究，其中的根本问题在于意向性问题。这是德曼研究语言修辞的一个隐含的起点，当然这也受到现象学的意向性理论的影响。但是，阻止修辞研究的真正问题在于错误地将修辞术语与价值判断联系起来，从而模糊了修辞的内在区分和结构。而对修辞的使用所蕴含的前设至少可以追溯到浪漫主义时期。德曼注意到一个显著的现象，即在 18 世纪后半叶，"象征"这个词开始独占鳌头，大有取代其他修辞格而一统天下之势。

根据伽达默尔在《真理与方法》中的研究，象征和寓言在古代西方是相近的，"这不仅是因为它们都具有通过彼一物再现此一物的共同结构，而且还由于它们两者都在宗教领域内得到了优先的运用"[①]，但是到了 18

---

[①] 伽达默尔著，洪汉鼎译，《真理与方法——哲学诠释学的基本特征》，上海：上海译文出版社，2004 年，第 93 页。凡引自该书处，下文中皆夹注为"（《真理与方法》，页码）"。

世纪末，象征与寓言出现了对立："象征是感性的事物与非感性事物的重合，而寓言则是感性事物对非感性事物的富有意味的触及。……由于天才概念和'表现'的主体化的影响，这种意义的区别就成为一种价值对立。象征作为无止境的东西（因为它是不定的可解释的）是绝对地与处于更精确意义关系中并仅限于此种意义关系的寓言事物相对立，就像艺术与非艺术的对立一样。"（《真理与方法》，95—96）那么为什么原本相近的两种修辞方法到了18世纪末出现了对立呢？因为据说寓言产生于某种固定的传统，而不像象征那样是天才的创造物。寓言所依据的是独断论、理性化以及基督教传统与古典文化相调和的产物。而到了浪漫主义时期，这些产生寓言的传统土壤消失了，艺术从理性主义的桎梏中获得了解放，"当艺术的本质脱离了一切教义性的联系，并能用天才的无意识创造所定义时"（《真理与方法》，102），褒象征而贬寓言便是自然而然的事了。艺术活动如果分为体验和对体验的传达，那么浪漫主义的文学家们凭借其天才，能够消除两者之间的差别；浪漫主义天才们可以使用诗性语言来超越这种差别，而把自己个人的体验直接转化为普遍性的真理——"在翻译到语言时，经验的主体性被保存；世界不再被看作是实体的配置，它们设定了众多差异和孤立的意义，而被看作是象征的配置，最终引向一个整体、单一和普世的意义"（BI, 188）。德曼在这里其实是在暗示对存在意义的两种态度或关系：象征因为表达了语言符号与存在意义的统一性关系而被认为高于寓言，而寓言被认为缺乏对这种统一性关系的表达。

高抬象征的地位会遇到实践问题和理论问题。实践问题就是无法解释在一些诗人或作家那里的文学现象。比如德曼指出，在荷尔德林的诗歌中，经常会看到诗歌在开头部分有对河流、山川的描写。这些描写显然是具有象征意义的，而且这些象征性意象所代表的价值或意义就出现

　　　　　◀▋▶　　从时间到语言——保罗·德曼解构主义文论初探

在诗歌文本的其余的更加抽象的部分。这意味着从这些关于山河大地的描写中获得其文学意义不是通常的象征结构在起作用，即它们是提喻，作为总体意义的一部分来表达总体性的意义。它们本身就是这个总体意义："它们不是一个更加普遍的、理想化意义的感性等价物；它们自身就是这个观念，就和出现在诗歌后面部分中以哲学或历史形式出现的抽象化表达一样。像荷尔德林这样的比喻风格无论如何都不能用寓言和象征的对立来加以描述。"（BI, 190）

在英国的浪漫主义作家柯勒律治那里，德曼发现他对象征与寓言关系的一种暧昧的态度。柯勒律治虽然也是主张象征优先于寓言，但还是有所保留。一方面，他认为在象征的世界里，生命和形式是有机统一的，物质上的感知和象征性的想象之间是连续性的，而在寓言的世界里，寓言与其意义之间是机械的、抽象的关系，因而前者优于后者；另一方面，他则认为，抛开这点差别，两者有一个共同点，即都指向物质世界之外的一个共同的源头。其原因在于无论是象征还是寓言，它们的物质符号都将呈现出一种透明性，即承载意义的物质实体符号都会消融而成为对一种更原初的意义统一性的反思，而这个意义的统一性显然不存在于这个物质的世界里。这个共同点，相较于象征的结构（基于提喻的连续性）与寓言的结构（基于纯粹人为的思想的决定）这个差异，则要更重要一些。在这里，我们看到德曼仍然坚持将象征与寓言放在与存在的关系中来加以思考。

不过，柯勒律治这种理论上的暧昧态度没有得到重视，他关于语言符号因其透明性而指向一种更高的超验意义的思想被忽视了，人们从他那里获得的是一种关于主客体的辩证综合关系的思想。换句话说，在这位英国浪漫主义大作家那里，人们只看到了他主张对客体的体验以感知或感觉的形式出现，文学作品中的意象所承载的终极的意图或意义是一种综合的结果。而众所周知，这种综合的模式就是 19—20 世纪人们眼中对象征的定义。有意思的是，这种关于象征为主客综合产物的观念蕴含了这样的预设：象征产生的顺序应该是先有感性认知或感觉，然后将此与人的思维和意识综合而构成意义。这意味着最初的感性认知或感觉时刻已经具有了优先性。

根据这样的理论思路，英美的浪漫主义评论家们认为浪漫主义的意象就是在意识和自然、主体和客体之间的综合关系的体现。而且，他们还发现，浪漫主义作家们越是注意观察并忠实地描写外在的自然客体，就越是体现出一种更强大的内在性力量，一种来自作家主体性之中更深层次的东西。为什么越是对自然事物的外表进行细察，越是会产生引出更丰富和有力量的主体性的存在？德曼发现这个问题被传统的浪漫主义评论家们忽略了。他们只是认为，主客体的统一性对于主体首先是隐藏的，他们只有向外去寻找，从自然中来确证这种统一性状态的存在。比如，"对于威姆萨特来说，这种统一性的原则似乎首先寓于自然之中，因此有必要让诗人从自然景观、统一的'象征性'力量的源头开始"（BI，194）。更进一步，艾布拉姆斯等文学批评家认为，在浪漫主义作家那里，主客体关系是一种联想性的类比关系，甚至可以用"亲和性"（affinity）和"同情"（sympathy）这样比抽象的"类比"更具主体性意味的词语来表达主客体之间的关系。德曼据此认为，这虽然没有从根本上改变主客体结构关系，但很显然在主客两极关系中将优先性逐渐转向了主体那端。原本是主客关系的结构，并且优先性在客体这一端，现在竟然在不知不觉中转到了主体内部，成了主体与自身的关系："这样优先性已经从外部世界完全转移到主体内部，我们最后得到的某种与极端唯心主义相似的

从时间到语言——保罗·德曼解构主义文论初探

东西。"（BI, 196）

　　因此，德曼发现，一方面，似乎浪漫主义作家秉持一种激进性唯心主义，确认主体优于自然客体；但另一方面，浪漫主义诗人实际的诗歌活动大量地关注外部的自然客体，这似乎是非常令人困扰的现象。德曼认为，人们的确可以在浪漫主义诗人那里找到很多的例子来证明自然实体优于自我的意识。但是，他注意到一点，批评家们只是用一种空间的概念来看待浪漫主义作家眼中的自然客体。事实上应该用时间的概念来处理这个问题，比如"华兹华斯用时间词汇来看待自我和自然之间的辩证关系时，他就更清楚地意识到这里涉及的是什么。自然的运动对他来说就是歌德所称的'变化中的持久'的例子，即在变化的模式中的连续性、对元时间的确定、停止状态超越了明显朽坏的可变性的静止状态。这种可变性攻击自然某些外在方面但保持其核心的完好无损"（BI, 197）。也就是说，在华兹华斯看来，自然有一种在运动中的永恒性，虽然自然的外部可以有明显的朽坏，但是其核心之处岿然不动，表现出一种在变化中的连续性。这种永恒性的时间现象只存于自然，而与人无关。因此，"可以说，对于自我来说就存在着诱惑，去向自然借来时间的稳定性，并且设计出策略，用它来将自然带到人的层面，而人自身则逃出了'这无法想象的时间的触摸'"（BI, 197）。在这里，德曼道出了浪漫主义作家以及研究浪漫主义文学的批评家们用主客综合这个方法所隐藏的秘密。但是，在这样的策略中，隐含着无法逃脱的矛盾，即我们在上面所论及的问题：在主客两极对立的模式中，无论是倾向于主体一极（浪漫主义因此成了极端的唯心主义，并遭受唯我论的攻击），还是倾向于客体一极（浪漫主义因此成了自然主义，却永远无法回到失落的过去），这两种可能性都存在且无法调和。德曼认为，在主客之间的辩证关系中出现的这种现象与对象征的主张息息相关："必须记住，这样的辩证关系源自假设的象征作为浪漫主义辞藻中突出特征的优势，而现在回过头来这种优势必须受到质疑。"（BI, 198）德曼从象征在浪漫主义文学中的优势地位出发，分析出了其背后预设的前提，并从此前引出的问题反过来质疑象征的优势地位。那么，该如何来看待并解决这个问题呢？

德曼从对卢梭的小说《新爱洛伊丝》入手来解决这个问题。根据批评家们较为统一的意见，卢梭的这部小说被认为是欧洲文学史上象征性语言开始占据优势的最早的文本，因此要想测试这种确信，即浪漫主义的发源与象征性辞藻开始占据优势相重合，卢梭的这个文本是最佳讨论对象。德曼首先指出，在这部书信体小说的第四部分第十七封信中，男女主人公重访麦耶黎旧地，让圣普乐回忆起当年在此地留下的对朱丽叶的痴情种种，不禁心潮起伏，外部的景物映照着内在的心情，整个行文完全体现了内外相应的象征性的修辞。这似乎完全证明了卢梭作为浪漫主义源头，高举象征这种修辞手法。但是，德曼认为，如果我们将目光投向小说的第四部分第十一封信，来考察一番该信中对爱丽舍花园的描绘，可能就会让我们得出不同的结论。

德曼让我们注意到，对爱丽舍花园的描写具有其文学上的源头，一个是法国中世纪的小说《玫瑰传奇》，另一个是笛福的《鲁滨孙漂流记》。卢梭小说中的主人公朱丽叶的花园和《玫瑰传奇》中描绘的爱之园非常相似。卢梭所描述的花园中的细节几乎都可以在《玫瑰传奇》中找到对应之处。因此，德曼得出的结论是："非常清楚，卢梭故意从中世纪的文学源头中拿来了他小说场景中的所有细节。"（BI, 203）这就意味着，卢梭在描写这座花园时，所用的语言不是基于感知和观察，更没有借助自然和意识之间的辩证关系来描写景物。不过，德曼立刻指出了其中隐含的一个问题，即《玫瑰传奇》对景物的描写是为了传达其情爱的主题，但卢梭这部小说的主题是强调牺牲的道德主题。为了解决这个问题，德曼搬出了笛福的《鲁滨孙漂流记》。根据专家们的研究，笛福对自然景物、花园的描绘虽然与《玫瑰传奇》在结构和细节上非常相似，但表现的主题主要是清教徒式的克制和救赎，这倒是与卢梭小说中朱丽叶的花园中所体现的艰苦劳作等美德相称。所以，尽管卢梭在小说中对这个花园场景的描写在文学行文风格上有着相似的两个源头可以追溯，但是在德曼看来，与其说这两个源头的张力关系体现在主题上——一个是情爱性欲主题，一个是清教徒的牺牲主题——还不如说是在两种语言的使用上：朱丽叶的爱丽舍花园场景描写体现的是对语言的寓言性使用，麦耶黎场景则是对语言的象征性使用。这种主题上的对立——《玫瑰传奇》中的纵欲和《鲁滨孙漂流记》中对情欲的放弃——反映在朱丽叶的爱丽舍花园场景和麦耶黎场景的对立关系上，而"在对与当下的崇拜（a cult of the moment）相关的价值观的一种被掌控和清晰的放弃这个胜利中，这种冲突最终得到了解决；这种放弃确立了寓言措辞优先于象征性的措辞。小说若没有这两种比喻模式同时在场，则无法存在，而若没有所暗示的寓言优于象征，也无法达到其结论"（BI，204）。德曼这句话是什么意思呢？我们知道，卢梭的《新爱洛伊丝》中的男女主人公圣普乐和朱丽叶在小说前半部分的情节中彼此相爱，在后半部分的情节中则是两人被迫分手，保持着克制情欲后美好纯洁的友谊关系。从结构上来说，象征修辞的主客综合可以对应男女主人公彼此相爱而结合（即德曼所谓"当下的崇拜"这个对情欲片刻性满足的暗示），那么寓言修辞的主客分离就可以对应男女主人公克制情欲冲动的美德。这两种情节和与之对应的两种修辞模式在小说中都存在。德曼的结论是，卢梭这部小说虽然从主题的角度揭示了象征和寓言同时存在，但小说后半部分和结尾的安排表明了寓言要优于象征。根据这样的分析，德曼认为，体现了主客综合关系的象征不能被定义为浪漫主义文学主导性修辞，而只能是此主客辩证关系中的一个瞬间，一个否定性的瞬间而已。它仅仅代表着一种需要克服的诱惑。卢梭小说中呈现的寓言，就是对此诱惑的克服，"意指放弃的非连续性，抑或是牺牲的非连续性（the discontinuity of a renunciation, even of a sacrifice）"（BI, 205）。

怎样理解德曼所说的，以卢梭为代表的浪漫主义的这种寓言是一种对诱惑的克服，是放弃或牺牲的非连续性？我们在上文中曾提到，华兹华斯已经意识到，在自然客体中存在着一种永恒的时间形态，而人缺乏这种永恒的可能性。因此去获得这种永恒性，哪怕是用一种与自然合一这样的策略，也成了一种诱惑。德曼认为以卢梭、华兹华斯为代表的早期的浪漫主义者早已认识到，哪怕是求助于神圣意志，我们所居住的被造世界和世界的创造者之间的鸿沟也是无法超越的。所以他们从未去构想过一种既是象征性又是寓言性的语言。在他们所使用的寓言性语言中也压制了与自然相类比的神秘性因素。因此在这些浪漫主义作家那里，寓言而不是象征才是他们语言使用的主导性倾向。在后世评论家们所构筑的象征世界里，意象与实体、实体与对实体的再现，被认为是部分和整体的关系，不存在本质上的差异，是一种空间关系，而时间要素只不过是一种偶然性的力量，是可以被克服的，这样对永恒的欲望就得到了满足。而早期浪漫主义作家对永恒性的诱惑有清楚的认识，所以在他们的寓言世界里，时间而不是空间是原初的构成性要素。这就是说，这些早期浪漫主义作家认识到，人与存在的源头具有的距离关系，即时间上的鸿沟是永远无法克服的，自我与大自然的非我之间无法达成相互的认

　　　从时间到语言——保罗·德曼解构主义文论初探

同，因此他们将与存在的时间差异这个空缺（void）建构在语言中。这样，作为寓言的语言，因为这种与存在源头的时间差异而永远无法指向真理，只能指向另一个符号。所以，德曼这样来阐释寓言的运作："我们拥有的是符号之间的一种关系。在这些符号中，对它们各自意义的指涉重要性是第二位的。但是在符号之间的关系中必然包含着构成性的时间要素；如果要有寓言的话，寓言符号指向在它之前的另一种符号，这是必然的。寓言性符号所构成的意义只能在于对先前的符号的重复（在这个词的克尔凯郭尔式的意义上）中。对于先前的整个符号，它无法与之重合，因为具有纯粹的先在性（pure anteriority）就是这个先前符号的本质。浪漫主义早期的世俗化的寓言因此必然包含否定的时刻，在卢梭那里就是放弃，在华兹华斯那里就是自我在死亡或错误中的丧失。"（BI, 207）

遗憾的是，浪漫主义继承者和评论者却完全没有认识到这一点，反而将浪漫主义的主张贴上原始自然主义或神秘的唯我论的标签。他们没有看到的是，早期的浪漫主义作家们已经意识到，通过让主体与客体相结合这样的方法来实现永恒的愿望，只是一种虚妄而已。而他们舍弃了这种虚妄的知识，将主客相结合的那个瞬间，作为一个否定的时刻镌刻在了他们的寓言中，这就是上面德曼所说的"寓言因此必然包含否定的时刻"的意思。

## 2. 语言符号的反讽结构

如上文所述，德曼论证在浪漫主义文学中寓言优于象征的目的就是要贯彻一个思想，即时间性结构，或者说"与存在的时间差异这个空缺"所体现的非连续性是根本性的语言结构。不过，当我们说非连续性结构是语言的本质结构时，我们其实要论证两个方面的问题，或者说要在问题的两面来捍卫这个观点：语言符号之间的关系结构和语言符号自身的结构。如果语言符号自身结构是连续的，是自我统一的，而语言符号之间却出现了非连续性的结构关系，那么可能是语言使用中产生的语言自身之外的因素的影响，比如是特定的社会文化或心理因素干扰了语言的使用而产生了这种现象。这就意味着语言符号之间的非连续结构是偶然的历史原因造成的，而这就与德曼所支持的海德格尔的时间性结构理论相矛盾了。因此，继续运用时间性结构理论来解析符号自身的结构就是在讨论寓言结构之后必然要完成的任务。这个任务就是剖析反讽的结构。

德曼首先要解释的是，为什么研究象征与寓言可以将这两者的关系摆到历史中去解释，而研究反讽则必须从修辞格本身的结构着眼？因为象征或寓言作为语言首要的任务是谈论人与人之外的客体世界的关系，而反讽首要的任务则是谈论人与自身的关系。所以，德曼说："这是一个历史事实：反讽在显示自身显为历史性之不可能性的过程中，越来越意识到自身。在谈论反讽时，我们不是在应对一种关于错误的历史，而是存在自我之中的问题。"（BI, 211）其实，这里还暗藏着德曼的一个理论设想。我们在前面提到过，德曼发现在普莱那里出现了主体和语言之间互为先在性的现象。这个先在性在上面讨论寓言的时候被看作是符号之间无法逾越的关系，这样，德曼其实在明面上就将普莱那里的主体和语言的关系转译成了语言之间的关系，而在暗中则是用语言来替代主体，这为他之后舍弃海德格尔的"时间性"和"此在"理论而转向语言修辞理论埋下了伏笔。特别是在上面的这句话中，德曼明确地说反讽结构对应着自我，就更显出他要用修辞来改写主体的努力。

德曼研究反讽结构所选的是法国诗人波德莱尔的文本《论笑的本质》。德曼选取了波德莱尔如下的论述："滑稽，即笑的力量在笑者，而绝不在笑的对象。跌倒的人绝不笑他自己的跌倒，除非他是一位哲学家，由于习惯而获得了迅速分身的力量，能够以无关的旁观者的身份看待他的自我的怪事。"① 德曼注意到了这段话中的"分身"（dédoublement）这个概念，它将哲学家的反思行为与普通人在日常生活中的反应区分了开来。我们从前面章节的论述中知道，这种区分其实也暗合了海德格尔关于此在的本真性与非本真性的两种状态。

事实上，在波德莱尔看来，这种分身或自我的复制是喜剧或笑的根本性要素："为了有滑稽，即有滑稽的发生、爆发和分离出来，必须同时有两种存在；滑稽特别存在于笑者身上，存在于观者身上。然而，就不自知原理来说，应该把一些人除外，他们的职业是在自己身上培植滑稽感，然后提取出来娱乐同类，此种现象属于一切艺术现象之列。这些艺术现象表明人类中存在着一种永恒的两重性，即同时是自己又是别人的能力。"（《文选》，323）这种"两重性"在德曼看来，恰恰就是理解反讽的关键。但是，要注意的是，这种"两重性"存在于人的意识中，存在于两个主体之间，却不是通常意义上的两个人之间的主体间性关系。这对于理解反讽特别重要。德曼特别指出，在波德莱尔那里区分出两种喜剧效果：一种是针对他人的，因此是一般经验意义上的主体间的关系；另一种则是可称为反讽的，发生在人与自然，即两个本质上完全不同的实体之间。如果是第一种情况，即发生在两个本质相同的人之间，这样的戏剧或笑的产生必然伴随着权力、财富或智力等方面的差别，两者之间具有的差距能够构成反思行为。因此，波德莱尔所青睐的是第二种意

---

① 波德莱尔著，郭宏安译，《波德莱尔美学论文选》，北京：人民文学出版社，1987年，第311页。凡引自该书处，下文中皆夹注为"（《文选》，页码）"。

义上的"双重性"，体现的是人的主体与非人的世界的差距。不过能具有这种"双重性"反思能力的一般是艺术家或哲学家。他们的共同特点是使用语言作为他们的工具，就像鞋匠要用皮革、木匠要用木头一样。具体就这种"两重性"而言，语言的作用在艺术家或哲学家那里比较特殊："这种反思性的断裂不仅仅是通过作为一种特权性范畴的语言而产生，而且它将自我转移出经验的世界，进入通过语言并在语言中构成的世界。自我发现这种语言在世界中如同别的实体一样，但其特殊之处在于通过它，自我可以将自己与世界相区分。如此被构想的语言将主体分为一个沉浸于世界的经验自我，以及一个像符号一样企图区分和自我定义的自我。"（BI, 213）

在这里，德曼关于自我的解释显然留有海德格尔的痕迹。这让我们想到德曼曾质疑过的海德格尔的这个观点："通过命名存在的本质（Being's essence），词语将本质内容（the essential）与非本质内容（the non-essential）（或者绝对者与偶存在）分离开来。而且因为它的分离，它也就决定它们之间的争斗。"（BI, 259）但是很显然，德曼把在海德格尔那里的语言与存在的关系换成了语言与自我（此在）的关系。本质内容与非本质内容现在被转换成了两种自我：一种是在"通过语言并在语言中构成的世界"中存在的自我，一种是存在于世界中的经验自我。至于语言为什么有这样的功能，显然还要留待德曼在下一个阶段深入探讨。根据我们在上一章所述的内容，我们可以提出两个疑问：这两种自我似乎就是在上一章中已经讨论过的超验自我和经验自我，现在德曼在这里岂不是又重复了吗？德曼用这两种自我的区分来替代海德格尔的本质与非本质内容的区分，两者结构相同，难道不是换汤不换药吗？

也许是为了回答这些问题，德曼进一步指出，在上面引用波德莱尔

从时间到语言——保罗·德曼解构主义文论初探

德提及"分身"概念的那段话中，波德莱尔所举的例子是"跌倒"（fall）。暂且不论这个词在哲学和神学上丰富的含义，就它本身作为一个实际的动作而论就有值得研究的反讽含义。德曼认为，这个反讽就是当哲学家跌倒而自嘲的时候，他们所嘲笑的是关于自身的一种错误假设。在与自然的关系中，自我往往带着骄傲的态度，用一种主体间的关系来看待自然，把自然看作是另一个主体，要么崇拜自然，要么贬低自然，完全以一种与他人打交道的态度来对待自然，而全然忘却了自我与作为非我的自然那种难以消弭的差异性。现在这一"跌倒"提醒了哲学家这个错误的假设，让他明白了自然对待他就好像对待一个物件一样，而他自己则根本毫无力量来将自然转化成具有半点人性的东西。所以，在德曼看来，哲学家如此来看待自己的这一跌倒的动作，表明了他在自我认知上有了新的收获。而且，仅仅是别人跌倒还不行，因为这样发出的笑还是在主体间的，哲学家非得自己跌倒才能在自嘲中获得反讽。德曼这样来总结这种自我的反讽："作家或哲学家用其语言构建的这个反讽的双重性自我（twofold self）似乎只能以他的经验自我为代价而出现……反讽的语言将主体分成存在于非本真性状态的经验性自我和只存在于确认对此非本真性认知的语言形式中的自我。然而，这并不能使它成为一种本真性语言，因为知道非本真性与成为本真性并非一回事。"（BI, 215）

以上这段话中包含着"文学是本真性的语言"这样的思想，这实际上针对的是海德格尔后期的观点，因为德曼明确地说："作为本真性语言的文学概念，类似于比如在《存在与时间》之后的海德格尔的一些文本中找得到的内容……"（BI, 100）这句话显然针对海德格尔后期的观点。表面上看，在这段话中，德曼还是类似于海德格尔区分本质内容与非本质内容那样，来区分经验自我与语言中的反讽自我。实际上，我们可以注意到，德曼用了"双重性自我"来描述这个存在于语言中的反讽自我。也就是说，这个语言中的反讽自我所具有的双重性，不是指语言中的自我和经验中的自我这种双重性，而是指在语言中自我分裂成两种状态：拥有对人与自然关系错误假设的非本真性自我和认识到此假设为错误的本真性自我。换言之，在经验世界里的自我原本分为两个部分：一个是行动中的自我，另一个是与此行动相对应的非本真性的自我。现在反讽的语言行为将非本真性的自我转移到了语言之中，成了本真性自我反思的对象。

在下面这段关于绝对反讽的论述中，德曼其实将这个问题说得更加透彻："那么，当我们说到反讽以经验自我为代价而源起时，这个陈述要足够认真地对待，将之推至极致：绝对的反讽就是对疯狂的意识，本身是所有意识的结束；它是一种对非意识的意识，一种从疯狂内部对疯狂的反思。但这种反思可能，就是因为反讽语言的双重结构：反讽者发明了一种自身为'疯狂'的形式但并不知道自己的疯狂，然后他继续去反思如此他被客体化的疯狂。"（BI, 216）德曼在此明确指出，在反讽者的语言中有两个自我：一个是"疯狂"却不自知的自我，另一个是对此疯狂进行反思的自我。所谓的"疯狂"而不自知的自我，其实就是拥有对自我与自然关系错误假设的自我——认为自己和自然可以相互认同，可以和自然那样获得时间上的永恒性，这就是一种疯狂。有的时候，这种疯狂则以死亡的形式出现："在反讽被认为是一种知识，能够命令和治愈这个世界的一瞬间，发明它的源头就立刻枯干了。它将自我的跌倒解释为有利于自身的一瞬间，它发现它实际上就用死亡替代了疯狂。"（BI, 218）说到底，将作为主体的自我和作为客体的大自然等同，其最终的动机就是要和存在直接联结，这本身就是一种疯狂的行为，其结果就是死亡。所以疯狂作为与存在直接接触的意图和死亡作为与存在直接接触的后果，都是语言的反讽内在所警示的一种非本真自我形式的表现。这让我们想起在第二章中所谈到的古希腊英雄直接与天神的抗衡就是这种非本真自我的神话形式。而本真的自我或自我的本真形式，通过这种对非本真自我的反思，而明白了自身与存在的这种时间距离。换言之，在反讽语言中构成的两种自我或自我的两种形式，就是这种与存在的时间差距的必然结果："反讽的行动，如我们现在理解的，揭示了一种时间的存在。它绝对不是有机的，因为它与源头只是在距离和差异的意义上相联结，而且允许没有结束，没有总体性。"（BI, 222）这样，一旦认识到主体与存在有难以跨越的时间鸿沟，反讽就会产生强大的力量，阻止主体在虚构的世界和经验的世界任意穿行，似乎真实世界和虚构世界是可以相互打通而和谐一致的。比如在小说的写作中，作者突然闯进了虚构叙事世界，直接提醒读者所讲述的故事是虚假的。这种叙事跨界的行为其实就是一种反讽行为。根据德曼在此的反讽理论，它不是在提高叙事的现实主义维度，在肯定真实世界高于虚构世界，恰恰相反，"它在阻止那些太容易被神秘化的读者混淆事实与虚构，阻止他们忘记虚构的本质上的否定性"（BI, 219）。虚构说到底当然是语言的形式。语言中的反讽力量表明语言内在地反思了主体与存在这种否定性的时间关系。这种否定性关系在现实中往往是缺乏的。因此，反讽的作用就在于打破人们把虚构当成现实或把现实当成虚构这样的幻想。

现在，在搞清楚了反讽的时间结构之后，我们可以回过头来看看寓言与反讽之间的关系。在这个阶段，德曼认为寓言与反讽首先在两个方面不同：（1）从形式结构看，寓言体现为两个符号之间的差异，反讽体现为自我内部两种状态的差异。（2）从时间形式来看，寓言表现为一种连续性时间模式，似乎有记忆中的过去，或者预期的未来，却没有当前，虽然它自己知道这是一种虚幻现象；反讽则是单个的瞬间，只有当前却没有过去和未来，虽然这个当前也被分裂成两半。但是，这些差别也只是表象，因为"这两种模式，尽管它们在情绪和结构上有很深的差别，是对时间同一种根本性经验的两面。……从两种模式中获得的知识本质上是一样的"（BI, 226）。也就是说，寓言和反讽的关系是"一体两面"的关系："一体"就是面对共同的时间经验，即德曼所谓与存在的差距所产生的时间困境；"两面"则是对时间经验的两种表达形式。作为空缺的时间困境将两者联系在一起："寓言和反讽这样在它们共同发现的一种真实的时间困境中相连了。它们也联结在它们共同的对一个有机世界的去神秘化中。这个有机世界被设定在类比性呼应的象征模式中，或在虚构与现实能够重合的模仿性再现模式中。"（BI, 222）而如果我们注意到寓言体现为符号形式，而反讽体现在主体中，那么寓言与反讽的关系其实就是语言与主体的关系。这就直接回答了德曼在《作为源头的文学自我：乔治·普莱的工作》中存而未答的问题：如何解释语言与自我在文学构成中的双焦点现象。现在德曼论证了这两个焦点的本质是围绕着共同的时间空缺而建构出来的"一体两面"的语言修辞现象。在这个意义上，语言与自我就在结构上等同了，同时这也表明德曼几乎已经完全可以用语言来改写从海德格尔现象学那里借鉴来的主体和时间理论。

## 第三节　修辞的盲识

我们在前面两节中已讨论过，德曼运用海德格尔的理论——主要是阐释学循环、此在以及时间性等理论——来对美国式新批评（形式）、卢卡奇（时间）、宾斯万格（文学主体）、布朗肖（非个人化）以及普莱（自我）进行批判性阅读，不仅得出了"盲识与洞见"的批评模式，而且在此过程中悄悄地对海德格尔的理论提出了质疑。这个质疑的落脚点就是在论述普莱的文章中，关于主体与语言的双焦点关系问题。这说明对"盲识与洞见"这个模式本身还需要进一步做出阐释。我们注意到，德曼在谈到寓言和反讽的关系时，有这样的表述："它们在各自的语言领域中时，两种模式是去神秘化的，但它们一旦离开各自的语言领域而进入经验世界时，则完全容易再次盲识。"（BI, 226）这其实是对"盲识"与"洞见"现象的一个解释：将原本在语言中存在的模式"下降"到实际经验中去，就会产生主体与客体相呼应、虚构和现实相重合这样的"盲视"。这其实是换个角度在说，"盲识"产生的根源就在于存在论层面上的理论"洞见"被误用到存在者层面上。在存在论层面上，此在"理解"了存在，明白自己是向死而生的，因此在语言中会有寓言和反讽这两种模式来表达时间的困境；在存在者这层面上，这个时间的困境被永恒的诱惑所遮蔽，而产生了主客体相融合、虚构与现实相重合的幻觉。非本真状态的此在就活在这样的幻觉当中。这也是一种形而上学的幻觉。在此意义上，对"盲识与洞见"这个模式的揭示在根本上其实就是对形而上学虚幻性的批判。

　　用寓言和反讽来阐释本真的时间现象，对于德曼来说，是从海德格尔的理论迈出来的一大步。不过，从理论的阐释力度来说，还显得过于"静态"，充其量只不过是海德格尔本真性与非本真性两种状态的语言表现而已。德曼只从海德格尔那里迈出了一只脚，还需要将另一只脚迈出来。而现在促成这另一只脚迈出来的则是德里达这位德曼的同道中人。他们共同受惠于海德格尔，也共同有志于对形而上学进行攻击和批判。但是，对于阅读卢梭，两人似乎有着完全不同的见解。德曼对于德里达对卢梭阅读的批判——在批判这个词的完整意义上——可以说是解构主义内部的自我纠偏，是德曼对自己理论的临门一脚：通过对德里达的批判，他终于可以完全从海德格尔现象学领域的束缚中脱离出来，创建属于自己的理论天地。从这个角度来说，《盲识的修辞》( *The Rhetoric of Blindness* )要比《时间的修辞》更重要，因为它不只揭示了语言围绕着时间"空缺"打转的"静态"模式，而且更进一步阐明了语言是如何进行自我理解的这个"动态"模式。而语言的"动态"模式可以看作是对"静态"模式的解释。

　　我们在本章第一节中曾简单地提到了德里达在阅读卢梭时产生的"盲识"。我们在此需要结合上一节的内容再详细地讨论一下，以表明德里达的问题实际上也是德曼自己的问题，对德里达的"纠偏"实际上是德曼的"自查自纠"。德曼非常清楚地指出，德里达对卢梭的解读的与众不同之处在于他将卢梭放在一个更为宏大的叙事之中，而非一般的评论家那样将卢梭的写作解释为个人需求与欲望直接或间接的表达而已。德里达认为，卢梭的写作仍然落在西方逻各斯中心主义这个形而上学叙事中。西方逻各斯中心传统的一个重要特点就是区分在场 ( presence ) 与缺席 ( absence )。所谓在场，就是存在者通过对存在的占有而获得的意义规定，而缺席则是非存在的否定形式。不过，逻各斯中心主义的"在场与缺席"还是太抽象，需要更实际的可操作的概念，这就是有关语言理论的语音中心主义。"而逻各斯中心主义也不过是语音中心主义：它主张言语与存在绝对贴近，言语与存在的意义绝对贴近，言语与意义的理想性绝对贴近"①，因为逻各斯中心主义的这种本体论假设主宰了语音中心主义的语言观，同时也将自身表现于这种语言观中。这种语音中心主义的语言观主张口头语言或声音要优于书面语言或文字，因为前者更接近在场的意义，而后者则代表了与存在的距离。传统上，自我被认为与其声音有不经中介的在场关系，而自我与书面语言则具有反思性的距离。因此，德里达发现，一方面卢梭明确主张声音优先于书面文字，认为意义的源头是纯净而不受任何反思性中介污染的；但另一方面，卢梭每一次在设置一种在场的时刻时，总已经设定了在这个时刻之前的另一个时刻，因此就令这个在场时刻失去了其作为原初时刻的地位。具体说来，一方面卢梭认为声音是书面语的源头，但他在描写声音和音乐时，总是表明声音或音乐在起初就具有一种内在的距离或否定性，而这种距离或否定性恰恰就是文字所具有的，也正是这种因素阻止了文字获得无中介的在场意义。换句话说，在作为源头的声音之中就包含着距离和否定性。卢梭显然是"所言"与"所行"相脱节了：他明着主张语音中心主义，行动则破坏了语音中心主义。德曼指出，德里达对卢梭的理解是非常深刻的。德里达判断卢梭其实已经意识到了对源头无中介的经验这种纯粹的在场是一种虚幻，但是他没有公开地否定这一点，没有明确批判在场的虚幻性及其后果。卢梭在自己的行文中反而提供了反对自己这个秘而不宣的观点的强大证据。换言之，"在某种意义上，他'知晓'他的教义将他的洞见伪装成某种近似其对立面的东西，但他选择对此知识保持盲视。这个盲视可以被判定为无中介在场的本体论的一个直接的后果。现在需要

---

① 德里达著，汪堂家译，《论文字学》，上海：上海译文出版社，1999 年，第 15 页。凡引自该书处，下文中皆夹注为"(《论文字学》，页码)"。

评论者来解构这个历史性的建构模式……"（BI, 116）。简言之，卢梭一方面意识到了"在场与缺席"模式的存在，并暗示了在场的虚幻性，即这种二元模式的虚假性，但在实际论述中坚持这种模式。这是典型的"盲识与洞见"的运用模式。

通俗地说，我们可以说，"在场"就是意义自身的显现，常常以真理、本质、自然等形式出现；而"缺席"则是对"在场"的否定，一般被斥责为谬误、非本质、非自然等。根据我们上面的讨论，凡是以有机、连续性的形式出现的就是"在场"的形式；而以非有机性、断裂性的形式出现的则是"缺席"的形式。在这个形而上学的思维框架中，以主客相融、虚构与现实相合为主要特征的"盲识"属于在场；反之，对时间的本真性经验的"洞见"则是缺席。我们在上一节所讨论的关于寓言和反讽的理论其实就是对"在场"语言形式的解码。但这种解码只是指出了"在场"语言形式的虚假性，但对于为什么会出现这样虚假的语言现象却缺乏阐释力。德曼关于"寓言"和"反讽"的语言理论只是"静态"的理论解码，他还需要进一步解释为什么会出现"在场"与"缺席"的混淆，这需要一个更为根本、更加"动态"的语言理论。德曼对德里达的批评就为他思考"动态"的语言理论提供了契机。换言之，从我们的讨论语境来看，"在场与缺席"这个模式实际上就是"盲识与洞见"更高级、更抽象的哲学版本。所以德里达用"在场与缺席"这个叙事框架来评论卢梭时，就相当于德曼用"盲识与洞见"模式来评论普莱、布朗肖等人一样。既然作为哲学版本的"在场与缺席"和作为文学版本的"盲识与洞见"是同构的，那么为什么德曼要反对德里达对卢梭的解读呢？这其实是德曼借助德里达来施行的自我反思，对自己的理论思考的深化，因为德里达的问题就是他自己的问题。

我们不妨摘录德曼建构"盲识与洞见"模式的最后一篇文章《作为源头的文学自我：乔治·普莱的工作》中的最后几句话来说明这个问题。在该文章的结尾，德曼已经总结出了普莱自己的文学研究中暗藏着无法决定的主体与语言谁是源头的两难问题。然而，他这样结束这篇文章："普莱完全舍弃了这种选择，正如他舍弃了另一种，尽管不那么明显。在哀伤的语气中可以感受到对语言的关注，这种哀伤寓于其所有作品之中，表达了对文学幸存的挂念。在乔治·普莱批评中说话的主体是容易受伤和脆弱的主体，其声音永远无法建构为在场。这就是文学的声音，在此化身于我们时代的主要作品之中。"（BI, 101）

首先我们注意到了德曼这段话的最后一句：普莱文学批评中的这种主体的声音，作为文学的声音是无法建立在场的。这其实已经暗中回应了德里达的"在场"思想。但是如果站在德里达的立场，会因此生发出一系列的问题：既然无法建构"在场"的意义，德曼又凭什么来判断普莱既舍弃了主体为先，又舍弃了语言为先这两种可能性呢？因为无论是哪种选择，如果不是一种在场的意义，即普莱对它们有完全清晰的自我意识，谈何普莱的选择呢？如果普莱自己未做选择，那么德曼对普莱陷入"盲识与洞见"的评判本身就缺乏稳固的基石。如何消除一种可能性，即普莱在使用反讽语言呢？能否说，普莱也是故意选择对自己知道的"知识"保持盲视？这一系列问题虽然没有被正面提出来，但是已经在提出"盲识与洞见"这个模式时自动蕴含在其中了。所以，德曼对德里达"在场与缺席"模式用于卢梭身上的运用和批评，其实就是在回答这些针对他自己的问题。

细心的德曼还发现，从德里达的表述来看，对于卢梭在行文中故意隐瞒自己的所知而以对立面的方式表现出来这个问题，其态度是左右摇摆的。因为有文字证据表明，好像卢梭在故意隐瞒这个知识，这似乎是卢梭的主观性行为；但也有文字证据表明，卢梭受制于一种他无法企及的力量，这似乎是卢梭被动的行为。所以，德里达为了调和这两种可能性，用了"半清醒"这样的词语来描写卢梭对此知识的掌控度。这在德曼看来，等于是在宣布根据"在场与缺席"模式来认识主动知识、被动知识失败了。因为既然在场的关键是主体的自我意识，这种"半意识"明显不符合"在场与缺席"这个模式。这说明卢梭的体系已经超越了"在场与缺席"的二元体系。这种二元体系站不住脚，至少在卢梭那里是无效的。因此，德曼得出的初步结论是："卢梭的语言地位，其关键不在他的意识中，……只能在这种知识中，即这种语言，作为语言，传达了自身，因而肯定了语言范畴对在场范畴的优先性。"（BI, 119）

我们认为，"语言，传达了自身"和"语言范畴对在场范畴的优先性"这两句话高度概括了德曼新的理论立场，也标志着德曼的理论思考有意识地从存在转向语言的开始，真正摆脱了海德格尔的存在理论的束缚。因为"在场"概念在受了海德格尔哲学的影响之后，其实质就是实体与存在的特殊关系，即存在物的存在。德里达曾说："逻各斯中心主义支持将存在者的存在规定为在场。由于海德格尔的思想并未完全摆脱这种逻各斯中心主义，它也许会使这种思想停留于存在－神学的时代，停留于在场哲学中，亦即停留于哲学本身。"（《论文字学》，16）所以，我们也可以认为德曼这句话其实不是在批评德里达，而是在挑战海德格尔的存在理论，以"文学"来对抗德里达这里所说的"哲学"。因为德曼其实已经为德里达做了开脱，认为虽然德里达用"在场与缺席"二分模式来阅读卢梭，但从德曼的解读来看，德里达对卢梭的解读本身已经证明了这个模式不适用于卢梭。当然，这其实也等于在说他自己的"盲识与洞见"模式也不适用于卢梭，因为"卢梭的文本没有盲点（blind spots）：它在每一个点上都解释了自己的修辞模式"（BI, 119）。在这里，我们需要先解释一下德曼这句话的意思。首先，德曼的意思是卢梭的文本而不是作为经验主体的卢梭自身的意识没有盲点。如果主体的意识没有盲点，那么就等于承认卢梭的意识与自我意识的重合，这是德曼所不愿承认的。其次，文本没有盲点就是"语言，传达了自身"或"在每一个点上都解释了自己的修辞模式"的意思。我们知道，在海德格尔那里，本真的此在是自我理解的，而且是借助时间性的。德曼的语言没有盲点也是语言自我理解的意思，但是没有借助时间性，因为在上面我们看到，德曼已经将时间性改写成了寓言和反讽两种形式。在德曼这里，语言的自我理解就是通过自身来理解自己。而所谓"通过自身来理解自己"就是自身在存在论层面上的"所是"与存在者层面上的"所行"相匹配。德曼认为在卢梭的文本中，所展示的语言的本质（"所是"）与语言行为（"所行"）是一致的，因此他的文本没有盲点。我们下面先来看卢梭的语言观（语言之"所是"），再来看其"所行"。

一般的观点认为，对语言功能的认识来自一种模仿逻辑。这种逻辑的要点在于：被模仿或被再现的实体具有不容置疑的本体论地位，再现就是要完整地传达出这个实体的完全性。更简单地说，先有等待模仿和再现的实体，然后有对此实体的模仿和再现。德曼指出，在众多的艺术中，西方18世纪的哲人们认为绘画应该是这种模仿模式的典范，因为绘画的形象具有超越感性材料的力量。当人们看着被画家描绘出来的形象或意象时，会有一种模仿性的想象力将非感知性的、内在的经验都转化为可感知的客体，因此能够再现出一个真实的、具体的在场。虽然人们也认识到，像音乐这样非模仿性的艺术形式也可以传情达意，但是18世纪古典的再现理论坚持将绘画置于音乐与诗歌之上，就如同 20 世纪前叶人们普遍认为语法要高于修辞，修辞只不过是语法的特殊情况而已。总而言之，将绘画置于音乐之上，如同将在场置于缺席之上，其模仿逻辑在于预设不可见而只能想象的在场意义，并且深信可以通过可见的绘画这样的艺术来重复此在场意义。

德曼认为，卢梭表面上看起来好像也属于这个美学传统。比如他对音乐的内在性的强调，这完全与他所宣称的用音乐来模仿的理论是相一致的："在旋律中的声音不仅作为声音影响我们，而且作为我们情感、情绪的符号。这就是它们如何在我们里面产生反应，以及我们如何辨认出在它们中的我们的情感意象。"（BI, 125）从模仿角度来看，外在的物质意象和内在的道德感、内在的激情与外在的客体完全呼应且能互换，内外之间的差异因此完全消失了。其实，根据德里达关于在场的观点，这个模仿的过程经过了三道程序：第一道是物质意象联结客观真理，是客体和形式的合一，即"客体性在场"（objective presence）；第二道是内在情感的自我意识，自我与自身的合一，主体与自己的本能或意识的合一，即"主体性在场"（subjective presence）；第三道就是前两者的合一，内在的情感与外在的形式的合一，就是在场（presence）与自我在场（self-presence）合一于当前（the present）。[①] 这样看来，似乎卢梭的音乐理论是不折不扣的"在场"理论。

但是，德曼注意到，在卢梭那里，外在的、物质性的、感性的要素似乎并不是最重要的：旋律要优于声音，线条要优于颜色，前者比后者

---

① Leonard Lawlor, *Derrida and Husserl: The Basic Problem of Phenomenology*, Bloomington & Indianapolis: Indian University Press, 2002, p. 2. 凡引自该书处，下文中皆夹注为"（DH，页码）"。

要显得更加不受物质条件的约束，更具有指向意义而不是感官刺激的作用。也就是说，在卢梭那里，符号所具有的"感性要素是偶然性的和分散注意力的（contingent and distracting）"（BI, 127）。为什么会这样？在这里德曼的解释与德里达有了根本性差别，这也是他跨出自己的语言理论最关键的一步："然而，这里的原因不是像德里达所说的，是因为卢梭想要符号的意义，即所指，作为一种完满（a plentitude）和在场来存在。符号缺乏实体，不是因为它应该是透明的指示物，不应该遮住完满的意义，而是因为这意义本身就是空无（empty）；符号不应当用自己的感性的丰富性来替代它所意指的这个空缺（void）。与德里达所说的相反，卢梭的再现理论不是指向作为完满和在场的意义，而是作为空缺的意义。"（BI, 127）

对于音乐，符号的物质特征为什么不重要，德里达与德曼提供了两种不同的解释。德里达的解释是，为了凸显完美的在场的意义，需要能指变得越透明越好、干扰越少越好，就如同穿了厚重的衣服会遮住少女曼妙的身材而需要让她穿上薄纱。而德曼的解释则是，根本就没有完美的在场意义；符号的意义原本就是空白一片，根本无须浓墨重彩去描绘这片空白，否则就弄巧成拙了。德里达此处的思想就如同神秀的偈子"身是菩提树，心如明镜台。时时勤拂拭，勿使惹尘埃"，强调为了让在场的菩提树或明镜台显现出来，要拂拭掉包围它的物质尘埃；德曼的解释自然就如同六祖慧能的偈子"菩提本无树，明镜亦非台。本来无一物，何处惹尘埃？"，所谓的在场本身就是空无，何必在乎符号的物质性呢。这也让我们想到法国哲学家让－吕克·马里翁的话："在存在者层次上空无一物的存在，只有在我们必须从存在论上把它与存在者区分开来的时候，才能通过存在者的外表并在这一外表的内部和上部而为我们所通达。"

（《还原与给予》，215）存在或存在作为意义本身在作为符号的物质这个存在者层面上就是空无一物的。德曼在此用空无（empty）和空缺（void）来指代意义，其实就是在指代作为空无的存在意义。在上一节的论述中，我们知道德曼用空缺（void）指的是时间的空缺，现在很明显他已经在作为时间困境的空缺和作为存在意义的空缺之间悄悄画上了等号。如马里翁这句话所提示的，德曼其实已经做了存在和存在者的区分，现在他所要做的就是如何在这个区分之后，在存在物的内部和上部来通达存在。

卢梭在《论语言的起源：兼论旋律与音乐的摹仿》第十六章"颜色与声音的错误类比"中提出，从结构而非实体的价值标准来看，音乐优于绘画。在卢梭看来，音乐是一种纯粹的关系系统，不需要依靠对在场的实体性的肯定，无论这个在场是感觉还是意识："每一个音对我们来说只是相对的，只是因为对比，音与音之间才能被区分。一个音自身没有可以辨识的绝对特性，它或高或低，或嘹亮或柔和，都只是与其他音相比较而言；就一个音自身而言，无所谓高低刚柔。从本质上说，一个特定的声音在和声体系中什么都不是：既不是主音，也不是属音；既不是泛音，也不是基音。因为所有这些特性不过是关系的体现而已，既然整个体系可以由高到低地变化，当体系的音级发生改变，体系中每一个音的等级和位置也会发生改变。"①

德曼认为，在卢梭那里，音乐被还原为关系体系，既不会因为它是独立于意义的声音，也不会因为它能通过感觉来模糊意义，而仅仅在于它有这样的结构："音乐仅仅是一个结构，因为在其核心（core），它是

---

① 卢梭著，洪涛译，《论语言的起源：兼论旋律与音乐的摹仿》，上海：上海人民出版社，2003 年，第 111 页。凡引自该书处，下文中皆夹注为（"《论语言的起源》，页码"）。

空的，因为它'意味'着对在场的否定。"（BI, 128）因此，音乐符号所遵循的原则，与其他"完全"（full）的符号——无论这个符号指向外在的感觉（即上面所提的"客体性在场"）还是内在的意识状态（即上面所提的"主体性在场"）——的结构原则不同，"不奠基于任何实体，音乐符号无法拥有存在的保证（assurance of existence）。它无法与自己等同，或与自身未来预期的重复等同，哪怕这些未来的声音拥有和现在相同的物理上的音高和音质的特征。"（BI, 128）

这两句话对理解德曼的语言理论非常重要，虽然现在他是用音乐来替代语言做解释。我们知道，"没有在场，就没有基础"（there can be no foundation without presence）（DH, 2）。音乐没有一个形而上学的实体可以作为其存在的基础（foundation），因此它就不能在形而上学意义上——作为符号自身的自我统一和符号与自身之外的对象的统一——存在，这样的结果就是德曼所说的"无法与自己等同，或与自身未来预期的重复等同"。很显然，这样的一种存在方式在存在者层面上是无法想象的。这是音乐（或语言）在存在论上的"所是"。

那么，音乐在存在者层面上是如何表现的呢？很显然，相较于稳定的、共时性感觉的"绘画"①来说，音乐更具有时间流动性，无法在其自身中获得片刻的稳定性。这是我们可以在存在者层面上察觉到的。我们在欣赏音乐的时候，总是可以察觉和感受到，音乐是由一个个声音符号组成的，一直在向着某个目标前进，但似乎总是难以企及这个目标；与此同时，这种通达目标的失败似乎又使得每一个符号都无法自我保留而停滞

---

① 在这里，德曼特别以注解的形式，提醒读者注意，所谓的"绘画"，指的是 18 世纪美学中的那种以意象为存在的普遍性的偏见。而在现代的艺术中，绘画已经如同音乐和诗歌那样，摆脱了这种虚幻性。

在自身的特定时刻。对音乐的这两种感觉对应的就是音乐在存在论层面上的"所是"的两个方面。所以，德曼从卢梭那里认识到，音乐符号没有内在统一的自我，它是中空的；音乐符号之间也是空的关系，没有两个音乐符号可以重合。总之，这个现象可以用一句话来总结："音乐是在时刻（moment）之内的非重合模式的历时性版本。"（BI, 129）实际上音乐符号的这两个特征很容易让我们想到在上一节中讨论过的"寓言"和"反讽"两种语言结构。"寓言"形成于两个符号之间的空缺，就是音乐符号无法形成重合的现象；主体内部两种自我因非连续性而构成的"反讽"，就是音乐符号自身的无法统一。基于此，德曼从卢梭所谈的音乐转向其语言观："卢梭从未停止谈论语言的本质。然而，这里所谓的语言，与交流的工具手段大相径庭：为此目的，一个手势、一声喊叫就足够了。从话语根据与音乐的相似原则建构的那一刻起，卢梭就承认了语言的存在。像音乐一样，语言是一种关系的历时性体系，一种叙述的相续的前后关系（the successive sequence of a narrative）。"（BI, 131）也就是说，以上所谈的音乐的"所是"就是语言的"所是"，当然这种语言不是在日常生活中经验主体仅仅用来交流的在存在者层面上的语言，而是"理解"了存在的语言，是在存在论层面上的语言。

现在的问题是，如何理解德曼所说的卢梭的"语言，传达了自身"，"在每一个点上都解释了自己的修辞模式"？或者，语言在存在论层面上的"所是"如何通过存在者层面上的"所行"来展开？让我们先看德曼对此问题的回答，再做具体的解释：

关于语言本质所说的内容使得这不可避免：文本应当以虚构的历时性叙事形式来书写，或者人们也可以称之为以寓言的形式来书写。将语言作为修辞性（figural）的描述，在必然的历时性的反思结构中，这种寓言模式得到了解释。这个反思揭示了此洞见。（BI, 135）

德曼在此第一次较为直接地将语言"所是"的本质定义为修辞性，虽然这个词的用法在此还是比较稚嫩的，留待下一个阶段来丰富。对这个"所是"的展开就是"寓言"模式，即"虚构的历时性叙事形式"。与此同时，寓言模式作为反思也揭示了将语言作为修辞这个洞见。这样，在卢梭的文本中，语言的"所是"（语言作为修辞的本质）和其"所行"（寓言形式）在两个层面上相互阐释，因此不存在盲点。

我们在前面的讨论中已经清楚地表明，音乐和语言的"所是"结构都是符号与显现为"空缺"的存在的关系体系，因而形成无法自我在场和在场的形式，但是在可见的、存在者层面上则展现为前后相续的叙述形式。卢梭说："话语的前后相续的效果，在它一遍遍地重复它的要点（its point）时，传达的情感比客体自身的在场要更强烈。客体自身的在场，其完全的意义是一口气显露出来的。"（BI, 131）卢梭的意思是，如果有完美的客体的在场的意义的话，那也是在如同电光石火的瞬间显露出来的。而语言在传达这个客体的意义时，则必须要用在时间上前后相续的叙述形式来完成，反而能够传达出更强烈的情感。换句话说，通过寓言性叙事所传达的事物的在场意义实际上是一种虚幻的感觉，因为实际上语言符号在"碰触"那个"要点"时，即我们反复说的作为空缺的存在时，早已经被这种否定的力量击碎而形成非连续性状态了。这些在我们眼中似乎是严丝合缝般连接在一起的文字叙述，给了我们一种开头和结尾这样在时间上前后相续的感觉，似乎我们的叙述总是有一个严格意义上的开端，这其实都是一种文字寓言性叙事的假象。德曼举例说，卢梭的《论语言的起源》和《论人类不平等的起源》好像都在叙述一个具有历史发展的开端和起源，但这些都是一种比喻的说法，事实上，"它们并不'再现'连续的事件，而是一个极端矛盾的单一时刻——当前（the present）——于历时性叙事的时间轴上的一种旋律性的、音乐性的、前后相续的投射。它们触及经验现实的唯一之处，就是因为当前显得根本无法让人忍受并缺乏意义而共同对其加以拒绝"（BI, 132）。我们认为，这个"当前"显然就是作为"空缺"的存在，它无与伦比的否定性力量是无法在经验世界中存在的，至少无法以其本相存在，必定以虚假的寓言叙事的形式存在。

德曼认为，"客体性在场"必然以寓言形式出现，"主体性在场"即主体内心的情感等内容同样如此。为此，卢梭将语言的外部客体指涉物内化到主体内心中，来考察其形式结构。比如，卢梭最为人熟悉的关于隐喻的一个例子：原始人第一次碰见另一个人时，会情不自禁地用"巨人"（giant）来指称这个对象。实际上他所要说的是"我看见了一个巨人"。这实际上只不过是对另一个更为隐秘的内心情感——"我很害怕"——的替代。这是一个前后相续的叙事，所谓的"我很害怕"这个"本义"原本按时间顺序是作为源头在先的，却在"比喻义""我看见了一个巨人"之后。这种颠倒了时间的结构说明语言在传达"主体性在场"时，也是以寓言的形式出现的。"本义"与"比喻义"的时间顺序被颠倒打乱了，这是因为，在语言的存在论结构中，"时间"原本就是否定性的力量，只能在存在者层面上以寓言的时间形式显示自身。这个"只能"说明了语言在存在论和存在者两个层面上两种不同形态之间的差异必然产生的现象。说得更通俗一些，语言"知道"自己的存在的模样，也"知道"若要将自己的存在的本相展示给人看，必定要以寓言的形式来展现，而以寓言的形式展示自己，则必然会引起误解。德曼对卢梭的文本被误读的现象做了这样意味深长的总结：

> 根据其模式的"修辞性"，文本也设定了其自身误读的必然性。它知道并肯定它会被误读。它讲述了这个故事，它误读的寓言：必然将旋律降格为谐音、语言降格为绘画、激情语言降格为需求的语言、隐喻意义降格为字面意义。根据其自身的语言，它只能将这个故事作为虚构来讲述，完全知道虚构会被当作事实，事实被当作虚构。（BI, 136）

我们认为，德曼的繁复的论证所要指明的卢梭文本模式的"修辞性"其实就是指文本（语言）这种"身不由己"地在存在论和存在者两个层面"同时"存在而又可来回转化的状态。文本被误读的必然性是其从存在论层面"沦落到"存在者层面时发生的，是不可避免的。因此卢梭文本的叙事就是自我寓言化的叙事：他意欲表达的关于语言在存在论上的事实反而被当作可以抛弃的虚构。具体到语言本身来说，语言的修辞义与字面义的两个层面之间的分裂和差距就是其存在论和存在者两个层面关系的体现。卢梭的文本之所以没有"盲点"，就是因为他一方面说出了语言在存在论层面上的事情本相（"所是"），另一方面在具体的文本叙事中演示了这个"所是"，尽管冒着被必然误读的风险。而德里达所犯的"错误"在于"修辞性的盲识"：他的误读完美地证明了语言两个层面的并存与转化完全是不受人的意识所控的。在此意义上，德曼就不能再使用"盲识与洞见"这个模式了，因为这容易被人误解这个模式是主体意识层面的事："对于作者本人是不是盲识的这个问题在某种程度上无关紧要了；它只能启发性地来问，仅仅是作为进入真正问题的手段：他的语言是或不是盲识于其自身的陈述。"（BI, 137）不管怎样，德曼需要继续从语言本身的角度来进一步讨论寓于语言中而不是寓于主体中的认识功能，从而较为完整地建构自己的修辞语言理论。

# 尼采的语言观

*—Chapter  4—*

## 第一节　语言的"破绽"

德曼在《阅读的寓言：卢梭、尼采、里尔克和普鲁斯特的修辞语言》的序言中曾说，他原本是想要对浪漫主义文学进行历史的研究，但在细致阅读卢梭著作的过程中，遇到了阐释上的困难，迫使他放弃了原来的计划，而改为专注于阅读问题。那么，是什么问题阻碍了德曼原计划的展开呢？简单地说，就是"文学史经典的原则"[1]受到了质疑：传统的阅读方法成为阅读的起点在阅读的过程中遭到了质疑甚至拆解，从而演变成了阅读的修辞或修辞的阅读。用修辞来命名这种阅读模式，是因为德曼发现在整个的阅读过程中，修辞展现出一种转义与劝说（或者说认知语言与行为语言）相互交缠且具有破坏性的力量。所以，简单地说，对《阅读的寓言：卢梭、尼采、里尔克和普鲁斯特的修辞语言》的理解，可以

---

[1]　Paul de Man, *Allegories of Reading: Figural Language in Rousseau, Nietzsche, Rilke, and Proust*, New Haven and London: Yale University Press, 1979, p. ix. 凡引自该书处，下文中皆夹注为"（AR，页码）"。

从三个方面获得：（1）传统的阅读原则遇到的困难；（2）从尼采那里获得关于语言和阅读的初步阐释；（3）从卢梭那里获得更深入的解释。本章打算处理前两个问题，而将第三个问题放在最后两章来讨论。

## 1. 语法修辞化和修辞语法化

在《符号学与修辞》（*Semiology and Rhetoric*）的开头，德曼首先谈到他观察到的当时美国文学研究界的一个现象，即人们的阅读越来越不关注文本内在的形式，而是关注外在于语言和文本的指涉内容。人们认为语言受制于外在于自身的指涉内容，同时也作用于它。不过，外在于语言的指涉内容也全非可视可触的事物，还包括一些被认为是寓于现实中却又非常抽象的东西，比如自我、社会、文化等概念。这似乎表明，我们已经可以完全抛弃形式主义者们所关心的语言或文本内部的形式和结构问题，仿佛这些问题已经被完美地解决，现在可以放手去解决文体与其外部的关系问题，去关注文本"之外"的诸如政治、伦理、历史等诸多问题①。那么该如何来看待这个现象呢？因为这种现象，从关注文本的内部转向关注文本的外部，或者反过来，从文本的外部转向文本的内部，都不是偶然的一个现象："这类事情在文学研究中一而再地发生，这是个事实。"（AR, 4）在德曼看来，这种阅读内外模式在历史上的来回转换已经不是第一次发生了，这里面必然涉及一些需要揭示的现象和克服的困难。表面上看，从美国形式主义注重形式的研究方法向注重文学外部指涉内容的研究方法的转变可以获得这样的辩护：文学不能被简单地看

---

① 我们知道德曼在 20 世纪 70 年代末期完成解构主义阅读理论之后，才公开承认开始根据自己的理论来处理文本内外的关系问题。不过，在写《符号学与修辞》的 20 世纪 60 年代末，他怀疑这样做的正当性。

作一套具有确定性指涉意义的符码，而在其解码的过程中没有留下任何残余的信息，因此形式主义的方法不能包打天下，不能对研究文本解码过程中遗留下的文本的外部信息视而不见。当然，一个非学术的原因是，以细读而著称的美国形式主义在独霸文学研究舞台几十年后，并无多大学术上的建树。所以从理论生产的客观要求角度来看，打破形式主义研究模式的统治地位也有其内在动力。但是，这些皆非德曼感兴趣的内容。他发现，在这样的内外模式转化的过程中，出现了值得深思的现象。在形式主义出现之前，"形式"被认为是文学意义或内容的外壳，是"得鱼忘筌"的"筌"，用完可弃。而到了 20 世纪的形式主义这里，则出现了颠倒现象：形式本身是研究的对象和内容，是文学文本的"内部"，而文本之外的指涉意义反而成了外部的"壳"。这两种内容/形式结构关系，貌似不同，实则一样，都是一种可以还原的关系：一种是还原到内容上，一种是还原到形式上。所以，为了让内容从形式中解放出来，反形式主义的研究又要开始新的还原过程：竭力将文学文本的内容从形式的束缚中摆脱出来。但在德曼看来，这些都还是在形式/内容、内部/外部这样的二元模式中来回颠倒运转而已。而这样的模式本身在德曼看来就是一个需要解决的更为根本性的问题。

德曼发现，在以索绪尔（Saussure）和雅各布森（Jakobson）为主要理论来源的德法符号学界那里，为了解决形式/内容、内部/外部的张力关系而采用了一个新的解决方案，即用语法结构来合并修辞结构。不过，使用该方案的理论家们并没有注意到这带来了更大的张力关系。他们似乎想当然地认为，语法功能和修辞功能在文本中是完全一致的，无论从语法过渡到修辞，还是从修辞过渡到语法，都具有连续性而不可能产生任何断裂性。①德曼指出，在这些理论家看来，语法结构被认为具有生产性、转化性和分配性功能，而修辞则是语法结构的派生，只具有修饰或劝说功能。比如，托多罗夫（Todorov）就认为修辞仅仅满足于词语之间的替换，而从不质疑词语之间如何联结。不难看出，用语法来主宰修辞，仍然还是还原性的操作，即将修辞还原到语法。除了将修辞仅仅看作是一种装饰性和劝说性的功能以外，美国的语言学家奥斯汀（Austin）从语言作为行动的角度提出的语言行事理论，为语法的主宰性地位提供了另一层解释。根据奥斯汀的理论，语言可以用来做命令、质疑和拒绝等事情，与语法结构中的命令句、疑问句和否定句等是完全对应的。而这些语言行为的效果就如同修辞的劝说功能。这样，语法与修辞之间的关系，就可以比照语言行事与行事之效果的关系，是前后联结而并不冲突的。语法和修辞之间统一的关系自然又被确认了。

对于语法与修辞之间这样的关系，德曼认为无论从理论还是实践的角度来看，都应受到质疑。比如，肯尼斯·伯克（Kenneth Burke）曾提出作为语言修辞基础的"偏转"（deflection）理论，"偏转被视为对运行在语法模式中的符号与意义之间连贯性连接的一种辩证的颠覆"（AR, 8）；再比如，著名的符号学家皮尔斯（Charles Sanders Peirce）坚持认为在符号与它对应的客体之间存在着可称为"阐释者"（interpretant）的第三个要素，因此他把在实际的理解中一个符号只能引向另一个符号的过程称

---

① 在这里我们其实已经看到了德曼的解构运作模式：首先"假设"一种形而上理论预设，即内外模式，然后考察具体的实践手段，从手段和方法中找到破绽，从而推翻这个理论预设。这就是先预设"所是"，然后剖析"所行"，从"所行"来解构"所是"。这是形而上学的自我解构，也就是语言的自我解构的过程。这也是德曼在《阅读的寓言：卢梭、尼采、里尔克和普鲁斯特的修辞语言》序言中所说的"批评的结论依赖于这些原则的起初位置"的意思。实际上，如我们在上一章中已经论述过的，从存在论的层面来看，这些原则的起初位置本身就是"空"的"所是"，比如内／外结构这个预设就是一个"空"的有待展开的预设，但只能在存在者层面上展开。但一旦展开，这个预设就被解构了。

为纯粹的修辞，以区别于从符号直接过渡到意义的语法。德曼虽然不完全赞同伯克和皮尔斯的修辞理论，但是从他们的理论阐述中认识到："只有当符号产生意义，其方式与客体产生符号一样，即通过再现时，才不需要去辨别语法和修辞。"（AR, 9）换言之，语法和修辞的关系问题，实际上反映的是人们习以为常的认知模式本身内在的问题。对传统的语法与修辞关系的解构，就是把形而上学认知体系当作一个问题来质疑和解构。

对语法和修辞之间"不和谐"的关系，德曼举了几个非常经典的例子来加以说明。第一个例子来自美国 20 世纪 70 年代的电视剧《一家子》中的阿尔奇·邦克（Archie Bunker）与其妻子之间的简短对话。当邦克先生被妻子问到他想把保龄球鞋带从孔上面系还是从下面系时，他回了一句："有什么区别（what's the difference）？"邦克夫人非常耐心地回答了这两者的区别，不料竟激起了邦克先生的怒火。这个怒火说明了按照奥斯汀言语行为理论来解释语法与修辞连续性关系的失败。这个失败源于这个问句本身的两种可能性：在回答者邦克夫人看来，这是一个简单问句，因此据己所知来提供答案；而在提问者邦克先生那里，这是一个修辞反问句，表明他根本不在乎其中的差异，也不想知道答案。很明显，邦克夫人是依据这句话的语法形式来理解并做出反应的，而邦克先生是依据这句话的修辞形式来做出反应的。一方面，仅从这句话本身来说，我们无法断定谁对谁错，除非进一步做出解释才能消除误会；但另一方面，这句话的确自动产生了两种截然相反的意思。德曼称这种神秘的语言现象为"修辞性"。这并非指在这个问句中出现了一个字面义和一个修辞义，而是指无法根据这句话的语法或别的语言手段来辨别同时出现的这两种可能的意义中，哪一个占据了主导地位，因为根据传统的观点，从语法中得出的语法意义是确定的并占据主导地位的。现在，这个小小的例子表明，语法及其代表的逻辑权威受到了挑战，"修辞激烈地悬置了逻辑，打开了指涉畸变那令人眩晕的可能性"（AR，10）。

为了防止读者误解自己的意思，以为只有修辞才能干扰语法——其实也是为了证明自己所说的修辞性绝非传统意义上的修辞——德曼随即举了一个结构相似但解读相反的例子。这个例子出自叶芝的《在学童中间》（"Among School Children"）的一行诗："我们怎能分辨舞蹈和舞蹈者呢？"根据一般的理解，尤其是在诗歌这样特殊的语境中，这行诗被当作一个修辞句来读，从而证明该诗从首行到末行都力图阐明的主题意义，即形式和经验、创造者和被造物之间具有潜在的统一性。但德曼认为，这个问句完全可以被处理为一个急需答案的简单问句，这种解读反而更能体现出诗歌的主题价值：诗歌所处理的这种符号与意义以及不同的要素之间如此亲密地纠缠在一起，形成一种想象的意义在场，那么我们该如何来做出适当的区分，以免自己犯下错误，而将原本无法相互等同的事物强行施之以等同的关系？这样，对问题做字面义理解并据此来思考答案，反而比从修辞义出发来理解从而回避对此问题的思考显得更有深度。这里的问题显然不是语法和修辞——当然都是在传统意义上的——谁占据上风的问题，真正的问题在于："语法／修辞这一对子，当然不是二元对立的，因为它们彼此根本不排斥，却干扰和打乱了内／外模式整齐的对称。"（AR，12）德曼的这个结论揭示出了语言自身内部运作必然产生的自我拆解的现象，从而凸显出了一个更为根本的问题：语言本身的运作并不支持我们传统的文本解读方法，也不支持我们思维中的内／外模式。

内／外模式不仅仅发生在语法／修辞这样的句子层面，也发生在阅读和阐释的层面。这是因为，根据传统的阅读观，所谓的阅读就是我们读者将在文本内部发现的内容，通过阅读行为转化成为我们自己的东西：文本似乎就是一个容器，我们读者从其内部将某些我们理解的东西提取出来。现在的问题是，这样的转化过程，到底是受语法控制的还是受修辞控制的？德曼以普鲁斯特（Proust）的小说《追忆逝水年华》中的主人公——年轻的马塞尔躲在屋子里阅读的情节为例。这是一个用隐喻手段来戏剧性地展现内／外相互一致的阅读场景。普鲁斯特用了大量的比喻来展现对夏天的感受，其中有这么一句来区分两种不同的感受方式："……还有苍蝇举行的小型音乐会，演奏着夏日的室内乐：这种感觉不是以在夏日期间偶尔听到、以后使你回想起它的人类曲调的方式唤起的，而是由于另外一个必然的联系而同夏日相关……"（AR, 13）第一种感受方式是建立在必然联系之上的，比如苍蝇的嗡嗡声。虽然苍蝇只是标志夏天所有事件中的一小部分而已，但被认为是夏天特有性质的一个代表，因为在人们的意识中，夏天必然有苍蝇。这种思维结构属于以部分代表整体的提喻修辞手法，仍然属于以替代结构为特征的隐喻，体现的是两个实体之间的必然性联系。第二种感受方式则是建立在偶然联系上，比如在夏日偶尔听到的声音。因为夏日偶然听到的声音只是"夏日"和"声音"这两个实体之间偶然性的相遇，缺乏直接和可重复的关系，所具有的只是一种机械式的连接关系，是一种换喻的修辞手法。这种方式虽然偶尔会激发人的回忆，却缺乏隐喻结构的必然性关系所带来的意义的稳定性，也因而缺乏诗意。这两种对夏日的感受方式高下立判：以必然性为特征的隐喻结构显然优于以偶然性为特征的换喻结构。从我们的讨论语境来说，换喻代表的是相邻关系为主的语法模式，因此隐喻优于换喻，就是修辞优于语法。但是，情况并非如此简单。在同一个段落中，马塞尔为了给自己躲在房间里不出去活动做辩护，使用了另一个比喻："……阴暗凉爽与我的平静相适合……就像在川流不息的小河中间一只不动的手那样平静，我的平静经受着一条活动的湍流（torrent d'activité）的冲击和流动。"（AR, 14）在这句话中，马塞尔将自己在清凉的室内读书时的宁静比作在流动的河水中安稳摆放的手。但是，为了表明自己这样宁静的阅读活动不逊于甚至胜过室外的活动，在这个比喻中，普鲁斯特使用了"活动的湍流"这个意象，目的是要达到这样的效果：在自己的宁静状态中捕获在外部行动中所具有的特征，即热烈和温暖，从而使自己的手的凉爽平静与行动的热烈一致，这样马塞尔为自己的辩护便成立了。实际上，"活动的湍流"是一个用久了如同"山腰"这样被遗忘和废弃了的隐喻，本来意思是大量的活动，暗示使人焦躁不安而感到炎热。普鲁斯特以这样一种含蓄的方式来描写热烈的活动，使得原本似乎不相容的两个性质可以互换而集中在一个实体上：阅读活动可以是宁静的同时可以是热烈奔放的。但是要注意到，这样的以交换不同属性为特征的比喻之所以能够成功，都是基于这句话中出现的以邻近性关系被标志的双重换喻结构。第一重就是"活动的湍流"这一词语。"活动"和"湍流"是纯粹的邻近性关系，而不具有必然性联系。它们的这种语法关系使得读者能够在比喻意义上联想到与凉爽和平静相对立的室外活动的热烈。第二重就是在这个词组之前出现的"川流不息的小河"这样邻近性的描述。它为这个超自然的比喻意义（因为将奔放热烈与凉爽宁静合二为一显然超出了逻辑范围）提供了更强的语法支持。因此，我们有理由说，"活动的湍流"这个隐喻的成功实际上是建立在语法的基础上的。

第一个关于反问句的例子，德曼称之为"语法的修辞化"：受到了修辞手段的干扰，语法手段获取单一意义的这种努力遭遇了失败。第二个关于隐喻的例子，德曼称之为"修辞的语法化"：作为修辞手段代表的隐喻所要建立的意义的统一性，即允许相矛盾的属性能够和谐一致，这个成果被证明是以机械的语法结构为基础的。一个是以修辞功能来干扰语法功能，使得读者无法顺利地在两种意义之间做出抉择，而体现出的语言活动自身的一种意义非确定性；另一种则似乎实现了统一意义的这个目的，虽然其手段被揭示为与此目的背道而驰。从表面上看，似乎"语法的修辞化"与"修辞的语法化"两者有所不同。但实际上，这两者具有的不确定性是语言在两个层面上呈现的一体两面的性质。"语法的修辞化"凸显的是作为语言活动结果的意义本身的不确定性；而"修辞的语法化"则凸显的是语言活动的两种方式——以相似性为原则的修辞方式和以邻近性为原则的语法方式——相互之间无法调和的关系，因此在语言的行动层面因为自相矛盾而自我悬置。严格地讲，德曼提出的"语法的修辞化"和"修辞的语法化"并不是成功的理论阐述，而是循着形而上学思路来对语言现象所做的"现象"描述而已。从他的描述来看，我们日常用而不自知的语言活动模式显出了其内在的"矛盾"，我们沉浸于其中的形而上学模式也因此而露出了"破绽"。这些都构成了进一步探讨的基础和动力。

## 2. 里尔克诗歌的修辞

我们在上面所见到的是语言中"语法"和"修辞"之间的"矛盾"关系，这只是解构操作模式中的第一步。"语法"原本被认为是优于并掌控"修辞"的，经过德曼的第一步"解构"，两者原有的关系被打破了，实际上是"语法"的"霸权"地位被"修辞"推翻了。因此接下去解构操作的第二步就是要解剖"修辞"，不能让"修辞"产生新的"霸权"。

根据这样的思路，德曼选择德国大诗人里尔克（Rilke）的作品来考察其中的语言修辞现象就是完全符合逻辑的。

德曼首先指出，根据专家们的研究，里尔克作品的一个重要特点就是在主题上对存在主义的救赎方式的肯定：一方面他意识到现代人孤独和虚伪的存在状态，描绘了虚弱的现代人形象；另一方面他发出积极和肯定的弥赛亚式的救世允诺，呼吁读者在苦难、孤独和死亡中通过不懈的劳作和奉献来获得灵魂的拯救。尽管人们对是否可以将其作品看作改变我们人类存在方式的允诺和命令尚存怀疑，但是人们普遍相信里尔克诗歌的内容和形式是统一的。不过，德曼敏锐地指出，这个"统一"有具体的含义：诗人里尔克所要传达的本体论意义上的孤独感虽然不是来自语言本身，但是可以被语言完美传达。也就是说，所谓的"统一"，其实是指语言从属于某种基本的经验，能忠实传达真实的感情，语言是较为完美的形式工具，可以较好地服务于对主题内容的表达。德曼认为，这种"统一"表面上看的确得到了里尔克诗歌的支持，因为里尔克的诗歌充满了高度反思性的自我认知，与其娴熟的诗歌技巧完美匹配，诗歌的意义与表达方式似乎天衣无缝，深厚的哲学内涵与表达形式也显得浑然天成。实际上，里尔克关于语言的观点就体现在其诗歌中，我们可以在其诗歌和其诗学之间自由穿行。人们认为里尔克似乎在宣称，"诗歌的本质就是这种本质的真理"（AR, 25）。这实际上是暗中与海德格尔的诗学理论相合。根据这样的理论，诗歌的真理就等同于由存在论的主题决定。虽然这个决定并不涉及语言本身，即不受语言本身的影响，但这个立场最终会通向一些需要在语言层面上运作的内容，所以至少其重要性是第二位的。换言之，存在论的主题的重要性是第一位的，它会决定和影响对语言的运用，而不是语言的运用决定存在论的主题。总而言之，"语言并不产生不快乐的意识，却是这个意识的未经中介的表达。这意味着语言在其与根本性的经验（痛苦和对存在的感情）的关系上完全是辅助性的，只是反映了这种经验，但它也是完全忠实的，因为它忠实地再现了这种感情的真理"（AR, 26）。不过，德曼挑战这种观点，认为这种表面上的意义与语言手段的合一现象应该受到质疑。

德曼提出这样的一个问题，即里尔克的文本如果折返回自身，其方式是否质疑了其所肯定的内容的权威性？换言之，当我们考察和反思里尔克文本修辞的活动方式时，这些方式是否质疑了那些存在主义主题的内容？德曼特别指出，里尔克在其诗歌创作风格的稳定和成熟时期，虽然在诗歌的隐喻和戏剧性方面有了重要的改变，但对语言的听觉效果的运用只是变得更加精雕细琢，而没有什么大的模式上的改变。他的诗歌的语言好像被磁力吸引的铁屑一样涌向诗歌话语独一无二的中心，而不是朝向其外部。所使用的隐喻似乎都找不到外在对象、感觉等外部世界的性质特征。这使得诗歌本身似乎成了一个封闭而独立的体系，语义深度消失了，诗的意义成了对技巧的征服。比如里尔克在《修道院生活书》中的一首诗就利用了声音的和谐来表明战胜死亡本身的可能性，实现这个语言的方式就是在文本中，"在'黑暗的间隔'中，在既分离又联合'Tod（死亡）和'Ton'（声音）这两个词的谐音中"（AR, 32）。这样看来，语音似乎是语言的唯一且内在于它的属性，与位于语言之外的任何事物都没有关系，因此语音就成了语言唯一可利用的资源。不过，德曼立刻指出，里尔克似乎为了给其诗歌一个连贯的框架，被迫使用了一个主体来讲述其经验，从而替代了诗歌声音本身。"这样诗歌就获得了一个与其本身实际上的意图并不一致的意义。它们引入了一个自治的主体，它在前线活动，将和谐的声音降为装饰功能。"（AR, 32）而且里尔克在《修道院生活书》的初稿中还加入了叙述的内容，创造了一个虚构人物。这些都说明里尔克在创作这首诗的这个阶段无法放弃诗歌叙述的传统手段与工具。

德曼认为，到了里尔克创作《图像集》时，出现了新的变化。德曼着重分析了一首标题为"黎明之前"的诗。根据德曼的分析，这首诗明显具有浪漫主义诗歌的特点，表达是意识和意识客体对象的统一。但是，这首诗的特别之处在于里尔克所使用的主客体意象和比喻。在"我是一根琴弦，／穿越广阔的空间，发出轰鸣的回响"这样的隐喻中，意识的主体是琴弦，而作为意识客体的万物则是琴身，从而来描绘内心世界向外部空间的转化，或者说作为万物的外部被转化为内心世界。而显然琴弦与琴身的总体化关系就是所弹奏的音乐，它是这种内外转化所揭示的总体化力量。但是，进一步考察其中的隐喻逻辑，德曼指出了更加隐秘的内容：原本是不透明的物体作为意义的客体对象现在成了空心的琴身，好像是能装下感情和历史的主体的内在精神，而主体则是不透明的琴弦。主体性被转移到了客体之中："通常的结构已经被颠倒了：外部的物体已经被内在化了，而使物体具有某种外在化的形式的是主体。"（AR, 36）现在这个主体不再是自主自治的了，因为它不再主动地拥有自身的经验、意识和情感，这些原本属于主体的属性已经转移到了客体对象那里。不过，这种主客颠倒不是因为两种类比性的交换，而是"一种激烈的挪用，它事实上意味着丧失，即主体作为主体的丧失"（AR, 36）。同样的原因，原本坚固实心的外部事物作为客体变得空虚和脆弱，好像与主体一样了。但是德曼指出，这个过程并不是因为主体回归自我意识的结果。因为根据这个比喻意象，这是一个生成声音的隐喻而不是生成意识的隐喻。换言之，这个颠倒主客体属性的过程不是主体意识主动的行为，而是意识主体被否定的过程。如果是这样的话，那么就很难与主体被救赎的这个主题相吻合了。我们从主体的视角来看，也很难理解客体作为一个主体性的容器。那么，这就逼迫我们做出这样的思考："不应把诗歌的修辞看作是主体的、客体的或者它们之间关系的工具，而应该颠倒这个视角，将这些范畴看作是服务于创造它们的语言。"（AR, 37）进而言之，选择小提琴这个比喻意象，不是因为这个实体与主体的内在体验具有类比性的关系，而是因为它的结构契合了隐喻意象的结构，即小提琴就像一个隐喻，能够将内在的内容转化到外部，即声音。小提琴这个乐器没有代表意识的主体性，而是语言的一种内在特征。比如小提琴琴身内空所体现的事物的内在性①，也不是主客体之间实体性的可类同比拟之处，而是事物与作为意象源头的语言在形式和结构上的可类同比拟之处。虽然隐喻生成的过程与对客体的描述是步步相合的，好像使用隐喻的语言就是为了传达或再现这个喻体，但是德曼认为这个作为客体的喻体被选择出来就是为了让隐喻能够出现在我们面前。也就是说，客体就是为语言服务的，而不是传统上反过来的关系："这种相应和（correspondence）并不肯定在事物和实体的本质中存在的一种隐藏的统一性……完美的调和能够发生，只是因为总体性已经事先并且以完全的形式建立起来了。"（AR, 38）

很明显，这个事先已经以形式化的方式建立起来的就是语言形式和结构。具体来讲，德曼的意思是，在里尔克的诗歌中，其决定性的修辞手法就是交叉互换（chiasmus）。但请注意，这个交叉互换绝对不是主体与客体之间的关系，而是颠倒了词语与事物的属性。这样，"诗歌由实

① 我们在前面的章节中看到，德曼的内在性原本局限于对一种类似于主体内在意识的描写，而这里德曼第一次将内在性与事物相联系，这表明了内在性不是主体的意识，而是我们在上一章谈到的"源头"，是主、客体意义的来源，具有语言结构。

体构成，无论是客体还是主体，它们都像词语一样活动，就好像某个人根据比赛规则打球一样，它们也根据修辞的规则来'游戏'语言"（AR，38）。这样，所谓的总体性就体现为早已存在的修辞规则，诗歌中的主体和客体都是这个规则的执行者。德曼认为里尔克在《图像集》开头部分的几行诗典型地表现了这种交叉颠倒关系。这几行诗这样写道："你用你的目光／缓缓地搭起一棵黑色的树／将它纤细、孤单的躯干竖立在天空的前面／你创造了这个世界。"德曼据此评论道："这样，被创造的世界就被明确地说成是一个词语的世界。与这个世界的接触就可以比作在阐释中发现意义，而阐释好像在描述对象，实际是在生产文本。"（AR，39）我们认为，这个评论再清楚不过地表明了德曼的观点：至少在诗人的眼中，整个世界已经被语言化了，因此他在整个语言的世界里寻求意义，但这个阐释的过程表面上好像是诗歌语言在描述自身之外的客体对象。当然，德曼也承认，这几句诗这样直接地揭示语言的单极性在里尔克的诗中是比较少见的，更多的是能够呈现颠倒的结构模式，虽然这些颠倒的结构模式只不过是语言修辞本身结构的体现。这就解释了里尔克的诗歌所描绘的客体都拥有在根本上相似的结构："它们以这样一种方式来被看待，可允许它们的范畴特性产生颠倒，这种颠倒能够让读者将原本不相容的性质（比如内／外、前／后、生／死、虚构／现实、安静／声音）看作是互补的。"（AR，40）这种互补能够形成一种在现实世界中无法成立的总体化，而这些总体化也总是能产生某一个实体，它就存在于现实世界里。比如前面谈到过的小提琴。在德曼看来，里尔克之所以能够寻找到这样的客体对象来描述，不是因为这些客体的性质特征允许颠倒并能明显地产生总体化，并作用于里尔克，使他选择它们。这并不是里尔克这个主体主动选择的结果，而是语言的结构暗暗地"迫使"里尔克来选择这些客体。

此外，德曼也注意到，在里尔克所描述的各种实体发生的颠倒交换关系中，这些不同属性之间的颠倒、交换、运转似乎都围绕着一个空心的轴："我们总是一再遇到相同的否定时刻的不同版本：小提琴的空心、镜面形象的非现实化、夜间日晕的黑暗、下落的球、失去的眼睛。这种缺席创造了空间和这些颠倒所需要的游戏，并最终产生了颠倒似乎不可能产生的总体化。"（AR, 44）这造成了一种奇怪的现象：这些事物中的缺席的因素一方面似乎是客观存在的，另一方面则具有神奇的魔力，使这些客体具有总体化的意义，反而显得比这些客观存在之物本身更完整。但这也正好解释了一开始提出的疑问：为什么里尔克似乎在描绘了现代人悲惨的人生与可怜的人性的同时又允诺了救赎？现在可以明白了，这种堕落人性与救赎的许诺也就是缺席与总体化这样的颠倒关系的表现，是内生于语言的修辞结构的。

我们都知道，在传统语义学中，语词的语义被认为位于指涉物中。指涉物既可以是客体，也可以是意识，而语言只不过是对它们忠实的反映而已。现在这个优先顺序被颠倒了，走向了其反面一极。这种颠倒所体现的是词语（lexis）对作为理性的逻各斯（logos）的优先性。里尔克的诗歌或明或暗地将意义的权威做了这样的转移，因而被他称为"意象"（figure）的修辞策略与古典的修辞观完全不同。传统的隐喻暗示喻旨与喻体潜在的等同，从而强调了可能恢复稳定的意义，这样人们就可以将语言看作是一种对超越语言本身的存在进行复原的手段。而里尔克的"意象"在主题层面上则根本不可能是一种复原。德曼用里尔克的《俄耳甫斯·欧律狄刻·赫耳墨斯》这首诗来说明这个问题。德曼认为，这首诗描述的诗歌的使命就是通过交叉颠倒的修辞形式来完成的。不过，诗中真正的交叉颠倒发生在末尾。此时，赫耳墨斯避开了将俄耳甫斯引回生存世界的上升运动，追随欧律狄刻进入一个非存在（nonbeing）的世界中去，这是生与死的颠倒性的选择。这种在主题层面上放弃生命的自我牺牲，在诗歌语言层面上对应着放弃寓于指涉物当中的意义，这就成就了里尔克的"意象"。而且，德曼进一步指出，这种所谓的指涉性的丧失就是"内在性"（inwardness）："它不指定意识的自我在场，而是可靠的指涉物不可避免的缺席。它确认对于诗歌的语言调用任何事物的不可能性，无论是作为意识，还是作为客体，还是作为两者的综合。"（AR, 47）① 与此同时，摆脱了外在指涉性的束缚，这种自由使得里尔克可以预表新的总体化，各种意象都可以彼此完美互补，因为这种总体化只需考虑语言修辞结构本身，而无须考虑任何经验或超验的事物其构成原则是否会与其真实性相冲突。

总而言之，里尔克语音中心化诗学中所体现的修辞活动，即语言特征的交叉颠倒所依赖的是能指的首要性，这在德曼看来并不仅仅是语言的一个特征而已。实际上这是语言本身的特性。人们很难想象没有语言之外的指涉物，或者说语言不指涉任何异于自身的事物而能够单独成立的情况，但是里尔克诗歌中的修辞活动支持了这一点。不过，这只是里尔克诗歌中修辞活动所表现的一个面向而已，还有一个是隐藏的却必须要挑明的，那就是修辞活动中的任何表述总是在语义层面上被阅读为具有一定的动机，理解语言总是要不可避免地涉及设立主体和客体。也就是说，就里尔克的诗歌而言，修辞的修辞表意（rhetoric of figuration）总

---

① 德曼在这里对内在性的定义一方面说明了诗歌语言的"本质"并不指向任何异于自身的事物，实际上指向超越主客二分的"源头"；另一方面，颇具意义的是，德曼首次明确地将"内在性"这个具有现象学内涵的术语用语言学术语来定义，是他跨出海德格尔现象学而"自立门户"的一个重要标志。

是无法避免地发展成为修辞的意指过程（rhetoric of signification）。这里的意思是，原本是修辞自身的表意活动，必然要被投射到主客体之上去，形成一个意指主体意义或客体意义的过程。也就是说，修辞活动在里尔克的诗歌中所表现出的是一种自我拆解的现象：一方面修辞活动体现的是能指的首要性，即摆脱了外在指涉意义的束缚；但另一方面又不得不投射意义于自身之外。这显然是"自相矛盾"的。在这个意义上，修辞的意义"霸权"被解构了。

现在让我们再次回答里尔克诗歌的主题问题。现在我们可以更清楚地看到，里尔克的交叉颠倒的修辞中的空缺如同一个中轴，允许意义在主客两极之间进行转换活动，即意义的形成过程既可发生在客体层面上，也可发生在主体层面上。这意味着，就如同在客体中的那些空缺（如小提琴的琴身的中空）一样，主体的经验也必然包含否定性的时刻：欲望的不稳定、爱情的无能和意识的异化等等。而且，主体层面上这一类否定性的经验之所以被选择，也完全是因为它们允许颠倒的修辞运动可以发生。或者更为准确地说，这些主体中的否定时刻仍然是语言修辞活动中那个空缺的中轴的投射而已，是语言赋予主体的意义，而根本不是主体本身就拥有的。与此同时，修辞结构的总体性也同时投射在这些主体经验中，即主体经验的总体化也就显现出来了，这就使得否定性被引向承诺，引向救赎的希望。因此，里尔克的很多诗歌被当作是救赎性的诗歌来读，就是因为人们忘记了其内在的修辞形式结构：既有"静态"的总体性的一面，也有体现其总体性的"动态"的颠倒互换活动，这两面可以根据我们的意指需要而被凸显出来。[①] 但是，不可忘记的是，每到这

---

① 这种"静态"的总体性与"动态"的颠倒交换活动的"两面性"需要德曼在阅读卢梭时进一步揭示其修辞的本质来更清楚地阐释。这里还是停留在现象层面的描述上。

种颠倒逆转实现的时刻，即救赎的允诺被充分地表达出来时，恰恰是因为语言自身的修辞游戏，而这种修辞游戏已经宣称放弃任何文本之外的意义或真理的权威："与内在于所有文学的悖论相一致，诗歌在其放弃对真理的任何诉求时获得了最大的说服力。"（AR，50）但是，德曼又立刻指出，并不能因为将这种内在的自相矛盾——"静态"的总体性与"动态"的颠倒交换活动——当作一种错误而匆匆抛弃。不过，在实际阅读中，这两种力量往往都在发挥作用，所以会出现两种不同的阅读现象：一种阅读是要"记起"文本的修辞结构，而另一种阅读则是要"忘记"使文本构成的修辞活动。这两种阅读模式相辅相成，不是我们读者可以任意取舍的。

### 3. 阅读的寓言性活动

如果通过对里尔克诗歌中的修辞活动的探讨，德曼成功地揭示了修辞活动"自相矛盾"的两个面向，这算是解构操作的第二步，那么还需要进入第三个步骤，那就是阅读。因为只有通过阅读，修辞活动中的这些自我解构的现象才是活跃的、真实的体现，而不会如同有待解剖的尸体那样死气沉沉，因此关于语言修辞的阐释才会具有说服力——阅读中出现的自我解构的现象也是语言修辞本身的结果而不是其原因。所以，基于这样的考虑，德曼也必定要继续研究阅读现象是如何体现语言修辞活动的规律的。这一次研究的对象是普鲁斯特的小说《追忆逝水年华》的第一卷"在斯万家这边"。

在这卷故事中，小说中的叙述者马塞尔曾经通过一个比喻来说明意识与外界之物的关系："我看到一件外界之物，意识到我看到了它，这种意识处于我和它之间，用一层薄薄的精神将它包裹住，使我无法直接触及物质；这意识在我同它接触之前就已化为乌有，就像炽热的物体，即使你把湿的物品放在它旁边，它也不会受潮，因为水分在它周围会蒸发得一干二净。"① 这说明任何对意识外部的指涉都是不可能的。但是，意识的语言总是想要挣脱束缚去寻找自己的意义。因此马塞尔对自己阅读书籍的这个行为抒发了这样的感想："我在看一本书时，如果我父母准许我去参观书中描写的那个地区，我就会认为自己在真理的探索中走出了极其可贵的一步。因为如果我们感到我们总是处于自己内心的包围之中，那就不像是在纹丝不动的监狱之中，不如说我们总是同它一起飞奔，以便超越它，到达外界，但感到一种气馁，总是听到自己周围有一种相同的声音，这不是外界的回声，而是一种内心震动发出的声响……因此，如果说我总是在我喜欢的女人周围想象出我最想去的那些地方，如果说我希望这个女人领我去游览那些地方，向我打开通向一个陌生世界的大门，那并非只是因为偶然出现的一种联想，不，那是因为我旅行和恋爱的梦想，只是我生命的全部力量在一次不可变向的喷发中的某些时刻……"（《追忆》，87—88）在这段话中，普鲁斯特让叙述者马塞尔从"阅读"开始到"旅行"和"恋爱"结束。其中的联系在于，"阅读"书本若要获得意义，就如同要逃离书本文字的监狱，需要到文本的外部世界，去"旅行"或"恋爱"才能获得。正如德曼特别指出的，马塞尔提到的"旅行"和"恋爱"不是内在于文本的小说要素，而是隐指超越文本范围到其外部寻找指称意义的行为。那么，这种到外部去探求和寻找意义的阅读模式能否成功呢？

---

① 普鲁斯特著，徐和瑾译，《追忆逝水年华》，南京：译林出版社，2010年，第85页。凡引自该书处，下文中皆夹注为"（《追忆》，页码）"。

德曼通过细读马塞尔对"乔托的博爱"的寓言画作的沉思以及小说中关于厨师弗朗索瓦与帮厨关系的内容来阐释这个问题。小说中主人公斯万发现,这个帮厨因为怀孕,其身形与乔托在帕度亚竞技场画的以"博爱"为题的寓言壁画上的女性形象相似。在此意义上,寓言与隐喻似乎在结构上没有什么区别。但是在主题上,"博爱"所表达的主题与帮厨的奴隶状态似乎并没有相似性。马塞尔认为,除了两者在身形方面的相似之处外,还表现出另一个维度的相似性,即与阅读和理解相关的相似性。这个女仆和"博爱"共同具有一种"非理解性"(non-understanding):"两者都通过他们所展现的特征而凸显出自身,但看起来并不理解这些特征的意义。"(AR,73-74)在小说中,普鲁斯特是这样写的:"另外,这可怜的姑娘……还在另一方面跟她很相像。这个姑娘的形象增添了她突出的腹部这个象征,但她看来并不理解这个象征的意义……同样,阿雷那在'博爱'的题名下展现的身体强壮的家庭主妇……看来丝毫也不能表达出美德的思想。"(《追忆》,81)寓言的图像要具有表现价值,就需要描绘具有一定意义的形式。通过一定的姿势或者讲述一些传说内容,寓言或寓言的图像就会具有吸引力,从而可以传达其意义。比如马塞尔坚持认为,像奴隶般的帮厨和乔托的壁画在某个细节上相似:帮厨怀孕的体形这个细节让人想到壁画"博爱"的形象。因此,这种相似性是双方都具有的。比如说,在"他是狮子"这个隐喻中,"他"的勇猛品质和狮子的勇猛是可以互相分享的,因此以"狮子"来替代"他"这个隐喻结构就成立了。但是,正如德曼所提示的,在寓言中,这种以相似性来产生替代的机制似乎没有了用武之地。寓言的作者直接通过文本惯例而运用实际的符号来标识寓言的本义,而该实际符号与本义却没有任何类似之处。比如,从乔托所画的寓言壁画"妒忌"来看,我们读者无法在这个寓言概念"妒忌"和这个壁画的形象之间找寻到相似之处。进一步而言，德曼指出："寓言的本义和字面义可以分别被称为'寓言'（allegoreme）和'寓言的行动'（allegoresis）[就如同人们区分'认识'（noeme）和'认识行为'（noesis）一样]，它们的关系不仅仅是一种非一致性的关系。语义上的不一致性更大。"（AR, 74）这个语义上的差距表现为："从结构和修辞的视角来看，更重要的是寓言性再现引向的一种意义与其初始的意义差异到封闭其表现形式的地步。"（AR, 75）比如，在小说中马塞尔说自己在看"妒忌"这个寓言壁画的时候，注意力集中在了壁画形象的细节上，根本就没有嫉妒的思想，反而是被某种比罪恶更有威胁性的东西即死亡所吸引。换言之，在马塞尔阅读此寓言壁画时，所展现出来的意义——"死亡"——与寓言本身要传达的"嫉妒"这种罪相差甚大，到了一个可以掩盖另一个的程度。更有意思的是，马塞尔这样阅读"博爱"这幅寓言壁画："她献给上帝的是她那火一般的心，说得更确切些，她是把心'递给'上帝，就像女厨师从地下室的气窗把开瓶器递给在底楼窗口问她要这物品的某个人。"（《追忆》，82）对于这句话，德曼认为马塞尔的阅读可以概括成两层意思："帮厨像乔托的'博爱'画像，但是似乎后者的姿势还使她像弗朗索瓦。"（AR, 76）在第一层意思中，无论是帮厨的体形与画像中的形象，还是帮厨所遭受的苦难唤起的怜悯情感与画像所表示的博爱仁慈，都可以支持两者的隐喻关系；但是在第二层意思中，将"博爱"的画像类同于女厨师弗朗索瓦，则在主题上显得非常矛盾和荒诞，因为小说非常明确地描写了这个女厨师的残忍，她与仁慈和博爱的形象毫无关系。如果说帮厨与"博爱"的画像相似，代表了这幅画像的本义，那么对待这个可怜的帮厨极其凶残的女厨师就是这幅画像的字面义，两者是完全相互对立的关系。所以德曼这样评论："一幅画像产生了两种意义，一种是描述性的、字面的意义，另一种是寓言的、'本来的'意义，这两种意义通过愚蠢的盲目力量互相争斗。"（AR, 77）实际上，这两种意义的争斗发生在两个层面上，一个是在善（帮厨为代表）和恶（女厨师为代表）的道德领域里，另一个则是在这对人物所代表的真理与谬误的认知领域里，因为根据前面马塞尔关于阅读的观点，这个寓言的画像的真理需要在其外部寻找。这样便出现了这样两种可能的阅读："只要叙述处理一个主题（主体的话语、作家的使命、意识的构成），它就总是导致矛盾意义的对抗，按照真理和谬误来判断矛盾的意义是必然而又行不通的。如果其中的一种解读被宣称是正确的，那么利用另一种解读来消解它永远是可能的；如果这种解读被判定是错误的，那就证明它表达了它自身畸变的真理永远是可能的。"（AR, 76）德曼认为，人们一旦遵照普鲁斯特的命令，让阅读服从真理与谬误的两极性模式，被隐蔽的表述策略就会显现出来，从而这个修辞手段似乎已经达到的目的就会被消解。具体说来，就是在阅读中，会出现审美反应的阅读和修辞意识的阅读。虽然这两者都令人深信不疑，但是"它们两者之间的分裂会消解文本建立起来的内与外、时间与空间、容器与内容、部分与整体、运动与静止、自我与理解、作者与读者以及隐喻与转喻之间的伪综合"（AR, 72）。比如，在马塞尔的解读中，他将"博爱"的画像与帮厨相等同的解读，就是一种审美反应的阅读，因为两者之间的可见的相似性支持了这种隐喻性的替换。不过从寓言修辞的阅读来看，将"博爱"的画像与厨师相等同的解读，缺乏任何相似性的支持，就好像这幅画像只是因为被标记为这个主题而得到了该主题的意义，两者并不构成隐喻性的审美关系，所以，这是两种相互消解的阅读。这样德曼就在阅读的层面上揭示了修辞活动的自我解构性。

不过在德曼看来，更需要追问的是，这两种阅读模式背后更加根本和原始的阅读机制是什么？换言之，这两种阅读模式背后那个大写的阅读是怎样的？比如，当我们对乔托的壁画进行阅读时，我们可能被画像中各种不同的特征所吸引而无法猜测到这个壁画的寓言意义是"博爱"。只有当乔托在画框上写出"博爱"这个词作为其意义后，我们才知道这个寓言的意义。"博爱"这个字面意义之所以可能，是因为"博爱"这个概念被认为是一种指涉性的和经验性的内容，而不局限于并内在于文本系统。换言之，"博爱"的寓言意义可以进行还原，从文本之内的系统还原到文本之外的系统。但是，对于大写的阅读本身，这种还原显然不适用，因为它所包含的两种相互拆解的阅读模式禁止这样的还原。也就是说，在寓言中所能再现的内容其实都是这种大写的阅读活动的折射，就好比万事万物都折射了太阳光，但都无法理解和再现这个大写的阅读活动本身。这个大写的阅读活动似乎剥夺了所有的指涉意义。所以，德曼借评论普鲁斯特的小说这样说："这部小说中的一切都表征它所再现之物之外的某样别的东西，无论是爱情、意识、政治、艺术还是烹调法：所期待获得的总是还有别的东西。可以表明的是，定义这个'别的东西'最恰当的术语就是大写的阅读。但是人们必须同时'理解'，这个词一次即永远地阻碍获取其意义，但此意义永不停歇地呼唤对它的理解。"（AR, 78）如果我们还记得"理解"这个词特有的海德格尔式的含义，我们也许能够认可：德曼所说的这个大写的阅读，一方面值得理解，另一方面却又永远逃避意义，可算是海德格尔的"存在"的德曼式版本。

实际上，以上所论的三个方面的问题——语法与修辞的关系、修辞自身的活动以及阅读活动本身——归纳起来就是语言的两个面向：第一个面向是从语言本身与世界的关系来看，语言表面上是服务于传达世界万事万物的工具，实际上这种语言工具现象是第二位的，第一位的是语言自身的活动，语言赋予世界以意义实际上是其自身活动的副产品。当然这是语言在文学活动中的现象，文学家只有"顺着"语言自身的修辞活动规律来"凭空"创造，才能"从无生有"，产生一个文学世界，因而绝不是对所谓客观世界的模仿。语言是第一位的，有形的世界是第二位的。第二个面向是从语言与读者的阅读关系来看，在文学活动中这样的阅读活动总是双重性的：既是比喻的也是字面的，既是"直接的"又是"间接的"，而且两者相互对立。语言所允许的这两种相互对立的阅读存在，表明这个"允许"后面的那个阅读在形而上学的意义上的不可能性。对于这些现象，德曼需要寻求理论上的阐释。他首先寻找的资源就是尼采。

## 第二节　尼采论语言作为转义

考察尼采的语言观和修辞观，显然要从他在 1872—1873 年冬季在巴塞尔大学教授的一学期的修辞学课程说起。据说听课的学生很少，只有两名学生保留下了听课笔记。但由于其修辞学授课并不新颖，所讲内容大都出自当时流行的古典修辞学教科书，甚至连出版者对出版其修辞学授课笔记也兴趣寡淡。因此，基于种种原因，尼采关于修辞学原则的论述，相较于他的其他方面，被研究者们忽视也就并不难理解了。但是，德曼认为，虽然尼采的修辞学课程讲义看起来是被忽视了，但是在他对古典修辞学资料驾轻就熟的背后隐藏着两个非常重要的论点，值得人们思考。这两点其实也是德曼研究尼采修辞观的起点。

第一点，尼采注重的是修辞格或修辞手段，而不是依赖它们而获得的雄辩术。他因此着重研究了隐喻、换喻和提喻等三种修辞手段，当然还包括词语误用、寓言、反讽等在内的转义（tropes）修辞手段。而对这些修辞手段的正确应用，则自然会产生相应的雄辩和风格。德曼这样的观察，实际上摆脱了修辞手段和作为修辞效果的雄辩和风格之间的纠缠，方便集中于语言本身来考察而避免了将语言效果纳入其中的混乱思路。更为重要的是第二点。德曼非常精练地提出了这一结论性的论点："各种转义既不能在审美上被理解为装饰物，也不能在语义上理解为来源于字面义和本义的修辞义。更确切地说，情况刚好相反。转义不是语言派生的、边缘的或畸变的形式，而是语言范式本身。修辞结构不是众语言模式中的一种，它体现了语言自身的特征。"（AR, 105）德曼这样的总结显然是更深入地把握住了尼采以下的语言观："没有像非修辞的、'自然'的语言存在可以用作参照点：语言本身就是纯粹的修辞诡计和手段的结果……语言是修辞的，因为它只是意图传达见解（doxa）而非真理（episteme）……转义手段不是可以任意在语言中添加或删减的东西；它们就是它最真实的本质。"（AR, 105）对比这两段话，我们可以很清楚地看到，德曼准确地抓住了尼采关于语言本质就是转义这个观点，一方面他做了进一步的发挥，将在传统语言理解中本义与修辞义的二元之分抛弃了；另一方面也留下了关于见解与真理关系的疑问。在本节中，我们将从三个方面来考察德曼对尼采的语言即转义的阐述。

## 1. 主体与客体的转义关系

根据传统的语言观，语言是作为指涉自身之外的意义而存在的。语言的活动受制于外在于自身的世界，是单纯服务于外部世界的工具。语言作为工具来表达或再现外部世界，所体现的是一种语言与世界的单向的语法关系。现在，尼采肯定了转义是语言的本质所在，就等于推翻了语言之外世界的意义的权威性，而将意义的权威转移到语言自身内部，这样，语言外部世界的存在所具有的特征于某种程度上反而是语言活动所给予的。

德曼选取了尼采《权力意志》中的一段话来分析：

> "时间顺序的颠倒"致使原因比结果更晚地影响意识。——我们已经发现，身体的某一部分是怎样在致使疼痛的原因还没有影响它的情况下产生疼痛的；我们已经发现，人们天真地认为知觉由外部世界决定，而实际上知觉常常是由内在世界决定的；外部世界的实际影响绝不是一种有意识的影响……我们所意识到的零碎的外部世界是结果的相关物，这个结果的相关物已经从外部影响我们，它是后来成为它的"原因"的……（转引自 AR, 107）

乍一看，这段话谈论的是意识现象，好像与语言无关。但是，应该清楚的是，在形而上学的语言观中，意识与语言是合一的关系，因为语言被认为是透明于意识的，意识的活动就是语言的活动。在下文我们将看到，德曼特别指出，尼采那里的意识活动就是语言活动。在德曼看来，这段话的要义在于以形而上学的内 / 外二分的结构为起论的预设，但其论证过程则推翻了这个预设。原本被认为决定内部意识状态而作为原因的外部事件，现在反而成了被内部意识寻找的结果。内 / 外两极颠倒交换了位置：最初的原因成了结果的结果，最初的结果成了原因的原因。这样一来，内 / 外和原因 / 结果原本被视作是一个连贯且封闭的体系，现在成了似乎可任意颠倒的任意的体系。显然，作为论证起点的这个二元对立的预设应该受到质疑。这种内 / 外和原因 / 结果的颠倒关系不仅仅是一种逻辑关系，而且蕴含着时间关系，因为时间的先 / 后结构实际上是与前两个结构同步的。这样，逻辑（原因 / 结果）、时间（先 / 后）和空间（内 / 外）这三组基本的形而上学范畴关系，因为都杂糅在一起，所以对其中一组关系的解构实际上就是对其余几组关系的解构。但是，对于德曼来说，更重要的是尼采将这种替换颠倒关系看作是一种语言事件，因为尼采说："一个'内在经验'的完整概念只有在它已经找到了个人所'理解'的语言之后，才能进入我们的意识之中——即将一个情境转化成一个熟悉的情境——'理解'只不过朴素地表达了方法是有能力表达某种过去的和熟悉的事物。"（转引自 AR, 108）换言之，在尼采看来，主体意识与客体对象之间的互动关系，在根本上就是要通过语言这个中介来产生的。内与外、因与果、前与后这些两极性的特征之所以能够发生替换，就是因为语言本身的性质。这也就是语言的范式，即修辞。

德曼指出，在尼采的修辞学授课中，尼采曾把换喻修辞定义为代换法，并做了如下的阐释：

> 抽象名词是内在和外在于我们的一些性质，这些性质正在从它们的支持者中分离出来，从而被认为是一些独立自主的实体……这样的一些只有依赖我们的感情才存在的概念被设定为好像是事物的内在本质：我们把一些事件归结为原因，而实际上它们只是结果。抽象造成假象，好像它们是产生性质的实体，反之，它们作为这些性质的结果只是从我们这里获得它们的客观的、形象的存在。（转引自 AR, 109）

这段话其实比《权力意志》中的那段话更进一步地阐释了主体意识和客体对象的关系，非常清楚地表明了客体世界中的性质是从主体意识那里获得的。换言之，所谓的客体世界的现象只不过是主体意识通过语言的投射而已，所谓的真理也只不过是语言构建的产物而已。因此，若要建立一套绝对正确的客体世界的真理体系从根本上来说是不可能的。对此，尼采有过一段著名的论述：

> 真理是什么？是一群移动的隐喻、换喻和拟人，总之是人类关系的总结。人们正从诗学和修辞学上对这些人类关系加以理想化、更换和美化，直至在长期反复应用之后，人们感到它们已经可靠、规范和不能废除。真理是其假象性已经被遗忘的假象，是已经被用尽、丧失其特征、现在仅作为金属品而不再作为硬币起作用的隐喻。（转引自 AR, 110–111）

尼采的意思很清楚，真理之所以成为真理，就是因为其假象性被忘记了。何谓假象性？就是真理不是对世界真实的再现，而是语言修辞活动的结果。人们获得真理的过程，就是在使用语言时，将语言的修辞特征忘记了，将其修辞活动中替代交换这种"动态"过程静止下来，使其固化为一个"静态"的意义为大家所用。因此尼采的这段话提醒我们注意，所谓的真理与所再现的世界根本无涉，因而缺乏支撑其成立的基础，实际就可以被看作非真理的谎言。对此德曼有更为深刻的评论："相信隐喻的本义而没有意识到隐喻实际中的、指涉性基础的性质是大有问题的，这是幼稚的。"（AR, 111）德曼从语义学的角度将尼采这段话的内涵做了进一步的延伸，明确了尼采在这里所指的隐喻，不具有形而上学的结构。

在形而上学的隐喻中，隐喻就如同一枚硬币，硬币表面上镌刻的纹章就如同比喻义，纹章所依附的硬币本身就是这个比喻的本义。如果按照这个隐喻结构来理解尼采的意识，那么所谓的忘记语言的修辞性，会被误认为是可以舍弃比喻义而留下本义，就好像硬币上的纹章使用过久而磨损以至于难以辨认，但不影响其主体在流通中继续使用。而实际上，正如德曼指出的，根本不存在纹章得以依附于其上的硬币本身这回事，即根本就没有比喻义可以从中派生的本义。比喻这枚"硬币"实际上是对转义活动强行静止固化后的虚构性产物，而后在上面添加了所谓的派生的比喻义。从另一个角度来说，语言活动从来就不是及物的，与世界没有直接的联系，只是主体意识通过将语言活动产生的关于世界诸性质的名称强加给世界后产生的关于世界的真理。总之，主体与客体建立了关系，但由于这个关系是通过语言活动建立的，而尼采认为语言的本质就是转义，所以主体与客体的关系就是一个转义的关系。

## 2. 主体与语言的转义关系

厘清了主体（通过语言）与客体的关系之后，德曼便转向了语言转义问题的第二个层面，即主体与语言的转义关系。

德曼认为，在尼采那里，并不能因为主体的语言建构活动作用于现象世界而将这个所谓的客体世界作为一个虚幻的世界抛弃。相反，我们应该做的是保持警惕，不要将意识实体化，使其成为一种权威性的形而上学范畴。德曼认识到，这不仅适用于对意识的批判和解构，也同样适用于对其他形而上学的概念比如认同、主体、客体、历史、真理等的解构。我们将会在下一章论述卢梭时了解德曼在这方面的工作。至少，从尼采这里，德曼认识到对形而上学的批判并不是将形而上学的二元体系进行简单的颠倒，而是要揭示这个体系的运行法则的实质就是语言的修辞活动，从而消解其二元对立模式的形而上学迷思。随之而来的问题是：如果我们识破了形而上学的这种颠倒转换的语言活动诡计，知道了这个体系并不提供自身之外可靠的基础，是个彻头彻尾的谎言，那么这是否意味着主体可以因此而避免被语言修辞或文学语言迷惑？这实际上就是主体和语言的关系问题。

德曼认为，宣称语言因其修辞本性而具有虚幻性是一回事，而逃避其虚幻性的谎言则是另一回事。虽然尼采已经批判性地揭示了语言的隐喻性替换颠倒活动的存在，但是这不等于说我们可以避免这种虚幻性的谎言。比如，主体这个概念也只是一种隐喻的构建而已。通过这个构建，人便将自己建构为宇宙的中心，将人类中心的意义强行赋予这个世界。显然，这种转义性的赋义行为实际上是不"合法"的，只是将自己的主体意愿强加给了客体世界，但若缺少这样的隐喻性的赋义行为，人若"直面"客体的非存在世界，就会像飞蛾扑火一般毁灭自身。德曼认为，转义的以替换颠倒为特征的语言活动对于客体世界来说完全是反常和畸变性的，但是作为主体的人如果不犯这样的错误就不可能存在。因此，主体必然要选择语言活动来生存。这是主体与语言关系的根本所在。在此基础上，主体与语言又是相互转化的关系。对此，德曼这样说：

> 但是断言自我的毁灭的文本不会灭亡，因为它还将自己看作生产这个断言的中心。中心性和自我性的属性现在就在语言的媒介中互换了。制造拒绝让自我进入中心的语言在语言上挽救了自我，与此同时它确认自我的无关紧要，以及自我作为纯粹修辞的空洞性。当自我被置换到否定它的文本中时，它才能作为自我持存。自我一

开始是作为语言的中心，是其经验性指涉物，现在变成了作为虚构、作为自我的隐喻这个中心的语言。原初仅仅是指涉性的文本现在成了文本的文本、修辞的修辞。对作为隐喻的自我的解构并不终止于对两个范畴（自我和修辞）的严格区分，而是终止于性质的互换，这允许它们彼此持续存在，但以字面真理为代价。（AR, 111-112）

这个过程就像尼采所描述的语言的"谎言"："撒谎者用合理的名称和词语来使得非真实的显得真实……他通过对名称任意的替换或颠倒来误用已建立的语言惯例。"（转引自AR, 112）实际上，通过把主体称为语言，语言就在某种程度上称自己为主体。然而，谎言虽然拥有了一个新的修辞力量，但终究还是谎言。不过，在真理的模式中确认自我是一个谎言，我们还未曾逃避欺骗。我们只是颠倒了这个通常的计谋，这种计谋从自我与他者的汇聚中来获得真理，现在表明的是这种汇聚的虚构被用来让自我性的幻觉发生。

这种颠倒交换的语言修辞活动非常清楚地发生在善与恶的范畴的颠倒中。一般而言，我们将善与恶这对范畴和真理与谬误这对范畴结合起来，从真理中推论出善，而从谬误中推出恶。但是，尼采完全颠覆了这两对范畴之间的联系：

然而人忘记了这种情况：他的撒谎不再是有意识的，而是建立在久远的习惯之上——并且正是靠着这种无意识，靠着这个遗忘，他才发展出了真理感。因为他觉得有必要指认某物为'红色'，另一物为'冰冷'，再一物为'缄默'，因此一种朝向真理的道德冲动被唤醒了——与不被人信赖而被赶出群体之外的撒谎者相反，人发现

了受尊重、可靠性和对真理的使用。（AR, 112）

这种道德显然源于谎言。如果文本仅限于此而在某种程度上为欺骗的道德性做辩护，那么我们就会相信真理的邪恶，而且整个社会就是由这样的欺骗手段构建起来的，那么整个道德秩序就会被颠覆和毁灭。显然，这个文本是具有提升道德的作用的，但需要一些修饰和论证。这里再一次出现了极性的颠倒，但并没有引向对字面真理的恢复，而是驱使我们更深入修辞蕴含的虚幻性之中。我们也许可以改变修辞模式，但是仍然无法逃脱修辞。因为所有的修辞手段，包括隐喻、转喻、交叉和交替等，都是建立在替换颠倒这个基础上的。我们无法采用更多的或别的替换颠倒来使得原本的修辞谬误减少半分。

### 3. 真理与修辞活动的转义关系

初步说明了语言与主体的关系之后，德曼继续在尼采那里进一步探讨语言修辞和本体真理的关系。这两者之间的关系体现在艺术与真理的关系上，因为修辞活动本身就是文学活动的代名词，而文学活动其实也是艺术的代表。尼采曾经在《悲剧的诞生》中讨论过狄俄尼索斯和阿波罗之间的关系。通过对转义修辞的作用的认识，文学的真理价值得到了确认，只不过此时作为艺术代表的文学不再是直接与代表本体真理的狄俄尼索斯的音乐联系在一起，而是与苏格拉底的辩证法的真理联系起来了。在这个意义上，也只有艺术才能在众多人类的活动中宣称真理，因为尼采说："艺术将外表（appearance）当作外表来对待；它的目的不是欺骗，它因此是真实的。"（AR, 113）很显然，这种真实或真理，仅仅是外表或表象的，而不是存在的真理。这种真理不具备威胁或激情，与《悲剧的诞生》中狄俄尼索斯所代表的真理不同。这样一来，这种真理所激发的情感就超越了通常意义上的快乐与悲伤，因为艺术家已经体认到所处世界的虚幻性，并完全将之当作一种谎言。这样如其所是地对待这个世界就使人获得了一种情感上的自由、一种快乐的智慧。这种快乐不受制于力比多或欲望，完全是自由的：

> 只有将整个世界视为表象的艺术家才能够毫无欲望地看待它：这引向了解放和失重的感觉，这是一个摆脱了指涉性真理束缚的人所特有的，就是最近巴尔特所谈到的"能指的解放"。（AR, 114）

因此，我们可以在尼采的《论真实和谎言》中描绘那种诗意的解放和自由的感觉，可以将流动的河水看作移动的道路，可以将人瞬间从一地送到另一地。这些都是修辞摆脱了逻辑和语法束缚的结果，也是卸去把外部世界当作真理来指涉这个负担的结果。德曼指出，仅仅满足于在纯粹的外表或表象中获得这种自由，也就意味着失去了根基，就会像在这篇文章中的昆虫、颤动的光等隐喻形象所暗示的那样，成为自我毁灭的隐喻。所以，尼采在这篇文章的末尾指出，其实艺术家虽然更自由一些，但是所遭受到的苦难要比哲学家多，因为他不能吸取经验教训，总是一而再地坠入同样的陷阱中去。这是因为文学家的修辞活动在任意自由地飞舞时，缺乏可以站立的根基，总是在循环着同样的错。反而是哲学总是在对它自己遭受的毁灭进行思考，当然这种毁灭来自文学，因为文学的修辞活动揭示了哲学构建活动的虚幻性。然而，一个不争的事实是，哲学无尽的反思本身就是修辞模式的，哲学根本无法逃离它所宣称的虚幻的修辞活动。当然，这里的修辞模式不仅仅是转义而已，在下面一节中我们会看到对此模式更为全面的论述。无论如何，这里出现的问题使修辞活动产生了两种对立的情感：一种是因不受指涉意义的束缚而产生的快乐，一种是缺乏根基而犯下同样错误的痛苦。德曼认为，这两种情感虽然性质似乎不同，但都属于尼采所说的"愚蠢"，因为尼采在评论艺术家的两种情感时说："他遭受苦难时就像他获得幸福时一样愚蠢。"（AR, 115）一味地感到幸福与一味地感到悲伤都是愚蠢的表现。因为一方面的确是作为修辞活动的艺术为真理设置了标准，但另一方面，用尼采自己的话来说，即"真理杀戮，的确是杀戮自身（就它意识到其根基处于错误之中而言）"（AR, 115）。也就是说，尼采所谓的愚蠢就好比是盲人摸象，只是感知到真理构成的一部分。第一部分是修辞或艺术活动为真理设置标准，第二部分是意识到这个标准是错误的。因为第一部分而快乐是愚蠢的，同样，因为第二部分而悲伤也是愚蠢的。真正的智慧应该是将两者同时结合，因为真理的这两部分表明真理或智慧其实是自我毁灭的，或者说就是自我解构的。建构（设定真理标准）与解构（确定此标准的虚假性）是同时发生的。但这里提出了一个问题：凭什么来判断修辞活动建构的真理标准是虚假的呢？

德曼在此并没有直接触及这个问题，而是迂回地做了另一番思考。根据前面尼采的观点，真正的智慧或真理其实是自我毁灭的，但是德曼认为：

> 这种自我毁灭被无限地移置到一系列连续的修辞颠倒中。通过对同一个修辞不停歇的重复，这一系列连续的修辞性颠倒将自我毁灭悬置在真理与真理的死亡之间。直接的毁灭表明自己是一个修辞格，这样它就变成了对这种威胁的永恒的重复。因为这个重复是一

个时间事件，所以它可以被有顺序地叙述，但是它所叙述的故事话题本身是一个纯粹的修辞手段。一个非指涉性、重复性的文本叙述了一个真实的毁灭却非悲剧性的语言事件。我们可以称此修辞模式……反讽的寓言。（AR, 115–116）

在这段高度思辨和抽象的阐述中，我们需要首先注意到，若真理本身是自我毁灭，那么它就只能是"同一个修辞"：没有任何直接指涉它的手段，所以是修辞；真理是不变的，所以总是同一个修辞。现在，对这个真理的展示，也不过就是用各种颠倒互换的修辞来重复这"同一个修辞"而已。因此，在这个意义上，若真理是一种威胁，那么对其的陈述就是对威胁的重复，进而这种重复铺展开来而成了叙述。但叙述的中心毕竟还是这个自我毁灭的真理。铺展开来的叙述形式因为不是指向外部的世界作为其本义，所以成了寓言；而这个寓言则因为其所围绕的中心是自我毁灭的真理，所以成了反讽的寓言。表面上看，这里德曼的思路与我们在上一章中讨论过的他在《时间的修辞》中关于寓言和反讽关系的理论似乎没有两样，实际上却发生了很大的改变。之前，德曼还是沿用空缺（void）这样的词语来指代存在，寓言和反讽都是围绕着这个空缺而产生的。而在这里，真理直接被认定为自我毁灭的修辞而不是修辞所要服务的对象。换言之，真理已经被转义修辞置换了，已经完全失去了其原有的地位。从这个角度看，德曼已经彻底抛弃了以海德格尔为代表的那种关于存在的真理观，而以语言修辞来替换存在。

德曼在此还只是初步性地提出观点，这从他对尼采《悲剧的诞生》的新的解释可以看出来。我们知道，酒神狄俄尼索斯和太阳神阿波罗分别代表真理世界和表象世界。太阳神阿波罗所在的表象世界如梦幻一般，但不是因为它掩盖了更深层的世界，而是因为它本身就是一个由各种光影和意象构成的世界，就如同修辞活动构成的世界，是一个本身就已经意识到的缺乏深层意义的虚幻世界。而这个虚幻世界就是我们日常言语中的经验现实，是一个在时空和因果等关系中不断变易的世界。所以，在这样的世界里，不仅仅是对其中发生的时间活动的再现，而且就连这些时间活动本身也在本质上因其变动不居而成为虚幻的表象。那么，如果这个世界是表象的世界，它最终也是某种事物的表象。这个事物就是酒神狄俄尼索斯所代表的世界。酒神虽然是迷醉的，但与缺乏真实性的梦幻世界不同，它能让我们人类从经验世界的沉睡中苏醒。所以，酒神被认为是对经验世界的洞见，通过揭示所有现实的虚幻本质而抵达真理。酒神就是真理的化身。太阳神阿波罗的意义不在于其表现的经验世界，而是酒神狄俄尼索斯对此现实的虚幻性的洞见。简单地说，从我们现在的语境的角度来讲，太阳神代表语言活动，其实质是修辞活动，它表面上意指现实世界，实际上是服务于酒神所代表的终极真理。

德曼认为，若是以修辞意识来阅读《悲剧的诞生》，则会发现文本本身的陈述会暗中破坏对终极真理的要求。特别是，如果留意到尼采为《悲剧的诞生》所准备的但未正式出版的笔记材料，就会更加明白尼采在该书中的反讽用意。德曼认为，在这些笔记材料中，"我们被告知，评价酒神为真理的主要源头只是策略上的需要，而不是实质性的肯定。之所以必须用酒神的术语来向尼采的听众演说，是因为与希腊人不同，尼采的听众不能够理解太阳神的修辞手段的语言和外观"（AR, 117）。在此，德曼提示我们留意尼采的前辈荷尔德林关于古希腊世界和西方世界的关系。我们曾在第二章论及在荷尔德林看来，古希腊世界所拥有的和缺乏的恰好与现代西方世界颠倒：古希腊世界天然地与众神亲近，语言可以直接抵达真理，却缺少自我反思的能力；而现代西方世界则刚好相反，众神已逝，语言难以抵达真理，却具有自我反思能力。这样的辩证关系，放在我们现在的语境中就是：古希腊人因为熟悉神话所代表的真理，而追求自己所缺乏的，所以致力于对此真理的表达；现代西方人擅长于表达手段，却对真理世界相当隔膜，所以要竭力去点破真理本身。因此，尼采说："古代人的史诗情节以一些形象代表酒神。在我们看来，是酒神代表（象征）形象。在古代人们是以形象来解释酒神，现在则是以酒神来解释形象。因此我们实际上颠倒了关系……在他们看来，表现的世界是一清二楚的；在我们看来，我们所理解的是酒神的世界。"（AR，118）希腊人因为早已洞悉了酒神的世界，所以他们所表现出来的是对太阳神世界的清晰表现；现代西方人身处太阳神的梦幻世界里，反而理解了酒神的真理世界。所以，从这个角度来说，德曼认为在《悲剧的诞生》中出现了任意颠倒文本活动的可能性，因为"酒神"这个词，对于对其世界茫然无知的现代人来说，仅仅是为了使读者或听众更容易理解太阳神的活动方式，而太阳神以修辞为特性的活动是为了解构酒神。如果再清楚一点，德曼的意思就是：现代人先天地缺乏真理世界而迷恋真理，因此尼采就先满足现代人的要求而设置这样一个以酒神为代表的真理世界，然后通过太阳神的活动来解构这个世界。这样做的意义与后果就是：不存在真理与表象的两极世界，充其量这个两极或二元结构只不过是修辞活动的效果而已。修辞活动先设置了真理，然后对它进行了解构，这就是真理与修辞活动的转义关系。

## 第三节　语言作为劝说设置

在上一节中，我们所引用的尼采话中有这样一句："因为他觉得有必要指认某物为'红色'，另一物为'冰冷'，再一物为'缄默'。"这句话很显白地表明事物的性质，比如"红色""冰冷"或"缄默"等等，都是人指认而产生的。有了这些语言所赋予的"名称"之后，世界才能通过词语名称的颠倒互换的修辞活动而产生意义。这就隐含着这样的意思：在转义的颠倒互换运动之前，还需要设置名称的语言活动。在本节中，我们就来考察德曼是如何从尼采那里认识语言的这个面向的。德曼的讨论从尼采对形而上学逻辑基础的矛盾律批判开始：

> 我们不能肯定和否定同一件事情：这是主观经验的法则，这不是任何"必然性"的表达，而仅仅是无能为力的表达。根据亚里士多德的观点，如果矛盾律是最可靠的原则，如果它是每个论据依赖的根本基础，如果每个公理的原则都存在于它之中，那么我们应当更加严密地思考一下，什么先决条件已经是矛盾律的起因。要么矛盾律对一些实际的实体做出某种断言，好像人们已经从某个其他来源知道这点，就是说，不能把对立的属性归于实际的实体。要么命题意味着：不应当把对立的属性归于矛盾律。在那种情况下，逻辑是一种命令，它不是断定真实，而是假定和整理一个在我们看来应当是真实的世界。（转引自 AR, 119–120）

尼采在这段话中所要质疑的是被视为形而上学逻辑基石的矛盾律原

则"A=A"：它是一种可能性还是必然性，是一种客观的认知结果还是人为设定的结果？一般而言，所谓客观的认知，要满足两个条件：（1）在认知之前必须存在着有待认知的实体；（2）要有能力去从实体中如其所是地接受该实体的性质。从语言的角度来说，纯粹的认知应该就是一种语言的描述（constative），所使用的谓语陈述部分都应该是符合所描述的对象的性质，而不是强加给对象的，所以德曼称之为"言语事实"（speech fact）而不是"言语行为"（speech act）。因为这个描述客体对象的语言没有偏离对象，也没有改变对象的秩序结构，是完全符合对象的实际内容的。在这个意义上，我们人类的知识应该就是依赖这种非强制或强加的可能性，同时也是根据实体的自我等同的原则，即"A=A"。这两个要素缺一不可。但是实体自身的自我等同"A=A"应该是更为基础的，因为如果离开了这个首要条件，在形而上学的视域中，任何客观的知识就无从谈起了。而根据尼采的意见，语言不仅能够被动而如实地去描述事物，也可以主动地去陈述事物。这就使得陈述的语言成了一种言语行为，这样便出现了两种可能性：要么"A=A"是一种言语行为，要么"A=A"是一种言语事实。形而上学的逻辑将"A=A"当作逻辑活动的起点，是最确定和稳定的基石。而在尼采那里，这恰恰受到了质疑：因为这意味着我们已经事先拥有了对事物的知识，但这显然是不可能的（我们当能进入实体中去事先获得对它的全部认识），也是自相矛盾的（因为它本身就是获取知识的基础了）。因此德曼认为，"A=A"这条最基本的逻辑原则，其力量来源于它用对事物的感觉来对实体知识进行类比性、隐喻性的替代。

我们在上一节中已经谈到了尼采认识到实体的性质其实已经与

其支持物相脱离，但被错误地与被当作一个整体的实体相等同：像卢梭一样，尼采把粗糙的感觉论者的先入之见的欺诈"抽象"比作概念化的可能性：感觉的、偶然的、换喻的联系，变成了感念的、必然的、隐喻的联系："概念对矛盾的禁止来自这样一种信念……概念不仅表示事物的本质，而且理解这个本质……"在这个句子中，符号学的要素是明显的，可以简单地把它描述为从必然性变成偶然性的换喻解构。（AR, 122）

把个别的、偶然的对事物表面的感觉转变成必然的、事物的性质，就是一种把换喻变为隐喻、偶然性变为必然性的操作。因此，一个事物A，尽管人们对其感觉是粗糙的，但是这不妨碍将这些粗糙的感觉作为普遍性和必然性的性质归于它，从而确保"A=A"得以成立。从另一个角度来说，当人们去认识某实体的时候，总是先设定该实体是自我统一的，否则对其认识的基础就不存在了。这样看来，"概念化主要就是一个语言过程，一个基于符号学模式对实质的指涉模式，意指对占有的替代的转义"（AR, 123）。人类认识事物的方式就是首先对它进行概念化，比如前面尼采所说用"红色""冰冷"和"缄默"来设定事物的性质，就是这样的过程。"红色"其实就是一个符号而已，在用它来指代事物时，我们并不是真的占有了关于该事物的这种性质的知识（或者至多是部分占有而已），并不是真的指涉了这个事物的属性，但是我们强行地使用这个符号来替代了对该物体实质性的知识。这就是作为替换的语言转义行为。这个转义的概念要比前一节中讨论的转义概念更进一步：前一节的转义是发生在两个已建立的语词名称之间的替换关系，即在两个概念之间替换，而现在的作为替换的转义则是在一个语词名称与另一个似乎尚未成形的

　◀▶　从时间到语言——保罗·德曼解构主义文论初探

词语之间的转化，即在一个概念和另一个前概念之间的替换。对于这一个问题——修辞模式如何替代指涉模式——我们还要留待下一章在讨论卢梭关于语言的"诞生"时再详细讨论。但是，从这里我们能够感觉到，德曼已经将"转义"的用法扩大了，从而模糊了"言语事实"与"言语行为"之间的区分。

德曼认为，尼采在这里不仅帮助我们认识到语言有一种设定功能（positional power），即我们对世界的知识都是语言所设定的性质的结果，并且暗示了这样一种可能性，即"作为实体基础的存在，也许是语言的'设定'（gesetzt），一种言语行为的相关物"（AR，124）。这其实也在暗示，海德格尔的"存在"也是语言的产物。但不管怎样，在这里能比较确定的是：可能正是这种语言替代活动奠定了非矛盾律这个形而上学逻辑体系的基石。这样也就对形而上学体系是否足够用来呈现现实，提出疑问。德曼也提出，这个语言活动并不是人头脑中的意图性产物，而是源于修辞性的转义活动。所以从这个角度来看，我们就不能将它等同于意识活动而来评判它是对还是错。这种语言活动及其可能的谬误后果是我们能够意识到的，但无法为我们所控制。因此，既不能说我们知晓语言，也不能说我们不知晓语言："能够说的是，我们不知道我们是否知晓它，因为我们一度认为掌握的知识已经表明公然受到怀疑；我们的本体论信心永远受到了动摇。"（AR，124）如果海德格尔在《存在与时间》中还自信满满地认为此在已经理解了存在，那么德曼则对这个自信打了一个大大的问号。这是德曼对海德格尔此在理论中暗藏的人类自我中心的主体主义的质疑。

我们能否因此而得出结论说，"A=A"这个非矛盾律不含有任何真理，只是一种命令而已？如果得出这样的结论，那么就在暗示实体既是

A 又不是 A 的可能性是不存在的，即没有其存在的必然性，而只能是一种强迫性的命令。同一性和逻辑的语言确认了自己的命令模式，并因此而认识到自己的活动就是对实体的设置。逻辑就是由设置性的言语活动构成的。这样，它就获得了一个时间维度，因为它设置为将来的就是无法在当前做到的。既然在当前是无法做到的，就是假设性的，那么设置性语言就必然是虚构的，因而也就是有错误的，因为它呈现了一个先于设置的陈述，好像它是已经成立的现在的知识似的。不过，问题在于，我们是否可以就此高枕无忧地下一个结论：所有语言均为言语行为，都需要用命令模式来实现呢？所有的知识，是否因此都需要被替换为行为呢？对此，德曼非常敏锐地指出，尼采的文本并没有在同时肯定和否定同一性，而只是在否定对同一性的肯定。也就是说，在德曼看来，尼采的这个文本对非矛盾律的解构还不够彻底，因为真正的解构就应该如我们曾论及真正的智慧那样，包含两个部分：肯定和否定同时进行。文本在展示非矛盾律原则是一个言语行为的时候，自己也在表演一个言语行为，所以需要对自己的这个言语行为进行否定，而这是尼采的文本没有做到的。具体说来，在尼采批判非矛盾律原则时首先预设了没有先验的知识可以保证"A=A"成立，而很显然，这个"预设"本身就是一个言语行为，也应该一视同仁地被解构。事实上，若我们预设没有"A=A"，这个"没有"并不能自然而然地成为现成的知识，而只是一种可能性而已，最多是一种假设的知识而已，并不能将自身当作坚固的知识起点而排除其他各种可能性，比如 A 最好与 A 相等，A 有可能与 A 相等，甚至 A 在某时某刻与 A 相等。但是，这不等于说尼采对形而上学逻辑基础的批判是错误的，因为德曼指出，解构在指出指涉意义的错谬时必定要用到指涉模式，就像尼采在批评言语行为而自己也要使用言语行为一样。

解构中的这种自返现象是无可避免的，因为文本中的解构不是我们的意志或意识所能决定的，它是在任何语言的使用中必然会出现的，是语言冷酷无情而无法违抗的命令。更为重要的一点是，在我们上面提到的关于解构中"同时发生"的两个方面——否定和肯定——并不是对称的两个面向，二者不可以在相互的对抗中最终处于静止不动的某个平衡状态，而是需要无限地运动下去。所以，当我们说在否定"言语事实"而代之以"言语行为"时，我们其实并没有将最终的结论停留在后者之上。这样，我们可以说在本章第一节中德曼所揭示的"语法的修辞化"和"修辞的语法化"等语言的"破绽"现象，只不过是语言在自我解构的过程中被德曼定格住的片段，以便借此提出问题而已，它们绝非解构活动的全貌真相所在。所以，在了解了这个道理之后，德曼下面的这几句话就绝非夸张了："在尼采之后（并且的确在任何'文本'之后），我们都不再可能期望平静的'认识'。我们也不可能期望'做'任何事情，最不可能期望抛弃'认识'和'做'，以及它们与我们的词汇潜在的对立。"（转引自 AR：126）因为，在尼采看来，人类的一切行为归根结底都是和作为语言行为的书写、阅读及阐释紧密相连的，或者说，都是一种语言的阐释行为。所以，一言以蔽之，我们以往在形而上学体系中对"认知""做"等的自信被打破了，因为一切归根结底是语言在我们身上的活动，而语言及其自我解构的本质是我们无法真正彻底掌控的。

如果言语事实和言语行为，或者用现代语言学家奥斯汀的术语来说，施为性语言（performative language）和描述性语言（constative language）都被解构，即同时被肯定和否定，那么这个结论将我们带到哪里呢？我们在上一节中提到过，德曼曾明确地谈到尼采将修辞只做转义来考察，而排除其劝说功能。而现在经过我们本节的讨论，我们明白既然承认了语言行为，那么对语言行为的劝说功能的排除自然就需要加以考虑了。正如我们在上文中已经提示的，对修辞作为转义的定义和理解需要进一步扩大，因为在单纯地将两个词语名称作为事物的性质来加以颠倒交换的转义中已经预设了语言的设置行为。根据德曼对言语行为和言语事实关系的解构，我们也应该清楚，这两者是无法明确区分的。在这样的认识中，我们就不难理解德曼从解构主义的立场来对修辞所下的一个新的定义："被看作劝说时，修辞是施为的，但被看作转义体系时，它解构了自己的行为。修辞是文本，因为它允许两种不相容、彼此自我解构的观点，并因此而在任何阅读或理解的路上设下了无法逾越的障碍。"（AR, 131）

在本章第一节中，我们简单地阐述了德曼所发现的语言活动的几个超出形而上学理解范畴的"破绽"现象。这些现象的特点就是语言本身包括叙述和阅读在内的活动的自我解构。对此，德曼从尼采那里寻找理论资源，得出了初步的结论：语言的修辞本质，即它是由两种不相容的力量转义和劝说共同构成的，从而决定了语言的自我解构现象。但是，这个结论显然仍然留下了诸多问题需要回答：语言本身是如何产生的？语言修辞中的这两种关系到底是怎样的？它们是如何具体在阅读和叙述中起作用的？它们与主体、真理、历史等关系到底是怎样的？许多问题还需要德曼进一步从对卢梭的阅读中获得答案。

*Chapter 5*

# 作为认知的语言

*—Chapter 5—*

阅读卢梭并从他那里获取理论资源，一个最好的切入口就是问这样的问题：为什么对卢梭的解读会有这么多不同的观点？卢梭文本中究竟隐藏着怎样的奥秘引发了繁杂的评论？我们在前文中也看到，德曼在荷尔德林那里也发现了类似的现象：荷尔德林普遍被误认为传统浪漫主义的代表，而实际上荷尔德林所代表的浪漫主义超出了后浪漫主义所想象的理论框架。作为荷尔德林所景仰的前辈，卢梭在此也遇到了类似的问题：现代研究者虽然非常重视卢梭，但仅仅视其为形而上学理论长河中飞溅出的一朵硕大的浪花而已。对于卢梭，德曼有着与众不同的研究思路。如果把卢梭研究比作一亩田地，首要的问题不是一头钻进去辨析哪些是"杂草稗子"，哪些是"良禾"，因为这种"左右手互搏"的方法不能真正解决问题。根本的解决方法要问这样一个问题：在卢梭文本中有什么是被研究者们系统性地忽视或误读的？德曼的基本结论是，卢梭被误读的根本原因就在于卢梭的语言观没有被正确地理解。人们总是倾向于对卢梭著作做形而上学式的阅读，没有深入语言超越形而上学思维模式的结构关系中去理解其文本。

德曼以极大的耐心和天才般的智慧来阅读卢梭。在对卢梭循序渐进的阅读旅程中，他不仅为我们呈现了一个不同的卢梭形象，而且建构起了属于德曼自己的语言思想和阅读理论，为美国式的解构主义文学理论奠定了坚实的基础。总的来说，我们认为德曼在卢梭阅读中建立起的语言理论可以分为两个部分：一个是以隐喻结构为基底的语言认知体系，另一个是非隐喻化结构的语言行为体系。本章主要集中讨论第一个部分。

## 第一节　语言的"诞生"

卢梭的名著《论人类不平等的起源和基础》是一部因其内在的语言结构被忽视而遭到误读的著作。绝大多数读者在阅读卢梭的这本书时，往往对卢梭提出的"自然状态"这个概念缺乏应有的认识。一方面它似乎是这个文本预设的境界，是文本展开讨论所需要的指涉对象，因为人类文明社会的存在状态似乎都要以这个"自然状态"为参照对象；另一方面，绝大多数现代读者都不会把它当作在过去、未来和现在的时间境域中的一个现实存在的状态。读者都默认它是卢梭文本中的虚构而已。"虚构而已"这个态度过于轻松地回避了这样一个问题：为什么卢梭要设立这个虚构状态，它与所讨论的现实问题有何关系？它难道就是我们在第一章中讨论过的人类原初的那种天人合一的和谐状态吗？如果是这样的话，那么人类现在堕落的社会状态和这种和谐状态是完全无法相容的。那么在何种意义上卢梭坚持：若要理解我们的现代社会状态，这个"自然状态"是不可或缺的？德曼提醒我们注意，卢梭在该书的叙述中并没有一味地想抛弃现代社会状态，反而是对这两种互不相容的社会状态均不排斥，就如同我们在后文中所要讨论的，似乎卢梭对语言无所指和有所指这两种相斥的意见均表示赞同。

有一种观点认为，既然《论人类不平等的起源和基础》是关于现实政治的学说，而"自然状态"只不过是如同文学家那样虚幻的、脱离现实的创造，两者之间的不一致是显而易见的，那么卢梭高举"自然状态"就完全有理由被解释为一种意识形态的压抑策略。比如法国哲学家阿尔都塞（Althusser）就认为卢梭其实就是"在将不可能的理论解决方法转移到理论的他者，即文学中去"（AR, 138）[①]。德曼认为，卢梭的"自然状态"虽然表现为虚构性，但并不是静态的，因为它内在地包含了变化的可能性。最突出的两个要素是人在自然状态下的怜悯和自由。鉴于德里达已经充分地讨论了前者，德曼只专注于后者。对于卢梭来说，自由根本不是一种在人类特定的、康德式理性限度之内的和谐与安宁。相反，卢梭心目中的自由是一种冲破一切束缚和樊篱的意志之行动。从这个角度来说，现代社会越是对人本身进行各方位的研究，越是限制了对人本身的认知，也就越束缚了人追求自由的精神。卢梭将这种自由的意志定义为人的精神，似乎呼应了尼采的权力意志，只不过这种权力意志要被正确地解释为人的自由本质所具有的超越性力量。正是具有这样的自由意志，这样潜在的逾越界限的能力，人在"自然状态"中就能够将确定的、自我封闭的和总体化的行动转化成一种开放的结构。比如，感觉转变成了对知识的追求——知识是对个人感觉界限的突破；知识转化为想象——相对于想象，知识是封闭性的；自然需求转化成了激情——相对于激情，

---

[①] 德曼认为如果按照这个解读，将政治学与文学之间的关系看作是一种精神分析学中的"转移"，那么卢梭的这个文本的主要兴趣点是心理学的。这样的解读有待进一步的探讨。德曼认为在这个文本中所要解决的问题还是这个文本的第一部分与第二部分之间的不一致性。这种不一致性更显著地表现为第一部分中对人类、自然和方法论等问题的讨论与历史性和制度性语言之间的鸿沟关系。

自然需求更加束缚人。

不过德曼指出，虽然自由的概念本身在卢梭这里非常重要，但似乎并不能将之直接与他要论述的人类社会的不平等起源联系起来。这反而使得人们对于一切社会变迁与变革的评价变得模棱两可，因为一切社会变化总是要回过头来质疑使其可能的价值体系，就如同在上一章中我们曾论及，在尼采那里，以言语行为来解构言语事实的文本同样要遭受自身标准的反扑。这样看来，根据这样的解构思想，我们没法建立任何现成的标准来衡量社会的变迁，否则对标准的自我解构将会没完没了地进行下去。基于这样的思考，唯一的出路就是跃入虚构中去，或者将人类的本质当作一种虚构，毕竟无论是过去还是未来，我们都无法找到任何现成的东西来作为人类的本质。但是，对于卢梭的这个文本而言，随之而来的另一个问题是：既然对人类本性的了解是不可能的，任何要了解它的企图都会失败，那么为什么卢梭还要写下这个文本呢？在这个文本的第一部分写下了关于人类自由状态的结构之后，该怎样来理解在第二部分中所描述的自我封闭的社会政治结构呢？对于这些棘手的问题，德曼只能求助于卢梭关于语言的论述，因为他认为只有从卢梭的语言观中才能找到此问题的答案。

卢梭在《论人类不平等的起源和基础》这本讨论政治学主题的论著中插叙了好些关于语言的论述，这似乎显得非常突兀，因为这些关于语言的插叙并不成体系，与全文的话题似乎也并不统一，而且语气也略显嘲讽，似乎在警告人们不要用所谓的因果范畴关系来解释语言现象。但是德曼注意到语言结构与自由等概念有着重要的联系。卢梭将语言与完美性（perfectibility）相联系。完美性是前文所述的自由的另一个名称。卢梭认为："一般概念只有借助于词汇才能进入大脑，智力只能通过语句

　　◁▷　从时间到语言——保罗·德曼解构主义文论初探

来理解它们。这也是为何动物不能形成这样的概念，也永远无法获得依赖于它的完美性。"① 德曼认为，卢梭的完美性其实是与语言一起演进的。这个意思是说，像完美性、自由以及与此相关的一系列概念在卢梭的这个文本中都在主题和叙述层面出现，而它们内在的结构却从未得到描写和展现，只有语言的结构和认识论特征被展示出来。虽然它们似乎分属不同的领域，却类似于同一事物的两面。这样，描绘了语言结构就等于描绘了完美性和自由结构一样，这种思想就类似在基督教的《新约》中，耶稣基督说世人没见过神，但他与神同在，他出现在可见的世界中就把神表达了出来，见到他就等于见到了神一样。在前面我们也谈到，在卢梭那里自由不是一个静止状态，而是变化的状态，是一个突破界限的意志活动，那么关于这个动态的状态，最直接可以观察的方法就是通过语言的结构。而且，从整个文本的结构来看，从第一部分的作为方法论的语言到第二部分政治学的语言过渡，自由和完美性其实起着中继站的作用，这也意味着在第二部分关于政治学的讨论中，概念的运转其实就是如同在插叙中所论的语言结构。虚构的"自然状态"虽然与现实的社会状态脱节，但通过自由和完美性这样的概念完全可以从"自然状态"过渡到实际状态，而这个过渡状态可以通过语言的结构得到阐述和理解。②

上一段所引卢梭的话表明语言和完美性与动物无关，只有人才能有概念化的语言活动。那么，卢梭是如何在这段关于语言的插叙中谈论这个问题的呢？德曼的总结是："它将概念化描述为一个词语表述（在最简

---

① 卢梭著，黄小彦译，《论人类不平等的起源和基础》，南京：译林出版社，2013年，第39页。凡引自该书处，下文中皆夹注为"《起源和基础》，页码）"。

② 我们认为，这是我们在第二章中所论的"过渡"思想的延续：海德格尔通过此在来连通存在论和存在者两个层面，而德曼要将此在（在这里就是卢梭的自由和完美性，因为它们其实就是卢梭式此在的定义）转化成语言。他心目中的此在不再是主体主义或康德人类学意义上的主体。

单层面上，一个普通名词）根据相似性对另一个的替换，这个相似性掩盖了首先允许实体存在的差异性。"（AR, 145）具体来说，卢梭认为，在原始人的思维中，自然世界首先是一个纯粹临近性关系的世界，即所有事物都是作为个体而不是作为概念出现的。这样若他们看到两棵橡树，就会用 A 和 B 分别来命名，仿佛两者是毫无联系的存在。然后，基于 A 和 B 的共同特征，就用了"树木"这个词来替代 A 和 B。"树木"就是一个概念，它吸纳或掩盖了 A 和 B 的差异性。这里需要注意的是，对 A 和 B 的相似性的知觉本身不是概念化，或者说概念化不是仅仅基于对相似性的知觉，因为动物据说也有这样的功能。概念化在根本上是一个语言过程："因此必须要说一些句子（propositions），必须要说话才能获得一般的概念：因为一旦想象力停止，那么思想只能借助于话语才能继续前行。"（《起源和基础》，40）

在此，德曼注意到一个问题：卢梭描述语言概念化过程中使用的人／动物、个别性／普遍性、具体／抽象这样的二元对立，是否又落入形而上学辩证法之中了？更为关键的一点是，似乎卢梭在这里区分语言的两个功能——对单个事物的命名功能和对同类事物的概念功能——及其先后顺序，是否意味着在语言本身之中就存在着这样的二元对立体系呢？这事关如何来看待语言本质这个问题，也是对第四章中已经预告过的内容的追问：如何看待在尼采那里关于语言转义和劝说的讨论时隐含的语言"诞生"这个更为根本的问题？对这个问题的回答也是对在第三章中关于首先出现的语言到底是修辞语言还是字面语言更为彻底的解释。

表面上看，卢梭似乎又回到了传统的诗学轨道。先命名 A 和 B，然后用两者的相似特点来替代彼此的差异性，这符合亚里士多德在其《诗学》中对隐喻的经典定义："隐喻字是属于别的事物的字，借来作隐喻，或借'属'作'种'，或借'种'作'属'，或借'种'作'种'，或借用类同字。"① 而且在这样的隐喻背后还藏着更加隐秘的价值判断：字面义要优于隐喻义。因为单个事物的名字即本义（A 和 B）先出现，然后才能出现隐喻性替换，这是时间和逻辑上的双重优先性。这种优先性又预设了语言与外在于语言符号的指涉意义之间有稳固的对应关系，即语言与世界的形而上学关系——命名事物就是要让这个名字与事物相符合。这种语言意义的符合论在人们头脑中根深蒂固，人们因此也想当然地以为科学和哲学话语要优于文学语言，因为前两者要比后者更遵守这种形而上学的符合论。德曼分两步来解决这个问题。他首先通过卢梭在《论人类不平等的起源和基础》中的相关论述来厘清这个问题的实质内容，然后根据卢梭的《论语言的起源》来进一步阐释这个问题背后的机制。

德曼认为，当我们认为卢梭似乎将语言的命名功能摆在隐喻功能之前时，我们所理解的命名功能，如我们上文所示，就是一种语言与事物的符合关系，或者用福柯的话来说就是"词语和事物在它们共同的本质中联结在一起"（AR, 148），即语词与事物具有同一性（identity）而不是差异性（difference）。但德曼发现，在卢梭在《论人类不平等的起源和基础》（1782 年版本）中关于如何从 A 和 B 中得出"树木"概念的论述后有这样一则注释："我们从两个事物那里获取的第一个观念是，它们是不同的；这通常需要很多时间来观察它们有什么共同之处。"（转引自 AR, 148）据此我们似乎可以设想，有这样一个观察者，他能够轻易地察觉两个事物的差异性而不容易观察到它们之间的相似性。这就提出了一个疑问：一个不能轻易地辨识两棵树之间的相似点的观察者，如何能轻松地

---

① 亚里士多德著，罗念生译，《诗学》，上海：上海人民出版社，2005 年，第 74 页。

辨识出词语符号 a 与树木 A 之间的"共同的本质"？此外，如果语言的字面义是语言的本质所在，这意味着词语与事物是相互透明的指涉关系，那么该如何理解卢梭这样的断言——"词语最早的发明者只能够将名字赋予他们已经掌握的观念（ideas）……"（转引自 AR, 148）？显然这里的"观念"表明，在最初的命名行为中，从一开始就多多少少蕴含了某种程度的概念性在里面了。根据前面所引"我们从两个事物那里获取的第一个观念"，德曼认为这其实暗示了"差异的观念"（the idea of difference）（AR, 148）。现在的问题在于如何看待这个介词 of——它是在表明同位关系（即差异和观念是相同的），还是在表明修饰关系（即先有差异，后有此观念）。甚至，如果将此推向极致，即一切实体因为它们彼此相异这个唯一的共同点而拥有共同的名称"实体"，那么卢梭的概念化所体现的以相似性替代差异性实际上已经内置于命名行为中了。这样也就无法说清楚语言的命名行为到底是字面性的还是比喻性的，因为从命名的那一刻开始，作为有差异的实体的概念性隐喻已经隐含在其中了；或者可以反过来说，凡是有隐喻之时，对个别实体的字面的命名都是不可避免的。对于这个问题——语言的命名功能（即语言符号与事物的对应关系）和概念功能（即以相似性替代差异性）之间谁先谁后的问题——的答案，原有的形而上学的明晰性已经荡然无存了。那么语言这两个功能之间的关系到底该如何理解呢？

德曼转向卢梭《论语言的起源》中的一则小寓言来阐述这个问题。回过头来从整体理论的建构角度来看，我们以为德曼选取这段话来阐释卢梭的语言观不仅精准而且意义非凡，因为这段话不仅阐述了语言是如何"诞生"的，是卢梭理论的"基因"，而且也是支撑起德曼解构主义理论大厦的最重要的一根基柱。我们不妨先摘录卢梭的这则小寓言：

一个原始人骤遇他人时，首先是感到惊恐。由于惊恐，在他看来，他所遭遇的那些人便比他更高大、更强壮，于是他称那些人为"巨人"。经历多了，他意识到这些想象中的巨人其实并不比他本人更高更大更强，他们的体形并不符合他先前所赋予的"巨人"一词的含义。于是他造了另一个名词，既可用来称呼他本人，也可称呼他所遭遇的那些人，如"人"这一个词，"巨人"只在表达因错觉而产生幻象时使用。（《论语言的起源》，19）

德曼认为在这则寓言中，原始人初遇另一个人时产生的恐惧之心是客观存在的，却不是基于可计算的客观基础。这当然让我们联想到海德格尔的"畏"，是一种无名的情绪，只知受到了威胁，却不明威胁发自何物。而在这里，从事后看来，原始人所遇到的既不是一群人，也不是体形上更强壮而有如猛兽般的攻击性的个人，远不足以让人引发恐惧之心。但卢梭说在"骤遇"之时，这个原始人心生恐惧而称其为"巨人"。德里达曾解释说，这个命名的过程实际上是一个替换的过程，即原始人用自己看见的对方外部的特征来替换其内部的心情。换言之，"巨人"一词的本义是"我感到恐惧"，"巨人"所指的对象反而是其比喻义。这一点我们在第三章已经提到过。但是，德里达的解释还是在肯定语言本身的指涉模式，只不过是将指涉对象从外部世界转到了内部心理状态。德曼要在此基础上往前推进一步：内心恐惧的源头是什么？一个可能的解释就是，在原始人看来，遇到的这个人虽然外表并不像野兽那样，但有可能与其外表表现的不同而具有威胁性。德曼解释说："恐惧是实体内外属性的可能性有差别（discrepancy）的结果。可以表明的是，对于卢梭来说，所有的激情——无论是爱、怜悯、愤怒，甚或像恐惧这样介于激情和需求之间的，都有这种差别的特点；它们不是基于对知识，即差异存在着，而是基于假设，即它也许存在，是一种无法用经验或分析手段来证实或证伪的可能性。"（AR, 150）

我们要注意德曼在这里用"可能性"这个词来指称"巨人"这个词的发源。这个词表明了他对传统形而上学本体论基础的质疑。这与他坚持认为，在尼采那里，对于语言行为模式的认识动摇了人们对本体论知识的信心是一致的。更重要的是，"可能性"这个表述也直接质疑了形而上学隐喻模式——根据此模式，要求有内外性质的相似性和必然性才能发生隐喻性交换。的确，"巨人"一词的产生是内外性质交换的结果，但并不是基于相似性和必然性，因为在客观上它可能是错的——对方并不必然具有威胁性，但是在主观上倒是真诚的——因为看起来对方确实是有威胁性。因此德曼做了这样一个评论："这句话也许是错的，但它不是一个谎言。它正确地'表达了'内在的经验。隐喻是盲目的，并不是因为它扭曲了客观的数据，而是因为它将实际上仅为一种可能性的东西当作确定性来呈现。"（AR, 151）结合前面的论述，我们会发现，德曼其实在不断修正自己以往的观点。他不再在尼采的意义上使用"谎言"来描述传统的语言观，也不再批判性地使用"盲目"一词。因为"谎言"和"盲目"都带着有意识和主观性的含义，也预设着某种标准的存在。"巨人"这个隐喻结构表明，这一切其实既与人的主观愿望无关，也不涉及客观的标准。

"巨人"这个隐喻结构表明了这样一个事实：在一个开放的可能性面前，这个原始人用了"巨人"这个词，将此可能性变成了现实，使原本悬而未决的修辞义成了一个确定的本义。德曼下面的这句阐释非常值得我们重视：

　从时间到语言——保罗·德曼解构主义文论初探

"巨人"这个隐喻，用来指人，的确有一个本义（恐惧），但是
这个意义不是真正的本义：它指向永远悬置的状态，悬置在一个表
面与本质相重合的字面世界（literal world）和这种对应不再先验设
定的修辞世界（figural world）之间。（AR, 151）

　　这句话高度概括了语言"诞生"——不是时间意义上的而是结构意
义上——的过程，表明德曼解构主义隐喻语言观具有一个既不 / 也不的
双重否定结构，可以看作是其隐喻语言理论的最小单位。"字面世界"的
表象与本质的重合相应关系其实是先验设定的，而"修辞世界"则是对
这种先验设定关系的放弃。这也让我们想到德曼最初在批判海德格尔对
荷尔德林的解读时的结论：海德格尔要让语言与存在合一——这其实对
应这里的"字面世界"，而荷尔德林则质疑这种合一关系——这其实对应
这里的"修辞世界"。德曼在当时曾预言和设想一种新的诗学应该是这两
种观点的"相遇"，现在可以说他正在实现这个预言。同时，"字面世界"
与"修辞世界"之间永远的悬置当然也呼应了德里达的"延异"：两个世
界显然是具有差异的，但这个差异不能被肯定，而是悬置着，总是延迟
着对这个差异的实现。我们更要注意到的是，被"悬置"的不是两个确
定之物，因为德曼不是说一个确定的 A 与一个确定的 B 之间差异的悬置
或延异关系，而是说两种关系——表象与本质相一致的关系和表象与本
质不一致的关系——之间的关系。基于这两种关系是在经验和先验维度
上成立的，我们应该在此明确，德曼的解构主义理论其实是在另一维度
上——既不是在经验维度，也不是在先验维度，而是在语言的维度上——
的解构和建构。

　　以卢梭的"巨人"隐喻结构为背景，我们也可以看懂传统诗学使用

隐喻的问题所在。传统上的隐喻将一个原本被悬置的意义——无论是内在的心理世界还是外在的物质世界——固定为一个指涉意义。当然，如果我们在文学的世界里使用隐喻修辞，比如，称某个英雄人物如猛狮般英勇，这在虚构的文学世界中是毫无问题的。但是假如在现实世界里，某个人觉得自己也如猛狮般英勇并据此而行，这就犯了隐喻意义被固化的大错。① 不过，在这里德曼要强调的是另一个问题："卢梭的一个人遇到另一个人的例子在文本上是含糊不清的，就如所有涉及人和语言之间范畴上的关系的情境都必须是含混不清的。"（AR, 151）这个提问其实可以分解成一系列小问题：人与人之间的相遇必定是要文本化的吗？为什么人与语言之间的范畴性的关系必定是含混不清的？这些问题的提出其实都在暗示，人与人的关系，甚至是人与世界的关系，其实就是人与语言的关系，或者更精准地说，就是语言自身的结构关系的"投射"。所谓人与世界、人与人的相遇都是幻象而已，归根结底是人与语言的关系，而人与语言的关系最终是语言与自身的关系。当然这些含混不清的问题还有待德曼在阅读卢梭的过程中慢慢展开，我们只是在此做出预告。

现在德曼需要回答的具体问题是：在"巨人"这个例子中，在什么意义上文本是含混不清的？德曼认为，当原始人骤遇另一个人时，这在经验情景中原本应该是开放的和假设性的，有多种可能性，原本是一个存在内外差别的情景，现在却在文本中以一种确定的连贯性叙述来呈现。这种连贯性体现在内部三个环节上，并在瞬间一气呵成，让人感受到其必然性：其一是称另一个人为"巨人"的隐喻——这是语言活动的结果，其二是用"他是一个巨人"来替代"我很恐惧"的替代性修辞格——这

---

① 实际上这是审美意识形态幻象产生的机制，是德曼在 20 世纪 80 年代初着力探讨的课题。

是语言活动被隐藏的心理过程，其三就是用"巨人"这个词将原本悬置在虚构和事实之间的指涉场景凝固为一个字面的事实——这是语言活动形而上的发生过程。这种连贯性所体现的含混性在于：我们不知这三个环节真实的因果和时间关系。我们唯一知道的是，这个替代性的修辞格将"巨人"这个原本应该指向某种可能性而无法确定下来的指涉意义完全被字面化、实际化，而沦落到了现实，就好比是一个悬垂在半空中的东西一下子落到了地面上那样真实。可以说在这个叙述中，"巨人"这个隐喻完全不顾其作为隐喻本身的那种虚构性及对可能性保持开放的文本性而进入了这样一个世界——在其中，无论是文本之内还是文本之外的事件，无论是语言的字面义还是修辞义，都可以被泾渭分明地区分开来，然后又可以彼此相互交换和替代。从解构主义的角度来看，这显然是一个错误。但德曼认为，我们得承认若没有这个错误，任何语言都是不可能的。因此，这里文本上的"含混不清"就表现为：文本让人明白这个隐喻形成的清晰过程（比如三个环节），但又无法提供给我们这个过程发生的理由。简单地说，这是一个自我成就又同时自我质疑的过程。①

德曼同时也提醒我们，这个原始人骤遇另一个人的例子所表明的不是一种范式化的经验场景，比如笛卡儿对自我的怀疑或现象学的还原操作，而只是对一个语言事实的隐喻性展示——展示了这个结构过程。它不是对语言"诞生"的复现，而是对语言概念化过程的描述。所以，这个叙述过程本身就是一个隐喻、一个共时性的语言结构，不能被视为历时性的历史事件。这里隐含的意思是，语言的这个概念化过程，是一个

---

① 这个关于文本发生过程的含混不清的问题的实质是文本自身的隐喻性认知体系无法"理解"其如机器般生产的行动体系。我们将会在下一章讨论到这个问题。所以语言的"自我解构"的过程严格来讲就是发生在这两个体系之间的。隐喻语言内部的"自我解构"只是一个"表象"而已。

发生在语言内部的过程，是一个修辞性元语言的发明，与其外部的世界无涉，而仅仅与语言自身相关。因此，在前文中提到的用 A 和 B 来指称单棵的树木，这种指涉语言之外事物的活动只不过是一种语言内部的否定性时刻，不能用它来描绘语言的整个结构本身。因此，前面遇到的问题——最初的语言到底是字面语言还是修辞语言——可以有一个答案了：字面语言这种形式只不过是对语言的否定，纯粹的——对应的命名自身是永远无法独立存在的，只能作为所有语言事件中的一个构成部分存在。从这个角度来说，语言就是关于命名的，因此是概念化、修辞性和隐喻化的元语言。这样也就不难理解，隐喻过程中原本无法确定的指涉意义可以被固定为一个特定的意义，这是因为作为隐喻的语言内部就具有这样的否定时刻。回过头来看，前面讨论过的"观念的差异"这个词组实际上表明的是：命名必须要预设差异的概念才能存在。其实，若还记得在第一章中的讨论，我们应该可以领会这样的理解：语言的命名行为就如同古希腊英雄要与神直接相接触的鲁莽行为，必招致死亡——一种"单向"的姿态；语言的概念化就是如卢梭这样的现代文明开拓者们将此死亡的教训镌刻在自己的意识中而从源头逆转而去的行动——一种"双向"的姿态。"单向"姿态被镌刻在"双向"姿态中就是隐喻语言中双重结构的体现。所以，在第一章中谈论的文化或神话的解释模式与现在的语言模式其实是一致的。而且我们不妨说，语言的命名行为作为语言的否定，不仅仅被镌刻在语言的"内部"，其实也是其"边界"，或者就是福柯所说的"皱褶"，甚至可以说就是一种拓扑学的结构——"字面义"与"隐喻义"就是一种拓扑学关系。这样，也就可以理解，语言的命名行为这个自我否定性时刻"是"隐喻将自己字面化的内在原因；而若隐喻之所以能够作为隐喻来解释，也是因为在这个拓扑学关系中有另一个非字面化的隐喻义存在。当然，这也就解释了卢梭曾说的"最初的名词只能是专有名词"这句话在逻辑上应该是派生于另一句话的，即"最初的语言是修辞的"。因为如果说语言就是关于自身的，那么语言学的范式应该就是实体与自身的相遇。"巨人"这则寓言所描述的人与人的相遇显然要优于人与树木的相遇，或者说后者就是从前者派生出来的认知、意识或反思模式。

以上的分析与讨论还只是触及了卢梭这则小寓言的一部分，因为还谈到了在真实的生活场景中，人们是用"人"而不是"巨人"来指代他人。用"人"来取代"巨人"，就使得"巨人"的概念化过程成了一个双重性的过程。第一重当然是"巨人"，这层的隐喻是即兴的情感的反射，却不是出自主体的主观意图，与主体的利益考量无关，完全是语言形式的、修辞潜能的作用结果。第二重则用"人"来替换"巨人"。根据卢梭的解释，这个替换是经过很多次观察、比较后得出的结果，认为对方和自己在身形等方面都相似而不具威胁后做的决定。这个隐喻过程显然包含了很多的算计和衡量，并以此掩盖了准确性的缺乏，给人造成了彼此相等相同的错觉。很显然，隐喻的这两个层面都没有获得真理的内容，但第一层是因为语言隐喻结构的"盲视"，与人的主观意图毫无关系；而第二层则显然出于人的算计与衡量等的手段，因此是社会性手段和主观意图相叠加的结果。第一层若是错误——认知上的不可能性的结果，第二层就是谎言——因为它掩盖了前一层的错误。可以说，概念性的语言就是谎言在错误之上叠加的结果。德曼在《面目全非的雪莱》（"Shelley Disfigured"）一文中对语言的双重作用有过非常详细的论述，其中有这么一句结论——"这是因为我们在毫无意义的设置性语言的力量之上强加了感觉和意义的权威"（RR, 117）——这其实就是对"人"这个隐喻构成的解释："巨人"是语言设置力量的体现，是一个无法流通的私人语言，因此是毫无意义的，在此基础上再以替换的方式强加了具有社会规范性的"人"，因而成了具有公众意义而可以流通的语言。我们可以这样来理解："语言"首先以一种毫无意义的方式给我们人类开辟了一个区域，人就在这个空白的区域中设置言语意义。更重要的一点是，在语言开辟这个区域的时候，其结构就是将两个世界之间的悬置状态通过替换关系而固定下来——"巨人"产生了；而在设置言语意义时，仍然在重复这个过程——"人"产生了。这个"重复"其实就是社会建构的真相：人类社会建立的过程就是语言双重①的隐喻过程。卢梭所谓的"真理"因此既不是语言符号与现实的符合，也不是事物的本质隐藏于词语中，而是语言的"非真非假"的隐喻活动。

那么从中我们可以得出怎样的结论呢？德曼认为，卢梭的这个文本告诉我们，我们人类的政治活动（当然这是人类所有社会活动的一个代表），其结构像语言模式，同时也是派生自语言模式②——既独立于自然也独立于主体——因为它与盲目的隐喻活动一致。而且，人们也可以据此来说任何形式的语言都是政治性的，或者说具有政治性的本质，尤其那些在修辞上更为自觉的文学语言，都因此是政治性的。但这种语言所具有的政治的本质绝对不是人们通常在理解文学和政治之间的关系那样是在再现、精神分析或伦理学——这是人们解读文学与现实政治关系的三种通常的角度——的意义上成立的。如果德曼对卢梭的解读站得住脚，

---

① 这个"双重"在后面论述"寓言"时还会碰到，既是双重也是三重，因为"巨人"本身就是双重结构，是"巨人"对非确定的两个世界关系的悬置状态的替代，而"人"则是对"巨人"的替代。
② 德曼在此称人类的（政治）活动具有像语言的结构，又派生自语言，这其实是对语言可分为认识系统和行动系统这个观点的预告。德曼的文章往往夹杂着很多天才般的预告式论述，并在日后慢慢展开论证。

那么我们可以从中推理出社会（包括政治统治）发源于人与其语言的关系，那么我们可以说社会与政治并不是自然而然的存在，即完全依赖于人与物之间的互动而产生并发展出来的关系，因为在人与物之间不是真空的，而是"隔"着语言这层力量，起着组构和塑造人与世界的作用。因此，基于同样的理由，我们也不能在一般伦理的意义上，即在人与人之间的关系上，认识政治性问题；更不能在神学意义上认识政治性问题，因为语言显然不是一个超验的原则，即它永不会出错，而是一种有偶发性错误的可能性。如果人的社会政治系统所据以建立的原则是这种会出错的可能性，那么这对于人来说不但不是一种机会还是一种负担。这就是绝大多数的批评家或读者总是不情愿接受或面对卢梭所论述的语言和社会关系的原因。因为，这种关系若不是自然的关系（这排除了人可以控制客体世界的可能性），也不是伦理关系（这排除了人可以控制他人的可能性），亦不是超验的神学关系（这排除了人可以被救赎的可能性），而是语言这种我们无法掌控（因为它是偶发性的而非必然性的）且又会出错的力量，那么我们人的无助无能就完全被暴露了，因而成了我们不愿面对的、不可承受的语言之轻。[①] 前面曾提到阿尔都塞认为卢梭那里的虚构只不过是用文学来压抑政治，文学在本质上只不过是一种政治模式而已。现在我们可以理解，用压抑这样的精神学或精神分析术语来描绘两者之间的关系，还不如用修辞模式来解释：这是语言的修辞语义（文学）与指涉性语义（政治）的结构性关系。

　　对于语言与政治的关系在卢梭那里的表现，德曼认为当然不能就停

---

① 在这里，我们不得不承认并指出，德曼的理论大大地向前迈进了一步，因为在上一章中我们发现，德曼总是认为存在所具有的摧毁性的力量是人们无法也不愿面对的，现在这已经被转移到了语言的力量上。这也是他用语言取代存在的表现。

留在这个初步结论上，还需要更多的文本解读才可以往前推进。德曼提出三个有待发展的想法。其一是，在卢梭的文本中，从虚构语言向政治语言的过渡隐含着质性概念（如需要、激情、权力等）、向量性概念（如穷富等）的过渡。因为在卢梭那里，政治思想的基础是经济上的，而不是道德上的，因此他在这个文本的第二部分一开头就说："第一个人，他在一块地上围起篱笆后继续说'这属于我'，并且发现另一个人非常天真地相信了他，这个人就是文明社会的真正奠基者。"（转引自 AR，157）这里体现的从实际的贪婪需求向制度概念性的法律过渡与我们前面所提到的隐喻的双重性，也就是从指涉性向概念性过渡是完全平行的。不过，这种政治学理论绝不是建立在需求、利益和欲望之上的，而是与语言学的概念化相关的，因此卢梭的政治学理论就不是唯物的，也不是唯心的，也绝不是辩证的，因为我们已经看到语言失去了其再现性和超验性权威。其二是，在卢梭的理论中，社会秩序和政府之所以是一种脆弱的建构，就是因为它们是建立在错误的"沙堆"之上的。概念性语言有其自我摧毁的认识论张力，因为其字面指涉和其修辞含义无法分离却又相互否定，因此一切基于同样模式的社会建制也就具有了相同的自我毁灭性质。同样，在卢梭的理论中，纯粹虚构的自然状态在原则上是先于一切评价体系的，但是架不住这样虚构的自然状态一定会过渡或转移到当前的经验世界，当然也必然招致自我摧毁。其三是，社会政府的契约模式只能根据这个永恒的威胁，即系统的自我解构来理解。社会契约不是对超验法则的表达，它是复杂的、纯粹的语言策略，是用来给予真实世界某种虚构的连贯性，是一种手段和诡计，可以用它来暂时推迟这样的时刻的到来，即虚构性的诱惑将不再能够对被转化到实际行动进行抵制：虚构和现实得以保持悬置的状态。社会契约的概念性语言就像小说中字面话语

　　　◀▷　从时间到语言——保罗·德曼解构主义文论初探

与修辞话语之间的相互嬉戏。在这个意义上，卢梭的小说是他最好的政治文本，而他的政治文本是其最好的小说。当然这些从卢梭最基本的语言观派生出来的问题还有待德曼通过对卢梭更多文本的细读来回答。

## 第二节　自我的语言模式

在上文讨论关于"巨人"这个概念的形成过程时，我们曾指出，这段叙述中包含三个环节。其实这三个环节就是信息传递的过程：向他人（信息的接收——德曼称之为"阅读"）讲述（信息的发出——需要一个人讲述）某个人（信息本身——是关于人的）。这是一个在隐喻中被浓缩隐藏的信息传递结构，在德曼看来也是隐喻认知话语的叙事范式。其关键在于将同一与差异、现实与虚构之间摇摆不定的可能性状态固定下来，仿佛用一个挂钩挂住了某个左右来回摇摆的物件，而这个挂钩就是语言符号（"巨人"或"人"）。这个模式引出一个问题：人和语言的关系到底是怎样的？在信息传递过程中，到底是人控制了语言，还是语言反过来利用了人？我们的常识告诉我们，语言是人类特有的属性，是人区别于动物的重要特征。不过，德曼认为卢梭的这则寓言表明，"说'我们'是语言的一个特征也许是合适或不合适的，反过来说也一样。这个颠倒的可能性等于在说，所有话语都必须是指涉性的，但从未能够意指其真实的指涉物"（AR, 160）。德曼似乎对两种意见都做了否定。

我们上面的讨论已经表明，"人"这个词的形成是通过对"巨人"的替换而得来的。"巨人"本身是建立在一个假设的知识基础之上的，是一个认知的隐喻，用肯定性来替代不确定性，这造成了有关"人"的话语指涉意义的含混性。在此我们应该注意的是，这种意义的含混性不是因为词语的意义众多甚至相互排斥，让人无法选择而显得含混，而是因为建立意义的基础本身是虚空而不牢靠的，缺乏坚实的支撑。表面上看，词语总是要有一个确定的指涉意义或对象，但是正如"人"这个语言符号的产生过程所示，词语符号的指涉意义是一系列的替代和交换过程被暂时中止而出现的，而产生这个指涉意义的过程如同链条一样因缺乏必然而坚固的联结而会随时断裂。因此德曼特别指出，我们前面所使用过的抽象概念如"恐惧""自然状态""激情"等符号其实也都是可疑的，因为无法确定它们到底是在指涉语言之外的实体，还是仅仅是语言产生的幻象而已。但是，一种非平衡性——即德曼所说的"朝向意义的压力和朝向对其解构的压力无法相互取消"（AR, 161），就如同我们在上一章谈到过的"语法"与"修辞"无法相互取消一样——在这些符号的使用过程中出现了，这使得其中蕴含的解构运动不会停止。具体而言，在卢梭这里，这个非平衡性体现为"激情"（指涉要素在其中被悬置了）超过了"自然需求"（指涉要素在其中被固定了）。我们认为德曼的这个思想——解构运动的不停歇——其实还是来自我们在本章第一节开头讨论的卢梭"自然状态"中蕴含的"自由"理论：人的自由体现为突破束缚——想象要突破知识的封闭，知识要突破感觉的樊篱，激情要突破自然需求的限制。我们认为，卢梭早已经认识到在知识／感觉、想象／知识、激情／自然需求这些两极对立项的关系间并不存在相互间平衡的静止力量。相反，每一组的后一项都是对前一项的"否定"，而每一组的前一项则是对此"否定"的超越。举一个简单的例子，比如，"知识"否定了"感觉"就占据了"感觉"的位置，随即就构成了对"想象"的否定，这样的"否定"力量会持续下去。① 这个不断"否定"的过程就是卢梭想要表达的人自由的动态状态。德曼的任务就是将此思想用语言来做进一步的阐释，从而构成其语言解构的思想。所以，德曼认为语言一方面总是要关于某个实体的，这个实体不仅是语言之外的存在，而且包括语言本身——这就是语言的否定时刻；但另一方面，语言指涉性所体现的这个"关于"（aboutness）总是成问题的，而不能成为认知的基础——这就是对语言否定时刻的否定。②

那么，是否可以将问题的讨论就此打住呢？事实上，我们在前面提到了信息传送的三个环节，而语言的隐喻本质只是这三个环节中的第二环节，只是对语言作为信息传送过程的解构。语言的过程是一个不断替换的隐喻过程，那么语言信息两端应该是怎样的状态呢？其发出者与接收者是怎样的呢？只有分别厘清这些问题，我们才能真正对作为认知的语言系统有清晰的理解和把握。

我们知道，在传统的叙事学中有展示与讲述（模仿与叙述）的区分。前者是对事件的直接记录，后者是对事件的间接陈述；前者类似于用镜头直接来拍摄画面，后者类似于用第三方的视角来转述某个事件。不过，根据我们前面的讨论，语言的直接命名活动遭到了质疑，这就意味着直接的陈述本身也成了一个问题。这个问题就是：若用镜头直接来记录事件，就如同用第三人称在讲述故事，那么这个镜头本身是不是一种视角呢？镜头给人造成一种错觉，让人以为它是客观的，但实际上它本身就是视角，本身就是一种限制。而从叙述过程来说，当我们设置叙述这个

---

① 在下一章我们会看到德曼对"自然"概念的解构，将更具体地谈到这个问题。

② 我们以为这个"关于"其实就是现象学中的意向性，指涉的是与存在的关系，因此具有强烈的否定力量。

功能的时候，我们其实假设了一个叙述者——一个主体的存在。这样就出现了一种可能性：也许语言指涉功能及其可验证性虽然不能在语言行为本身之中寻找，但可以在行动的主体那里得到保证。当然德曼认为，在语言隐喻的这三个环节中，作为信息发出者的叙述者或作者和作为信息接收者的读者，其实都是语言结构本身产生的有误导性的修辞形象而已。①

德曼认为，在卢梭的《论人类不平等的起源和基础》（即《第二论文》）中，如我们上面的论述所暗示的，卢梭对"人"这个隐喻的使用过于普遍了，完全与具有自我反思能力的主体的经验基础脱节。或者，我们可以这样理解这个问题：这个具体的人的自我命名（因为他在再现这个世界的时候其实就是在呈现自身，他在命名对方为"人"的时候其实把自身也包括进去了），如何能够对普遍性的人的定义做到统一呢？这样做有什么合法性吗？实际上，我们可以很清楚地看到，在"人"这个隐喻的生成过程中，从对个别的实体的名称过渡到普遍性的名称，这个过渡本身就是不连贯的。这也让我们想到并怀疑，我们在前面反复提到的在语言活动中从语法过渡到修辞，从偶然性的转喻结构过渡到必然性的隐喻结构或者反过来的过程，这个过渡是连贯的吗？再推而广之，海德格尔从此在过渡到存在是合理的吗？或者，甚至是德曼本人，从此在过渡到语言是合理的吗？我们在前一节中已经初步看到这个过渡其实是脆弱的链条，随时可能会断裂。但是，在这个问题之前，逻辑上还有一个

---

① 语言结构不仅产生叙述者和读者这两个主体的虚幻形象，而且产生了时间的隐喻。时间在德曼看来，也是语言的产物。过去、未来和现在都只是语言结构在运作时所产生的一种指涉意义而已。这对所谓已经失去的天人合一的理想状态是一个重要的解构，因为这个过去只是一种虚构而已，那么依附在这个虚构上的理想状态也是一个虚构；同样对于未来那个被应允的弥赛亚时间也是如此。

更大的问题需要解决，即从一个主体到另一个主体，或者从一个主体到一个客体，进行这样的过渡本身就预设了一种实体的自足性，这种自足性是可能的吗？换言之，过渡的发生需要一个自我性（selfhood）或自我统一性的预先保证。这样，对自我性的研究就提上了日程。所以，德曼提出如下一系列问题：在《论人类不平等的起源和基础》中，我们从个别的自我出发而不是从一个普遍的人出发来做此研究，这是否回避了该文本中隐含的问题？据此而获得的隐喻理论是否只适用于自我反思的文本而不适用于历史和虚构文本？或者，再具体一点说，自我能否被称作一个隐喻，就像"巨人"和"人"那样是转义性替换的结果？

德曼发现卢梭在他的一个早期剧本《那喀索斯》（*Narcisse*）中将隐喻与自我联系在一起使用。这个剧本讲述了一个叫瓦莱尔的人爱上了自己——被打扮成女人——的画像。他的仆人福隆丁在与瓦莱尔的姐姐鲁鑫德的对话中，将这幅画像视为隐喻："唯有这儿，它是一幅画像……一幅变了形的画像……不是隐喻……是的，是隐喻化了的画像。它是我的主子，是一个少女……"（转引自 AR, 164）这个画像的隐喻就如同在《论人类不平等的起源和基础》中的"巨人"的隐喻，虽然这里的情感不是恐惧而是爱，或者更具体地说，就是在自爱、虚荣的爱以及对他人的爱之间摇摆不定。爱这种情感显然是跟自我密切相关的。比如我们说"我爱我自己"，这句话中两个代词"我"之间的差异关系就表现了爱的特征。卢梭曾说："在真正的自然状态中，虚荣心是不存在的，因为每一个人都把自己看作是观察其自身的唯一观察者，是宇宙中关心自己的存在的唯一存在物，是他自己的价值的唯一批判人。因此，若这种感情源自互相比较，而他自己却无法进行比较，则此感情就不可能自他的心灵中萌生做出的互相比较为根源的那种感情……"（转引自 AR, 164-165）卢梭这段话表明，在自然状态中，或者我们可以这样更直白地说，在一个未被形而上学体系所染污的世界里，人的意识无法意识到自我与他人的差异，但是一种镜像般自我反思的距离已经被标识出来了。这里也暗示了这种距离日后在历史现实中被以张力的关系体现出来，而现在在自然状态中，仿佛一切不平等都被掩盖了。原始人没有他人的概念，他孤身一人，但在这种极度的孤独状态中，他仍然是其自身的观察者和评判者。在这种自我关系中，已经孕育了与他人的差异，以及与此相应的语法中自我与他人产生差异的空间。显然，自然状态是没有语言和意识的状态。因此，我们可以用"我爱我自己，因此我存在"这样的陈述来表达这个自然状态。很显然，这里的"爱"有一个自返结构，而这个"存在"则没有。这样，这种自返结构就产生了真正的"我思"，因为这种自返结构恰恰表明了一种在自我等同状态下的自我。换言之，我们可以说在自然状态中"A=A"这个逻辑是成立的，自我可以在无中介的条件下与自身在场，这就好比亚当和夏娃在伊甸园里堕落之前的状态。

经过这样的辨析，德曼认为在《那喀索斯》中，自爱并没有出现于其中，因为它的喜剧效果来自虚荣。自爱是完全聚焦于自身之上的，而虚荣则是要求他人的赞赏态度。虚荣就是一种错误的意识，错误地以为自己这个自我应当受到全世界的爱戴，所以在《那喀索斯》中瓦莱尔会对着自己的肖像大声赞美，仿佛它就是另一个活生生的人。

德曼在此提出了这样一个问题：是否可以将瓦莱尔这样荒诞的举动看作是一个有意识的行为？如果这样的解释成立，那么瓦莱尔这种行为举止只不过是其意识模式外显的表现。在这样还原式的解读中，虚荣就是一个正确的解读，因为将一幅画像误读成一个漂亮的女孩子就是虚荣心作祟。在这样的解读中，作为人物的瓦莱尔的虚荣的意识被揭示了，讽刺的效果达到了，与此同时作者与被预设的读者则对这个讽刺情境保持了清晰的认识，因为"对误读的再现本身不是误读，除非再现的地位本身受到了质疑"（AR, 167）。当然，这样的解读仍然有不少问题，因为这里的模式是作者对一个发生错误的自我的模仿与再现，从而产生了戏剧张力，并在最后解决了这个张力。这样看来，这幅画像并不像我们前面讨论过的隐喻，而是一个如同在真实历史进程中发生的解谜行为。但是德曼指出，问题在于瓦莱尔爱上自己的肖像的那一刻，实际上不是真正的虚荣。他的仆人福隆丁这样说："他爱上了自己的相似者（his resemblance）。"（转引自 AR, 168）也就是说，这种爱既不是完全的自爱（即完全的自返式的），也不是完全对他人的爱（即完全的及物式的），而是在自我与他人之间的一种悬置的关系。这幅肖像替换了"我爱我自己"中的第二个"我"，因为这幅肖像既是这个"我"，也同时不是这个"我"：

> 它既充分地与自我相似，从而允许自爱的可能性，也与它足够相异，而允许有他性，有所有情感组成部分的"虔诚的距离"（瓦莱里语）。瓦莱尔（不是瓦莱里）可以爱上相异性，也可以爱上相似性；相似性"被爱"，因为它可以被解释为同一性也可以被解释为差异性，并因此不可把握而永远逃逸。（AR, 168）

很明显，这幅画像是一个替代，但替代的是什么——是自我还是他人——却无法确定，总是在两种可能性之间摇摆，就像原始人看到另外一个人有了恐惧之心那样，在内/外两种可能性之间做着钟摆式的运动而无法固定在某个点上。与原始人内/外两极间的摇摆不同，在瓦莱尔对自己的肖像生发爱的过程中，这个摇摆的两极是自我与他者，

虽然在实际经验中被还原到了男与女这两极。所以，德曼认为所谓的
"爱"也具有与"巨人"相似的修辞结构。具体地说，瓦莱尔爱这幅画像，
就是"爱自己"的隐喻。从这个角度来说自我性丧失了其认识论的权
威性：

> 因为自我性的概念是奠基于自爱的，在这个辞格中的认识论的
> 稳定性的丧失就对应在自我中的权威的丧失，它现在被还原到本体
> 论上的虚无（ontological nothingness）——"爱上虚无反而比爱上自
> 己要更好些"。（AR, 169）

这个无法定义的虚无——这个具有浓厚哲学意味的术语就是我们在
上一节中谈论到的两个世界之间摇摆的不确定状态，而此处则是在自我
和他人两者之间的不确定性——被错谬地实体化，并称之为自我，这就
是这里的"爱上虚无"的意思。如果将这个自我性又类推到他者身上，
就等于将这种对虚无实体化的错谬转移到对他人的指涉上。反过来又意
味着另一种可能性，即他人也不过是种虚无。无论如何，自我和他人都
因此失去了牢固的认识论基础而被解构了。现在我们可以明白德曼在这
里的思路和逻辑了：按照卢梭的自爱的观念，在自然状态之下，自爱是
成立的，这种自爱是自己对自身自返式的关注，是不受自身之外任何事
物干扰的。而在瓦莱尔的自爱中，对自己肖像的爱所表征的自爱则是无
法完全自返的，因为他深陷同一与差异两极的摇摆之中。表面上看在这
个思辨过程中，德曼是在剖析这个无法实现的"爱"的结构，但因为这
个结构中预设的是自我，所以当"爱"的结构被"解构"了，就意味着
其背后的自我也同时被"解构"了，丧失了认识论的权威地位。就像叶

从时间到语言——保罗·德曼解构主义文论初探

芝《在学童中间》中的那句诗——我们怎能分辨舞蹈和舞蹈者呢——所蕴含的舞蹈与舞蹈者的关系一样，爱与爱的主体自我也是无法区分的。因此"爱"这个隐喻结构的自我解构必然伴随着"爱"的主体的自我解构。

不过，现在出现的另一个问题是：所解构的以瓦莱尔为代表的自我性只不过是虚构语言活动中的产物，如何来看待在现实中的自我性？毕竟卢梭这个有血有肉的人，是这个剧本的作者，是他创造了瓦莱尔这个人物，包括他的肖像，又描绘了整个戏剧场面，很明显他掌控着这一切。在实践的层面上，在可观察的经验中，语言与自我似乎可以说是相互配合的，因为语言提供了手段，可以让自我用语言来体现其设计，实现其意图，以各种形式来服务自我。在此意义上，难道不可以说作为作家的卢梭是一个在更广泛意义上的自我主体吗？或者换个角度来问这个问题，写作难道不可以被当作是一种拯救自我的行动吗？我们也常听到这样的谈论：自我丧失在迷茫的日常生活中，而写作可以疗伤，并拯救丧失在繁杂生活中的自我。虽然我们在上文中讨论了语言指涉性的谬误，但是否有一种可能性，即语言不再作为一种再现功能而起作用，这样就避免了指涉性错误的可能性，而体现的是单个的声音，使得它能够在极端的否定性中达到肯定？这种声音难道就不可能是一种自我性吗？

德曼其实在此提醒我们，大写的自我在现代主义中的复活有其内在的逻辑。在上面的讨论中，自我性这个概念好像是被解构了，但是这个解构的过程发生在整个叙事之内。如果我们退后一步，把整个叙事当作一个整体来看，那么是否可以说这整个话语的原创者没有落入这个建构与解构的循环圈套之中？进而我们是否可以说有这样一种可能性：作为话语创作者的主体脱离了痛苦／快乐、善／恶、强／弱等的二元对立关系，因为他的文本已经对这些进行了解构，而他仍然是权威的中心，因为我们能够读出文本中的自我解构现象就证明了他的设计的有效性。这样似乎可以通过辩证的颠倒，将认知的权威从经验转移到阐释，并且通过阐释学过程，将自我完全的无意义性、虚无性转化为意义的中心。德曼认为这是现代思想中特有的举措与策略，可以说就是现代性的基础，虽然在德曼看来这是错误的。这里，我们不难发现德曼其实暗中将矛头再次对准了海德格尔为代表的阐释学理论。① 德曼举的例子是法国哲学家利科对弗洛伊德的解释。利科认为弗洛伊德以修辞来拆解自我，却用阐释学来恢复自我。作为自我的修辞拆解者，弗洛伊德被认为剥去了自我之上的任何直觉性所具有的稳定性，自我只不过具有隐喻功能而已。这也与德曼自己一样，用修辞的方法将自我进行拆解。不过德曼观察到，在利科那里，就在自我失去一切的时候，出现了触底反弹似的逆转，因为弗洛伊德式的解构对利科来说，只不过是在阐释中恢复意义的序曲而已，在阐释者的伪装中主体重生了——"本我（无意识的非主观的本我）的现实性就在于本我向阐释者提供了思考的材料"（AR, 174）。②

为了解释清楚作者这个特殊自我的地位问题，德曼再次使用了卢梭的《皮格马利翁》这个文本。德曼指出，这个文本总的特点就是皮格马

---

① 因为阐释学预设的先知识，在未被解释之前，其实就是毫无意义的虚无，所以一切解释就是对先知识的阐释，掌握了先知识的此在就成了意义的权威。这是一种大写主体复活的策略。当然，德曼在这里对大写主体的质疑，也是对自己的批判，正如我们在第二章所展示的，他也曾经主张存在着超验主体。

② 德曼认为，弗洛伊德的这个对自我性的心理学的解构策略与文学中的解构策略是完全平行的。德曼还特别指出，在哲学文本或阅读中，比如在海德格尔那里，也是采取这个策略的。因为海德格尔也是先将作为实体的自我进行解构，然后将进行解构的阐释能动性作为未来恢复自我中心的基础。海德格尔说："充分领会了的操心之结构包含着自我性现象。这一现象的澄清过程也就是对操心的意义的阐释。作为操心，此在的存在整体性已经被定义了。"（《存在与时间》，368）不过德曼对海德格尔的自我观并不是彻底的批评，因为海德格尔还继承了康德的思想："我思不是被表象的东西，而是表象活动之为表象活动的形式结构，诸如被表象的东西之类唯通过这种形式结构才成为可能。"（《存在与时间》，364）德曼认为这个表象的形式结构就是修辞或修辞性。

利翁对其所处情境的理解在不停地来回摇摆，这表明了在如何理解自己的情境上总会出错，因此摇摆不定。这部短剧一开始就表明了作者与其作品之间的关系具有一种既爱又怕的情感。这种怕不是因为受到了外在的某种威胁，而是一种一开始就让他感到沮丧的瘫痪感。德曼认为，这种令皮格马利翁瘫痪的感觉是一种可以用康德的崇高感来命名的敬畏感。崇高或崇高感的特点在于，它不是某种外在的、直接与之相遇的威胁性力量，而是被思维或想象力转移为构成主体的一部分："所以崇高不在任何自然物中，而只是包含在我们内心里，如果我们能够意识到我们相对于我们心中的自然，并因此也对我们之外的自然（只要它影响到我们）而言处于优势的话。"① 因此敬畏感因为是涉及主体的，所以不是对着自然客体发起的；敬畏感也不是朝向与自我重合的某种事物，因为这种重合一直是难以把握的。换言之，敬畏感的对象既不是客体也不是主体。德曼认为这个剧本提示我们，在这个艺术作品中存在着某种令人敬畏的要素，是既熟悉又陌生的："在自然那里差异容易被概念化而两分为主体和客体，艺术作品则不像自然，是作为同一性和他者性的非辩证的构建而存在的，足够神秘地被称为像神一般（godlike）。"（AR，177）也就是说，艺术作品既不是主体也不是客体，超出了我们的认知范畴，因此就如同神一般令人生发出敬畏感。

德曼认为，皮格马利翁把自己的雕塑作品格拉西比作女神，就是因为格拉西具有令人敬畏的神圣性，这种特性来源于她反思的本性（因为在自我的行动中，自我注定是要被反思的）与她所具形式的性质（它必

---

① 康德著，邓晓芒译，《判断力批判》，北京：人民出版社，2002年，第103页。

须是与自我完全不同的）之间的差距①。正是这样的差距才产生了这个剧本中一开始就出现的对立体系，比如冷与热、艺术与自然、人与神。这些二元对立并不是原本就根植于自然对立中的，而是根据生产它们的自我与他者之间的关系来进行调节的。比如一开始皮格马利翁感觉到雕塑是冰冷的，德曼认为这是修辞作用下的冰冷感而不是实际物质的性质，因为皮格马利翁说："我所有的火已经熄灭，我的想象是冰冷的，大理石冰冷地从我手中出去……"（转引自 AR, 178）而到了作品创作出现曙光的时刻，这个原本冰冷的大理石在修辞作用下又具有了温热感，同时这种温热感又激发起皮格马利翁的激情。可见一种看不见的修辞活动使得原本对立的性质可以互换。德曼让我们注意到，一旦这个互换行动开始了，我们就越过了自我与他者之间平衡关系的幻象，从而使修辞的交换活动产生了冗余，产生了崇高性，因为这个虚幻的自我在场给予客体以力量，又反过来让主体遭受一种意志上的惊愕感和敬畏感，这种敬畏感在它自身的崇高性面前凝固后再次被称作冰冷："自然的杰作以爱的热诚和天才性点燃了我，因为我超越了你，你让我完全无动于衷。"（AR, 178）简单地说，艺术家将自我的全部力量倾注到其雕刻对象上，完成了作品，这就是主体对客体的超越；但在一瞬间，完美的艺术客体又反过来以其出乎主体意料的完美性震撼了创作主体，使得主体产生一种被震撼之后的冰冷感。在此，德曼提醒我们，"热"与"冷"不是物质本身的性质，而是从修辞义到字面义转移的结果，这种转移来源于作品作为自我的延伸和作为拟神圣化的他者性之间的含混关系。这一点在格拉西被当成女神的那一刻得到了确认。这时，崇高感被体悟到了，自然便在背

---

① 这个差距其实就是我们前文遇到的"字面世界"与"修辞世界"之间的差距。这是隐喻认知生发的"基础"。

景中退去。于是，自我性这个术语就产生了。但问题的关键在于，这种崇高性实际上是自我主体中的一部分，但不能被完全同化到自我性中去。如果它完全属于客体或主体，那么就比较好理解。但现在这个作品既超出了作为主体的创作者的控制，又脱离了客体的材料，在两者之间，无法被辩证法同化，在此意义上德曼称这种力量为一种冗余（excess）或欠缺（lack）。我们以为这个冗余或欠缺就是前面谈论过的"巨人"这则寓言中"修辞世界"和"字面世界"之间断裂性关系的实质性体现。只不过当时用"巨人"这个语言符号将这个具有不确定性的断裂性关系掩盖住了，给人造成了可以掌握语言的错觉。但在皮格马利翁的这个例子中情况变了，这个不确定的断裂关系变成了艺术品——明明是主体自己对自然材料的加工，但被加工的对象令人意想不到地复活了——完全超出了主体的控制。从这个角度来看，用"格拉西"这个词来指涉这件艺术品不但不能像"巨人"这个隐喻词语那样给主体一种认知权威的假象，反而对主体以及这个主体中的自我性造成了一种无法修补的解构。

与此同时，德曼又指出这个过程中的一个细节：这尊复活的雕塑必须是女神，是情欲的对象。为什么？因为自我与他者的含混关系就在"爱"这个词中被主题化了。皮格马利翁的敬畏同时包含着自我情欲的要素和超验的要素。格拉西变成维纳斯女神以及皮格马利翁色情的自恋表现为"我崇拜我自己创作的东西"，其实与瓦莱尔的"我爱我自己"是类似的。只不过在这里，皮格马利翁爱上的是女神，而且是自己亲手所创造的，因此这里的崇高性的维度就是自我的产品，这个自我由于知道自己是完全的他者的生产者而生发出敬畏感。所以，从某种角度来说，"我崇拜我自己"这种自我偶像化是一种虚荣心，这是一种被夸张了的纯粹的虚荣心，因为这种虚荣心中崇拜的对象是完全与自己相异的他者。而且，从这里我们可以看到，皮格马利翁的着迷与疯狂不是一般的那种被社会承认就可以得到满足的。他说："赞誉和荣耀不再能提升我的灵魂；那些将受后代爱戴的人的赏识不再令我感觉到；对我来说，甚至友谊也失去了它的感染力。"（转引自 AR, 179）德曼评论说，这是因为这种自我偶像化，从主体的角度来看，根本不是纯粹的神秘化（mystification），因为自我的这种创造力逃脱了任何故意的控制，而是真正的不可思议（uncanny）。原来皮格马利翁是将自己的能力和自我当作创造的源头，而且是自我透明的源头，觉得自己可以凭借意志控制自己的创造，现在发现，这样的创造虽然出于自身，但并不是自己可以控制的。所以，德曼在此说了一句意味深长的话："自我创造力的财富是没有限度的，人们必须假设，对于《朱丽叶》的作者来说，自我阅读（self-reading）的惊讶是不可穷尽的。"（AR, 179）我们认为，"自我阅读"的完整结构应该是"（神秘化的）自我对（不可思议的）自我的阅读"。"自我"被"神秘化"指的是在形而上学体系中让"自我"具有某种不属于它的力量，比如让自我具有自然客体的力量而达到永恒；而"不可思议"的"自我"则完全超出了形而上系统的认知体系，是一个完全的他者。我们不妨简称前一个自我为"小自我"，后一个为"大自我"。

在德曼那里，我们可以观察到的文本的运动其实就是"小自我"与"大自我"之间的关系造成的。比如，他认为卢梭这个剧本的再现结构是动静交叉的，因为皮格马利翁完全陷入对一个完美对象的迷狂之中，一会儿沉思而显示为静止的场面，一会儿因欲望而躁动不安，打破沉思场面的宁静。他时而沉坐时而跃起，梦想与这个完美的雕塑（女神）融合而不可得。格拉西的完美所体现的冗余或欠缺仿佛使文本也承受着一种来自差异或差别（differentiation）的压力而使得总体化的结果无法出现——否则在情节上皮格马利翁就可实现与这完美对象的融合。这也等于说，文本中的语言修辞活动的动力就是来自这两个自我的绝对性的差别，文本的动态体系被隐喻性地再现在由这个差别——它们本身不是形而上学两极化对立的结果——引发的二元两极对立关系中：冷与热、内与外、自然与艺术、生与死、男与女……所以，如果是在一个形而上学的体系中，而不是在"大自我"与"小自我"这样的绝对差别中，那么文本必然会出现一种总体性原则——比如崇高的本质、宇宙之灵、圣火等依据平衡的经济来运作的原则——这些两极对立运动就会在某个点上获得静止。不过德曼观察到，在这个剧本中好像就出现了这样的语句，似乎表明这种平衡可以获得。但德曼坚持认为，剧本情节的这个时刻只不过在表明，卢梭掌控了在补充的体系——冗余和欠缺的体系——中内在的总体化修辞。德曼的意思是说，这种总体化的修辞是补充体系中内生的，是不可避免的，就如同我们前面讨论的在修辞颠倒替代的结构体系中语言修辞的指涉意义因为内生的否定性时刻——语言的命名时刻——必然会出现一样。而现在在冗余与欠缺的补充体系中，总体化的修辞也是内生的，也因此是不可避免的。换言之，在那则寓言里卢梭使用了"巨人"，这个举动只能表明隐喻语言中这种指涉性的总体化活动是不可避免的，但不代表卢梭主张其在隐喻语言活动中有优先地位。因此，在剧本中，皮格马利翁对从雕塑中复活的女神的性攻击完全与崇高美学一致，而并不是一种毁灭高雅的低级下流的行为表现，因为这种性攻击其实就是隐喻的指涉性效果的体现——皮格马利翁真的把面前的大理石雕塑当作一个女神来对待了，就好比把自己比作狮子的勇士真的把自己当作狮子来对待一样。而实际上我们知道，这尊女神雕像只不过是崇高的客体，是将冗余与欠缺体系原本应该变动不居的不确定性固定下来而形成的指涉性错谬结果而已。德曼认为对交媾或谋杀的再现最有效地表征了字面意义——因为还有什么情节能比这两个词更直接更字面地表达爱恨情仇这样的欲望主题呢——所以皮格马利翁对格拉西的攻击就是对崇高的爱这个主题所做的指涉性的投射。

在这里德曼似乎在暗示，一切情感或欲望都是来自"大自我"与"小自我"之间的距离。而这个距离被投射到"小自我"之中，体现为内置于自我／他人的二元体系中。因此自我的欲望的问题就在于它是否可以通过交换而得到满足，而满足的时刻也许就是交换活动停止而出现意义总体化的时刻。比如这个剧本中就以"这个美丽的灵魂"这一内／外类比模式开始，内在的"灵魂"借用了漂亮的外表。后来，皮格马利翁出于对格拉西灵魂的崇敬而忍不住对她产生性攻击行为。这其实又是一次内外颠倒。因此，在德曼看来，皮格马利翁的问题不在于一个人对另一个人的欲望被理想化和神圣化，而在于一种必然性，即他必然——他自己无法控制——要让隐喻语言中抽象性和普遍性的内容以最物质的方式显现出来。用最直白的话来说，这个必然性就是语言必然要"肉身化"才能体现自己。

到这里，我们其实看到德曼关于语言结构的三层"必然性"：第一层是在最小的词汇层面，语言隐喻结构必然要指涉化，因为语言结构中内置了否定性的命名时刻；第二层是在叙述层面，语言活动作为冗余与欠缺的补充体系必然要被总体化阐释，因为语言的总体化修辞也是内置的；第三层就是语言的效果层面，作为两种自我差异载体的认知隐喻体系总是内置着"小自我"的欲望，因此必然要以肉身化的物质形式来体现自身。

总而言之，德曼关于《那喀索斯》的讨论表明，自我是对在语言形而上学系统中的相似性与相异性之间差距的掩盖和替换而形成的指涉性意义，因此是一个自我消解的修辞结构；而他在《皮格马利翁》的讨论中则进一步将自我放在超出形而上学体系的"大自我"和内在于形而上学体系的"小自我"的关系层面来考察，表明自我仍然体现为一种语言的修辞结构。但是很显然，这里的语言出现了某种力量，超出了语言作为认识体系的范围，这需要在下一章讨论。

## 第三节　阅读的寓言

在前面的讨论中，我们专注于语言作为隐喻的替换活动，不过这在德曼看来并不是唯一的模式，并不能解释一切叙事文本。比如卢梭的《新爱洛伊丝》这个虚构文本，虽然也涉及自我和他者的两极性替代和交换关系，似乎完全符合"爱"的结构模式，不过这部小说分为两个部分，不能简单地套用这个模式来解释。如果说在讨论卢梭的《论人类不平等的起源和基础》这部政治学著作时，德曼的主要任务是揭示该文本如何从语言结构向政治观点过渡，那么对于《新爱洛伊丝》这部有着非常强烈伦理寓意的小说，德曼的任务就是阐释如何从语言结构过渡到伦理观念。我们在第二章见过德曼以这部小说为例来讨论"寓言"这个修辞概念，现在他要用这部小说为例在我们前两节讨论过的理论基础上进一步讨论作为寓言的阅读现象。

德曼认为对《新爱洛伊丝》的阅读，首先要处理的一个问题就是应该怎样来看待文本中的两极对立所允许的辩证式阅读模式。比如席勒曾用"感性"（sensibility）和"智性"（intellect）——在德曼看来相当于在场和缺席——的对立来阅读这部小说，而斯塔罗宾斯基则将这部小说读作"即刻性"（immediacy/transparence）与"中介性"（mediation/obstacle）之间张力关系的展示。这些解读方式，无论采用怎样的两极模式，其核心就是要承认"意识与自身的无中介的在场"（AR, 191）。德曼无法赞同这种预设立场，因为这是解构理论所要批判的预设。德曼分析这些辩证式阅读后得出的结论是，这些阅读的失败不是小说本身的失败，而是在原本不存在二元对立的文本中设立二元对立的阅读模式本身不可避免的结果。

德曼注意到在《新爱洛伊丝》中，当朱丽谈到与神的相遇时，这种相遇是隐喻性的阅读。这种相遇不是以认知的形式发生的——"这个永恒的存在……不是对眼睛也不是对耳朵说话，而是对心说话"——而是以一种不涉及感觉认知的非中介性的阅读："它是一种非中介的交流，它类似于神在此世中阅读我们的思想的方式，也类似于我们在来世中阅读他的思想的方式，因为我们将要与他面对面。"（AR, 192）可以说，对这种阅读的交流方式的理解事关对小说中包括爱情、伦理、政治学和宗教经验在内的诸多主题的理解。那么该如何理解这个阅读活动呢？

有意思的是，这部小说本身就是一部由书信组成的小说，因此阅读自然就是小说所蕴含的活动。不过，小说中的信件并不具有情节中的行动者的地位，而只是对事件进行回顾、反思和解释而已。德曼发现在这部小说中，阅读被看作是不纯洁而有害的行为，是所有罪恶的开端。小说中对此有明确的表示，认为凡是不管标题而敢阅读的女性就是堕落的女性。这样的观点竟然被女主人公朱丽认同，认为打开男主人公的信来看是一种罪恶。德曼解释说，其中隐含的原因在于信被认为是一种文学虚构形式，可以传达和引发情欲。这暗示了阅读中的伦理问题。那么该如何来阐释阅读中的伦理问题呢？

德曼选择这部小说的第二篇《序言》来讨论阅读问题。这篇《序言》表现的是代表作者的 R 和代表读者的 N 之间的对话，涉及的不是文学逼真性问题而是文本的指涉性问题。在小说兴起的时候，以一种逼真的手段来呈现虚构的内容是一种常见的手段。因此诸如"小说的主要人物的原型是否存在于小说语言之外"或"小说中的通信是不是真实的"这样的问题还只是表面性的问题。德曼认为，在这些逼真性问题背后蕴藏着一个更大的问题，即语言指涉性问题，因为只有当语言的指涉性机制允许虚构与真实之间的界限发生模糊，这样的逼真性才能够成功。

这篇《序言》的对话以一个经典的二元对立假设开始：一个叙事文本要么是对其外部指涉物的"画像"（portrait），是对具体的参照物的如实描述；要么就是一种想象的"画面"（tableau），缺乏具体的指涉物，因而是完全的虚构之物。所以，简单地说，这里涉及的问题就是：一个叙事文本的语言只能在两种功能之间进行选择，要么是指涉外物，要么是不指涉外物。一般的常识可能会很快帮助我们做出判断，因为《新爱洛伊丝》显然是一部虚构的小说，是卢梭头脑中想象的产物，显然是不指涉外物的虚构"画面"。在这篇对话中，对话者 N 认为，无论是虚构还是真实，人物都需要具有整个人类所享有的共性来做支撑，这样才能够在虚构的角色中辨认出其为人类来，否则虚构就毫无价值。这样的观点显然已经被卢梭解构了。我们在上面的讨论中已经看到"人"这个概念只不过是修辞语言的建构而已，其后面还潜伏着一个更加不可靠的"巨人"。因此，"人"这个隐喻的指称的不确定性表明了人类的情感，比如恐惧、怜悯、爱情和自由等，都是一种自我欺骗的隐喻结构。就《新爱洛伊丝》而言，这个情感恰好就是"爱情"。然而德曼发现这里面有这样的悖论：越是对这种虚幻性进行解构，就越是增强起初造成其虚幻性的那种不确定性，从而反过来重复和加强了这种虚幻性。这似乎成了循环重复不止的过程。德曼将这种产生重复性的指涉错误称为欲望。在卢梭那里，这种欲望的声音可以被不断地听到。他在《致梅勒谢尔伯的信》中曾谈道："这就是我们幻想的虚无。如果我的梦想已经变成了现实，我仍然不会满足。我会不断地梦想、想象、渴望。我发现自己陷于一种无法解释的、没有什么东西能够填补的空无（void）之中，处于想达到另一个程度以满足内心的渴望之中，虽然我无法设想这另一个程度的满足，但是我仍然可以感受到它的魅力。"（转引自 AR, 198）我们曾指出，这种虚无和空无类似于海德格尔那里的存在或虚无。现在它是语言隐喻结构中的不确定性，这个不确定性必然会引发出指涉性谬误，就是强加于不确定性之上的本义，也是德曼所称为欲望的指涉性错误。这个欲望因为是错误的指涉，是缺乏本体论的指称的，因此就会被解构而产生新的叙事。这也就是卢梭说哪怕其梦想得到了实现，也不会感到满足的原因。卢梭在第二篇《序言》中说出了类似的意思："爱情只不过是幻想：可以说它独自形成了另一个世界；它用一些不存在的或者仅仅由于爱情才获得存在的对象围绕自己；并且由于它借助形象化的比喻表述它的整个感情，所以它的语言永远是比喻的语言。"（转引自 AR, 198）为什么说"爱情"能够创造出属于自己的世界？因为它作为比喻的语言将自己投射出来而形成一个在自己投射范围之内的意义世界。也就是说，一旦形成"爱情"的语言结构，这种情感的语言必然会回到其指涉模式，就好像一个人无法忍受欲望的折磨，必定要将这种欲望投射到具体的事物上。原本是难以确定的，即在虚构与事实或字面世界与修辞世界之间回荡的修辞性被强加了一个本义，这似乎是一个肯定的形式，但实际上是对这种回荡的不确定性的否定。从形而上学的叙事表象来看，似乎这是一种完全的肯定，好像原本不稳定的修辞结构终于被稳定下来了。这当然是一种幻象。那么该如何来破解这种幻象呢？我们在前面的论述中，只是通过强调这个隐喻结构实际上是建立在不确定的基础上的这个事实来拆穿其中的幻象，现在德曼需要进一步推进对此幻象的拆解。

德曼认为欲望的激情，也就是这个固定下来的隐喻的本义所体现的内容，表明了这样一个事实，即欲望的在场取代了外部事物同一性的在场。而且，文本越是否定其外部的真实指涉物的存在，虚构的内容越是显得离经叛道，文本就越是能够再现其激情。所以，此时激情就被实体化为一种盲目的力量，或者说就是一种纯粹的"权力意志"。它使得修辞的语义学稳定下来，但产生悖论的是这个语义恰恰就是使得其消解的激情。也就是说，一方面因激情使然，原本空白的不确定的回荡状态因为有了一个强加上去的本义而显出稳定的语义学状态；而另一方面，这个语义恰恰由于其出于激情而非扎实的认知证据，所以被消解掉了。在第二篇《序言》中，被假设为替代卢梭的 R 解构了"人"这个隐喻，将从人类学的"人"这个普遍性概念转移到纯粹的激情上。德曼认为此时这个激情本身不再是一种修辞，而是一种实体存在。所以按照这两个术语的内涵，"画面"反转而变成了"画像"，但不是一个具有普世性的人的"画像"，而是一个主体激情的"画像"。也就是说，对外在事物的再现被主体内在化时，便出现了一种可以被主体再现的非个人化的欲望。这也比较好理解，因为当作家看到外部世界的人与事之后，心中激起表达的欲望，就好像那个原始人看到另一个人时因恐惧害怕而脱口而出"巨人"一词。不过在这个时候，这个"画像"指涉的显然不是语言外部的事物，而是主体内部的激情。从这个角度来说，指涉模式本身并没有改变，只不过是参照系统从外部移到内部而已。但这并不意味着文本之外的指涉意义或指涉物因此就具有了坚实的认知基础，因为内部的激情和欲望，如同外部的事物一样，终究还是一个隐喻结构而已。

这个时候我们会发现，原本"画面"与"画像"是分别对应作者和编者的——如果小说中的书信作为"画面"、纯粹的虚构，那么就是作者的创作；相反，如果这些书信作为"画像"，则是对现成的书信的收集和编辑而已——现在似乎可以颠倒过来了。因为如果我们不把语言的指涉对着外部世界这个系统，而是对着内部的情感系统，那么我们可以说这部作品其实就是对其自身的否定力量即其情感或欲望的指涉，因此就是对其情感的"画像"。也就是说，如果作品再现的东西根本就不存在，那么这部作品就是主体对此认知的"画像"。但很显然，这个主体只能是这个文本的作者而不是文本中的人物。这样，原本卢梭只是"画面"的作者，现在又成了"画像"的编者。"画面"/"画像"、作者/编者的区分或界限已经模糊了。其实，这样的解构性操作在对"巨人"的隐喻结构的阐释中我们就已经看到了。"巨人"这个词如果看作是原始人对所遇见的人的指称，因为是有违事实的，所以是虚构的，那么说出这个词的原始人就是"画像"的作者；与此同时，"巨人"这个词也是对其认知的表征，是其恐惧害怕心理的再现，因为"他是一个巨人"就是对"我感到害怕"的替代，那么它就是一种"画像"，这个原始人就是"画像"的编辑。事实上，这样的颠倒互换之所以能够成功，就是因为一开始的"画面"/"画像"、作者/编者二元对立是站不住脚的。而这种"站不住脚"是因为对内/外进行任意的二元区分造成的。在解构主义眼中，这样的区分只不过是形而上学的产物，从解构主义隐喻的语言角度来说，"内部总是且已经是外部了"（AR, 199）。不妨说，我们习惯的内/外之分只不过是语言的建构而已，语言的内/外之分实质上是一个互通的拓扑结构，在这个结构中"内部"就是"外部"。

但是在德曼看来，这样的解构并没有在此停止，因为，"与公认的意见相反，解构的话语是具有令人怀疑的文本生产性的"（AR, 200）。这表现为卢梭在第二篇《序言》中并没有让阅读停止，因为 N 不断逼迫 R 来肯定或否定其作者身份，但 R 一直在拒绝，原因是："谁能够确定我所陷入的怀疑与你自己陷入的怀疑是不是一致的：全部这个神秘和回避推诿是不是一个为了掩盖我对你正试图解释的事情的无知而做的一种伪装呢？"（转引自 AR, 200）也就是说，如果真相或真理说到底都无法获知，那么无论怎样说——无论否定还是肯定——都只不过表明了对真理的一无所知。德曼对此进一步发挥，认为这里的困难在于将"写作"与"阅读"做区分背后的预设。一般认为，所谓的"阅读"就是理解"写作"——当然德曼在这里保留了语言的施为功能或作为行为的语言暂且不谈，而只是谈论语言的记述功能或作为认知的语言——那么这意味着阅读就是去认识所写事物的修辞状况。同时，这也预设了我们作为读者能够理解一个文本的指称模式。这就要求我们能够区分出字面义和比喻义，因而就能够复原出修辞手段本来的意指内容。德曼举例说，当我们说一张桌子有四条腿时，我们认为这是非常自然的语言运用。因为我们能够很自然地将"桌子的四条腿"中的比喻义和字面义区分开来。任何一种阅读都是在人们能够区分出字面义和比喻义的前提下来对意义做出决定，而且这种决定不是任意的，而是建立在包括各种文本和语境要素在内的规约之上的。在这里，德曼特别指出："但是做出这个决定的必要性是不可避免的，否则整个话语的秩序就会崩塌。这种情形意味着修辞的话语总是被与非修辞的话语形式相对比的，换句话说，这种情形假定了作为一切话语的目的（telos）的指称意义的可能性。假定一个人能够轻松愉快地摆脱指称意义的强制，这是非常愚蠢的。"（AR, 201）这段话对于我们理解德曼的语言观非常重要。德曼一方面指出认知语言或语言的认知功能具有修辞结构，这种修辞结构是以替代交换为特点的；另一方面又强调这个修辞结构必然会产生一个指涉意义，而且它对于支撑整个修辞结构是不可或缺的。完整地来看待德曼的语言修辞观就应该包括这两方面。因此凡是认为语言逃逸了指涉意义而成了能指的嬉戏，主张语言符号可以是无所指的能指游戏，都是对德曼语言观的误解。

在前面的论述中我们已经看到，卢梭在《论人类不平等的起源和基础》和《论语言的起源》这两个文本中对语言的命名功能的讨论实际上是对语言的指涉状态提出了质疑。但人们以这种虚幻的语言指称性为出发点来假设语言的可阅读性（readability），即语言修辞结构的可认知性，并默认这种可阅读性是语言的组成部分。在我们的直觉中，作者显然掌握了自己的文本，对它有无上的权威性，因此掌握了其修辞结构。在第二篇《序言》中，作为读者的 N 不断地逼迫作为作者的 R 回答关于其作者地位的问题，其实就是在预设语言指称的可能性，假设作者掌握了语言指称的意义。从这个角度来说，这个作者就成了文本可阅读性的隐喻，被认为控制了文本的修辞模式，是诗歌意志或主体的隐喻。根据同样的理由，卢梭也被认为知道其文本状态：其文本到底是完全自己创作的小说文本还是引用了别处的文本。德曼认为，若从字面来理解卢梭声称自己不知道究竟是他自己写了这部小说中的信札，还是他虚构的人物写的，显得毫无意义。但是如果我们意识到 R 只不过是文本的可阅读性的隐喻，那么情况就不同了。因为接下去可以进一步推测出，R 和 N 同样都无法真正阅读这本小说，所以无法从认识论的确定性角度来区分读者和作者。这样，我们似乎可以说写作就是无法阅读在语言上的相关物，而写作的

从时间到语言——保罗·德曼解构主义文论初探

目的就是忘记我们对词语和事物完全无知的先知识（foreknowledge）。或者，这说明我们并不知道事物需要还是不需要被理解。很明显，从"先知识"这个词我们可以明白，德曼其实在质疑海德格尔的理解理论。在海德格尔那里，此在对存在已经有了先知识，只需要语言来将此展开就行了。而德曼恰恰从语言的修辞状态推论出这个截然相反的结论：语言不是对存在真理的阐释性展开，而是为了掩藏我们的无知。

那么该如何更进一步来认识这些问题？德曼认为如果深入下去，在第二篇《序言》中的问题还不仅仅是修辞与指涉、"画面"和"画像"的关系问题，因为它们之间的关系已经被证实如同硬币的两面，可以在内部与外部之间进行瞬间的相互转换。现在应该面对的问题是文本性（textuality）的问题。在 N 探寻 R 的作者属性时，N 还想在文本中找到一处可以建立文本与文本外指涉的边界之地，以此来清晰地区分出文本内部领域与文本外部领域。R 认为这个区域就是扉页上一段彼特拉克的格言："世界拥有她却不了解她，而我了解她，我留在人世间哀悼她。"R 认为这句引文表明在小说文本中的确存在这样的文本内外相交的灰色地带。但是，这句引文的作者是明确的吗？或者，谁对这句引文拥有最终的权威？显然这不是卢梭的原话，归根结底也不是彼特拉克的，因为这句话脱胎自使徒约翰的《约翰福音》，而《约翰福音》被认为是约翰受圣灵感动而写下的。因此，在这种可能性背景中，R 的反问——有谁能够确切地知道到底是 R 在手稿中发现了这句题词还是 R 将词添加在手稿中——就显得不那么无理了。德曼认为，如果说卢梭仅仅是抄录了这些信，其实也无法建立其指涉性权威，因为它们可能是某个人所写的，而这个人恰好也如同 R 和 N 那样，写下它也是为了寻找它确切的权威来源。也就是说，这些信的作者有可能也仅仅是引用其他文本而已。因此，"如果所谓真理就是我们理解指涉性被证实的可能性，那么就不可能说引用在哪儿结束而'真理'在哪儿开始"（AR，204）。按照这个逻辑，任何宣称叙事根源于现实这样的陈述也可能是不可靠的引文而已；被创作出来的文件和手稿都有可能无法回指一个真实的事件，而只不过是一连串无休止的引文，最终指向了作为超验所指的上帝（但我们人类如何可能理解上帝呢！），因而在这个过程中的每一个暂时的所指都只不过是一个丧失其指涉性的权威地位的能指。在这个意义上，德曼认为《新爱洛伊丝》的第二篇《序言》就将解构的阅读理论与一种新的文本性连接在一起了。那么，这种新的文本性概念到底"新"在哪里呢？

德曼指出，在以往的关于阅读的观念中，写作之所以能够被理解，在根本上是人们默契地遵守对指涉性的权威的约定："支配我们生活的无数的作品由于预先确定对它们的指称权威的约定而变得明白易懂；然而这个约定只不过是契约性的，绝不是构成性的。它可能经常遭到背弃，并且每篇作品可能受到关于它的修辞方式的怀疑，就像在序言中《朱丽》受到的怀疑那样。"（AR，204）这种非构成性的规约一旦被打破，就意味着文本的可阅读性受到了质疑。而且这种质疑如同点燃的导火线一样，会一直延续下去，从而使得所有的文本都无法封闭，除非求助于超验所指意义的上帝。这里的关键在于意义不是建立在坚实的真理标准之上的，而是建立在指涉规约之上的，而规约具有任意性。

现在我们可以发现，一个文本接续另一个文本的这种新的文本性已经不能以之前讨论过的隐喻、转喻或修辞这些术语来解释了，尽管隐喻修辞结构仍然是其中的一个构成部分。在前面谈论的隐喻结构主要是语言与其外部的关系。无论语言指涉的是外部世界还是内部自我，其本质都是隐喻结构。现在所讨论的文本性表明，语言在生产的过程中折返自身了。这里非常重要的一点在于：原本在黑格尔的《精神现象学》的辩证理论中，意识从对其外界的关系中折返而变成自我意识，最后可以达成绝对意识，而在德曼的语言理论中，语言在叙述中的指涉或自我指涉永远不会停止在一个超验指涉意义上。

德曼认为卢梭让《序言》中的 R 否认自己作为最终的认知权威，是出于严谨的认识论，这种认知权威的缺席造成了文本与文本之间的联结或并置关系中的一种新现象：

> 所有的文本的范式都是由一个修辞（或一个修辞体系）和对它的解构构成的。但因为这个模式无法被最后的阅读所封闭，这样它就产生了一个补充性的修辞添加，它叙述了前面的叙事的不可阅读性。与以修辞并最终总是以隐喻为中心的首先的解构性叙事相区分，我们称这个在第二层（或第三层）的叙事为寓言。寓言叙事讲述的是阅读失败的故事，而转义性叙事，比如《第二论文》，讲述的是命名失败的故事。差别仅仅是程度上的差别，寓言并没有抹除修辞，寓言总是隐喻的寓言。这样，它们总是阅读不可能性的寓言——这句话中所有格"的"必须当成隐喻来"读"。（AR, 205）

这段话显得非常抽象。若结合我们前面关于"隐喻"和"自我"的讨论，就比较容易理解。以"巨人"为例。"他是一个巨人"这个文本显然是一个隐喻结构，是对"我很害怕"的替代。如我们前述所表明的，这个修辞一旦固定住了，就等于是对不确定的事实与虚构之间的回荡状态强加的意义，因此是自我解构的。而现在如果用"他其实是一个人"这样的陈述来解读"他是一个巨人"，这后一个解读就是一个补充性的修辞添加，它表明的只不过是前一个叙事的自我解构性，也就是不可阅读性。第一个陈述"他是一个巨人"是面对语言之外的世界的，而"他其实是一个人"这个陈述实际上是在重复第一个陈述的错误。它不但保留了这个指涉错误，同时也做出了自我指涉，表明了阅读或自我阅读的不可能性——语言不可能基于真理来指涉自身之外的世界。如果这算是语言的阅读活动的话，那么第二层的叙事凸显出语言根本就无法阅读自身。实际上，在第一层的隐喻结构中，这种阅读的不可能性就已经存在了，寓言只不过是对它的重复而已。这也就是上面引文中最后一句话的意思。

德曼指出，在第二篇《序言》中，这个寓言模式显现的时刻就是在R——作为作者的代表——宣称自己无法读懂自己的文本，并且宣布放弃自己对它权威性解释的权利时。这样的宣布既解除了其文本的可理解性，也消解了其文本基于这种否定性的严谨所产生的诱惑性。于是，促使文本叙事发展的内在逻辑似乎都被打断了。这种逻辑的中断对于叙事者来说是不利的，因为这意味着文本的价值体系发生了转移或移位。在发生逻辑逆转或中断之前，叙述系统完全是由真理与错谬两极化的认知体系来控制的，而且这个认知体系与叙事进程是并行不悖的。"但是在不可阅读的寓言中，真理与错谬的命令反对叙述的句法[1]，并且以牺牲句法为代价来表明自己。真理和谬误的范畴同正确和错误的评价之间的联系被破坏了，从而明确地影响叙述的系统。"（AR, 206）德曼这里的意思是：在真理与谬误的认知体系中，语言只负责与客观世界的联系；在正确与错误的伦理体系中，语言转向了社会，起到了价值评论的作用。

---

① 这句话的意思就是语言的形式特征和语义特征产生了断裂。形式特征是脱离束缚的能指的放飞，而语义特征则是要求将其固定在某一个点上。

因此德曼说：

> 我们可以称这个系统的转变为伦理的转变，因为它确实包含从情感（pathos）到伦理（ethos）的转移。寓言永远具有伦理的意味，伦理的这个术语表示两个独特的价值系统的结构冲突。在这个意义上，伦理学与一个主体的（受抑制或自由的）意志无关，也没有更强烈的理由与主体间的关系有关。在伦理范畴是语言学和非主体的意义上，伦理范畴是命令（即是一个范畴而不是一个价值）。道德是这同样的语言两难（aporia）的一个版本，这个语言两难产生了诸如"人""爱情"或"自我"这些概念，因而道德不是这些概念的原因和结果。向伦理语调的过渡不是由超自然的命令引起的，而是语言混乱的指称（因而不可靠的）的形式。伦理学（或许人们应当说伦理性）是众多话语模式中的一种。（AR, 206）

简单地说，伦理范畴不是人际关系的产物，而是语言内部结构性转移——从认知结构向价值结构——的结果，也是一种无法逃避的力量。但是，语言结构内部为什么会发生这种断裂性的转移？德曼显然暂时无法在此语言认知体系中做出解释，我们将会在下一章中做讨论。

*Chapter 6*

# 作为行动的语言

*−Chapter 6−*

在上一章中，我们主要讨论了德曼对作为认知的语言系统或语言的认知功能的阐释，而暂时搁置了对作为行动的语言系统或语言的施为功能的探究。我们可以发现，在阐释以隐喻结构为基底的语言认知系统时，有很多现象是这个系统本身所无法解释的。比如为什么隐喻结构中的命名功能与概念功能既对立又不可分离？为什么会出现文本修辞活动中的冗余或欠缺现象？为什么在叙事中会出现认知话语与伦理话语的分裂？这些"自我解构"的现象表明这个作为认知的语言系统实际上是无法做到自我认知的。这个无法被语言认知到的部分就是作为行动的语言系统。这个语言系统可以——至少是部分地——解释语言认知系统中出现的现象。因此本章主要来看看德曼是如何推演出作为行动的语言或语言的行动系统的。

## 第一节　语言作为判断

我们在前一章的讨论中不断使用"指涉"或"指涉意义"这样的高

频术语，这是因为语言认知活动最基本的目的和内容就是获得意义。我们也反复强调，根据德曼的理解，语言的意义其实是对不确定状态的掩盖和替换后获得的一个"静态"结果而已。那么，获得这个结果的"动态"过程到底是怎样的呢？现在德曼需要讨论这个获得意义的过程来逐步揭示语言的行动体系。这个获得意义的过程就是判断。德曼以卢梭《信仰自白》（"Profession de Foi"）一文为主文本来探究我们获得意义的判断过程。

卢梭《爱弥儿》中的这一篇《信仰自白》有个副标题"一个萨瓦省的牧师的自述"，表面上看是对自然宗教的辩护。自然宗教是建立在内心、声音、自然的语言、良心和意识等概念这些先验形式基础上的，这就与卢梭著作中其他地方的认识论和修辞学批判观点大相径庭，因为先验形式在卢梭的认知语言理论中根本就没有位置。比如在上一章中谈到过的《论人类不平等的起源和基础》中，卢梭提到了上帝只是为了证明没有语言超验的所指。同时，德曼特别指出卢梭在《社会契约论》中对基督教作为一种政治力量的谴责，这与《信仰自白》中牧师对自然宗教的虔诚形成极大的反差。此外，《信仰自白》和《社会契约论》之间关于法律和道德权力的起源问题的不一致之处也格外显眼。这些问题都促使德曼思考《信仰自白》中的语言模式。

德曼指出，《信仰自白》的论辩起始于一种经验性的而非认识论式的怀疑。因为对于卢梭来说，无论是在个人的思维中还是在政治社会中，还原到自我在场( self-presence )状态都不能产生我们意识中那构成性的"我思"，即无法产生一个真理的源点，而必然产生难以忍受的怀疑与认知的困扰，因为我们从上一章的分析中可以知道，这种自我在场就是确定的自我指涉，而任何确定的指涉意义在卢梭那里都要被否定。不过，因为这个原初的困扰和怀疑从根本上来说是由真理的不可企及这个原因造成

从时间到语言——保罗·德曼解构主义文论初探

的，所以不断追求真理而造成的谬误根本就无济于事。因此，只能求助于"内心的光明"："我对自己说：'请教内心的光明，它使我所走的歧路不至于像哲学家使我走的歧路多……即使堕落也不会像听信他们的胡言乱语那样堕落得厉害。'"[①]显然，目的不是完全消除内心对认知的不确定感，而是想依照自己的幻想去做，可以减少一点邪恶的堕落感。德曼认为，在真理不可企及的前提下，这种转向伦理维度的做法表明良好的信心并不能给予陈述或知识以真理的权威。与这种转变同时发生的是从视觉到声音、从光到声的转变，即要听从"内心的赞成"来承认或拒绝认识的结果。当然，这种内心的赞成并不是重新回到了笛卡儿的"我思"模式中去。因为正如德曼所指出的，所谓的"内心的赞成"仅仅是通过一些观念而起作用的。也就是说，内心的赞成是首先将一些观念进行比较后产生的结果。因为比较是判断具有的独特特征，所以说有在先的判断行为，才会有内心赞成的结果。因此德曼认为，卢梭的任务就在于如何借助判断行为来对这个赞同的发生进行说明，从而来证实它的认识论状况。在这个意义上，"《信仰自白》的论辩足以揭示卢梭的判断的结构，并确立判断同别的像意志、自由、理性等这样一些主要概念的联系"（AR，229）。我们应该明白，在卢梭的这个文本中，判断的结构是在与感觉或感知结构的对立中建立起来的。德曼也特别提醒我们，"判断""意志""理性"和"自由"这几个概念或术语在卢梭的这篇文本中并不存在什么优先顺序，几乎可以通用，因为每个术语可以随心所欲地从另一个当中推断而出。

---

① 卢梭著，李平沤译，《爱弥儿》，北京：商务印书馆，1978 年，第 381 页。凡引自该书处，下文中皆夹注为"（《爱弥儿》，页码）"。

表面上看，卢梭的判断理论只不过是以新的形式重新阐述了在前面讨论过的隐喻批判理论。判断被描述为对感觉的解构，这是我们熟悉的模式。它将世界划分为沿着内／外对立轴线而成的二元对立系统，并在这个系统中根据类比和相似性来进行交换的活动。与卢梭同时代的人们已经非常习惯通过这样的隐喻模式来认知世界。他们以经验主义来思考世界，形成肉体／灵魂、感觉／判断、自然／精神和死亡／生存等一系列的对立，却以不同程度的辩证法将这些对立加以综合而形成总体化的认知。德曼认为卢梭在对判断的探讨中，非常明确地摒弃了这种隐喻化的总体模式，因为他说："然而这个肉眼可以看见的宇宙是物质，是分散而无生命的物质，就其整体来说，它并不像一个有生命的物体那样各部分是连在一起、有组织、有共同的感觉的，比如我们虽然是这个整体的一分子，但是我们也毫不觉得是在这个整体之中。"（《爱弥儿》，388）在德曼看来，不掺杂判断的感觉实际上是不可想象的。假定这种纯粹的感觉存在，就像在《论人类不平等的起源和基础》中假定自然状态那样，它也没有能力建立实体或实体之间的任何联系。因此无论是用换喻结构还是隐喻结构来描述这样纯粹的感觉世界，都必定要失败，因为德曼认为这个感觉世界既不遵循临近性原则，也不遵循相似性原则。这等于说，在描写这个类似于自然状态的感觉世界时，原有的两大类修辞结构或原则都已经失效。表面上看，卢梭似乎在使用内／外两极模式，因为他说："这样一来，我就清清楚楚地认识到我身内的感觉和它们产生的原因（即我身外的客体）并不是同一个东西。"（《爱弥儿》，383）对此，德曼评论说："但是这个'在我身外'是完全缺乏任何一致性或意指的表象而根本就是虚无，无论是对于我们还是在它自身中（for us or in itself）。对于纯粹的感觉，它完全是混乱、偶然和无法言说的……"（AR，231）在这个显然具有强烈哲学意味的评论中，我们可以看到德曼对纯粹感觉的定位：它不是自足的一种实体存在，不是现成摆在那里等待我们去移动和挪用的自存之物，因此无法想象可以用比例或数字来处理这个纯粹的感觉世界，因为卢梭说："'长一点、短一点'这类比较的观念，以及'一、二等等'数目的观念当然不是感觉，虽然我只能够在有感觉的时候才能产生这些观念。"（《爱弥儿》，384）德曼说这种"在我身外"就是一种纯粹的"外部性"（outsideness）[①]。而这种"外部性"实际上起着潜在的作用：

> 有人告诉我们说，有感觉的生物能够借各种感觉之间的差异把它们互相加以区分，这种说法是需要解释一下的。当感觉互不相同的时候，有感觉的生物是可以凭它们的差异而区别它们的；当它们互相近似的时候，有感觉的生物之所以能够区分它们，是因为它感到一个是在另一个之外的（outside the other）。（《爱弥儿》，第385页）[②]

据此德曼认为，这种还没有受到观念污染因此无法把握的纯粹的"外部性"具有这样的特点："纯粹的'外部性'就是这唯一的断裂性（discontinuity），它联结了同一性最平滑的外观，因为不能说对在 X 中的一个给定的实体的感觉与在 Y 中的这同一个实体的感觉是相同的。"（AR, 231）换言之，"外部性"这个唯一的断裂性实际上是一种纯粹的差异性。我们无法把握它，只能用隐喻化的概念，比如空间模式或者时间

---

[①] 这让我们想到在第二章时谈到的内在性，它也是超越主客体的，其实也是外部性。

[②] 此处引文参照德曼所引文本翻译。

模式来表达它。它们的作用就是产生有效的却是完全误导性的统一性的和分类性的力量：它允许我们把原本是混沌一片的世界以时空的感念化方式区分开来，在此基础上我们才能展开认知过程。因此，我们应该明白，德曼从卢梭这里得出的这种外部性绝不是我们内部意识的对应物，因为"在纯粹的感知模式中，一切都是'外在'于别的一切的；只有外部的差异，而且综合是不可能的"（AR, 231）。意识的综合能力在"外部性"这里失效了。

我们曾在上一章讨论隐喻的时候谈及字面世界 / 修辞世界、虚构 / 事实以及命名 / 概念化这些对立项。这些对立项之间的内容其实就是这里的"外部性"。只不过在此之前，德曼讨论的是差异两方的关系，而在此则是用纯粹的外部性或非连续性来标识这个差异本身。判断行为就是基于纯粹的外部性来进行关系设置的能力。在卢梭那里这种判断行为就叫作"比较"："通过比较，我就把它们挪动一下，可以说是移动了它们的位置，我把它们一个一个地叠起来，以便说出它们的异同，同时再概括地说出它们的关系。"（《爱弥儿》，384）显然，这种行为是一种操纵，一种位置的移置，扰乱了事物原本的"真相"。感觉在卢梭那里是真实的，是事物在自然中的原样，而判断则显然通过人为的手段，打乱了事物原有的状态，因为卢梭说："我只知道真理是存在于事物中而不存在于我对事物进行判断的思想中，我只知道在我对事物所做的判断中，'我'的成分愈少，则我愈是接近真理。"（《爱弥儿》，386）我们会发现，当卢梭用移动、搬运和叠加这样的动词来描述判断行为时，说明这种行为既不是在揭示事物的真相，也没有使事物处于原有的状态。也就是说，判断的行为不是在创造实体系统，而是在创造关系结构系统。德曼认为这样的关系结构系统绝不是任意的，但又不是必然的，因为它们缺乏本体论的基础。所以这样的判断就会有错误，而且这种错误并不是偶然原因造成而可以被纠正或更改，或者通过实验或别的方法加以改进而得以避免。这种判断行为的结构模式与我们在前面讨论的隐喻概念的结构模式是类似的，即通过相似性的结构来掩饰允许这个结构得以产生的差异性。当然这个差异性不是完全与相似性相对的那个差异性，而是它所表征的那个混沌一片的绝对的差异性的状态，即我们前面谈到的外部性。正是这绝对的外部性使得隐喻结构中的联结得以发生。所以总的来说，德曼一方面认为卢梭在《论人类不平等的起源和基础》和《论语言的起源》中关于语言的段落初步表达了语言作为隐喻结构的思想洞见，另一方面则强调了卢梭在《信仰独白》中所使用的纯粹的"外部性"对隐喻结构产生的作用。

德曼发现卢梭在《信仰自白》中有这样一句话："以我看来，能动的或聪慧的生物的辨别能力是能够使'存在'（to be）这个词具有一种意义的。"（《爱弥儿》，384）这句话充满了模糊性，需要加以阐发。我们知道，自存自足的自然世界是稳定的，但本身缺乏意义，因此不能成为知识的来源。存在对于我们来说就是"存在"这个词，但这个系动词没有任何超验的指涉物，无论是根据自然权力还是根据神圣的权力来说。因此，在混沌一片的纯粹感觉领域和创建关系系统的判断活动的区分之中，我们获得了否定性的洞见，这个洞见来自判断行为。而这个行为是词语性的。在卢梭关于判断的阐述中，德曼发现像"移动"或"叠加"这些表现比较活动的动作词语被"说出"或"赋予意义"这样的动词取代，这也就意味着，"存在"这个系动词作为一切指称语言的母体本身并不具有自己的本义，因为如纯粹的感觉世界所表明的，它其实是混乱和无法预测的混沌、无意义。那么判断的活动是如何发生的呢？德曼说："判断的场景就是发出语言和明晰命令的场景。但是在这样取消了关系和必然性之间任何可能的联系之后，这同一个判断接着又以自己的名义继续做它以感觉的名义已经取消的事情，并建立起结构，比如概念。它们宣称具有意义，就如同感觉可能宣称具有物质的存在和现实。"（AR, 233）德曼关于判断活动的这个阐释显然非常抽象，但是我们可以明白这样几点：（1）判断的实质就是语言命令；（2）判断这个语言命令在混沌的世界之上建立起概念；（3）判断活动因此开辟了意义和现实的领域。为了更清楚地阐释判断的语言本质，德曼更加明确地论述道："在判断是一种能够出错的关系结构这个意义上，它也是语言。这样，它必定由修辞结构组成，这些结构可以被产生它们的语言质疑。那么所谓的'语言'就很清楚地要扩展到在经验上被理解为连接性的词语表述之外，而吸纳比如在传统上被称为感知的东西。"（AR, 234）在这里我们看到，判断就是语言活动，而且是一种命令式的语言活动。它似乎不再是主体为了认知世界的需要而产生的，而是来自语言本身的一种不得违抗的命令，蕴含着一种超出主体和客体的力量。比如，德曼发现卢梭在《信仰自白》中对感觉（sensation）和感知（perception）做了这样的区分："如果我们在运用我们的感官方面完全是消极的，那么，它们之间就不可能互通声气，我们就无法认识到我们所摸到的物体和我们所看到的物体是同一个东西。我们要么就一点儿也感觉不到我们身外的任何东西，要么就会感觉到是五种可以感知的实体，却没有任何办法可以辨别出来它们原来是同一个东西。"（《爱弥儿》，385—386）对此德曼解释说，统一的感知就是判断行为，这样就否定了感知的总体化可以根植于头脑与物质共同拥有的特性的互换中。所以，关于感觉与感知的区分，一方面说明靠感知无法获得真正的知识，另一方面也表明感知的结构就像隐喻，因而必须被视为判断行为或语言。这样，"语言"这个词就统摄了感觉（它是感性和客体性的）和感知（它是理性和主体性的），这就等于说作为判断的语言具有超越主客两极的力量。

德曼进一步论证说，作为判断的语言或者语言的判断，行为是主体无法理解的。我们在前面谈到过，"意指""思维"和"自由"等概念其实与"判断"一样，具有相同的语言修辞的两难结构模式。在谈论到意志时，卢梭让牧师重新使用了在一开始描述判断结构时的内/外两极结构，似乎主张这两极之间可以建立起可理解的关系。但卢梭曾明确地说：

> 要我想象我的意志是怎样运动我的身体的，也像要我想象我的感觉是怎样影响我的心灵一样，是不可能的。我甚至不知道在这两个神秘的事物中，为什么有一个显得比另一个易于解释。至于我，不论是在被动或是在主动的时候，我都认为，两种实体的联合法是绝对不可理解的。然而，奇怪的是，人们正是因为不可理解才把两种实体混合起来，好像在性质上这样不同的两种运动按一个单独的主体比按两个主体更好解释似的。（《爱弥儿》，390）

德曼对此评论说，这里的"不可理解的"恰恰就是针对类似、相似、一致以及近似这些概念的。这些概念是理解的基础。很显然，卢梭笔下的这个牧师并不是要用物质与精神、肉体与灵魂之间的联系来澄清意志与运动之间的模糊联系，而是要让这模糊的关系来销蚀原本被认为是清晰而可证的两极之间的联结。因为我们对外部的感觉如何变成内部的情感或意识所知甚少，那么对内部的意志如何变成外部的运动也同样如此。事实上，个人是无法到自身之外去建立一个相应的外部性原则的。这表明，认识论意义上的判断和唯意志论的意志表面上看来不同，实质上并无多大差别，因为在指涉性错谬的结构上，它们是一回事。如果说意志产生的指涉物是自我性，而判断产生的是意义，它们之间的联系是非常清楚的：自我作为隐喻的本义就是判断的构建成果。总之在德曼看来，《信仰自白》其实一直在重复着判断活动的两难关系，因为像判断、意志或自由等概念其实都是作为一种区分原则在解构性地运行着。在这些概念的语言模式中，内在的指涉功能通过思维将原本在本能层面上分崩离析的内容重新整合起来。因此，在思维的整合作用的层面上，无论我们称这个整合的总体化意义为从判断而来的意义，或是从意志而来的自我，抑或是从自由中想象出的上帝，它们都赋予了存在各种属性，因此也被这同一个语言系统所解构。这也正是我们熟悉的语言修辞自我解构的过程，因此也就超出了主体的认知能力。

德曼认为可以用作为判断的语言来初步解释我们在上一章中遇到的语言认知系统中出现的问题。首先是关于阅读的寓言现象。正如在上文中德曼认为，判断在卢梭的文本中被看作是一种命令所暗示的，超出我们认知的行为和力量，因此从一开始就使得语言判断产生的内容出现动态性质。这意味着当人们在文本话语中获得了意志这样的隐喻，并因此而允许将语言活动的原则局部化在个别的实体自我中——假设可以从一个统一自我的意图来理解话语的意义时，张力的关系就一定会出现：意志和语言活动之间的联系的不可理解性使得语言活动的意图和方向成了一个问题，而意志的一种唯我论的内在性则有可能使得语言活动产生停顿，这样的停顿就让认识论的语言变成了伦理的语言。但由于最初推动着语言活动的力量本身是反常的，即完全超出我们的理解范围的，那么作为语言使用者的主体自我实际上不知道语言究竟朝向哪个方向运动，所以从语言形式的角度来看，认识论的意义判断与主体意志的价值评判之间会出现断裂，于是认知与伦理的分裂就发生了。这也是我们在上一章看到的阅读中的寓言现象。

其次，德曼通过作为判断的语言来初步解释修辞活动中的冗余或欠缺现象。《信仰自白》中出现了对一神论观念的讨论。德曼从修辞的角度提出，一般而言，一神论的正统观念总是通过"内部的善"和"外部的恶"这样的表达将内／外和善／恶成对地联系在一起。但卢梭在《信仰自白》中并没有将内在性与善之间建立起必然的联系，而是在内／外与善／恶这两个对子之间建立起交叉性的关系。德曼认为这些价值移置的发生表明这个语言判断系统不是对称性的。它一旦被设置起来，表现出的从一开始就是一种内部与外部的非同一性关系，是一个对另一个的"补充关系"。所以在判断的层面上，这个非对称导致了矛盾和悖论，导致了逻辑的张力而不断地被解构。这是因为，"解构的阅读留下了错谬的边缘（a margin of error），留下了逻辑张力的冗余（residue），它阻碍解构的话语的封闭并解释了其叙述和寓言模式"（AR, 242）。如果这个过程用判断的术语来描绘，并将之转到指涉层面的话，这个差异的冗余（differential residue）就必定会显示为判断发生的经验意识。而我们知道，根据上文的论述，作为判断的语言活动原本是超出我们的认知而无法真正成为被感受到的、意识的一部分的。但奇怪的是，这个语言判断活动中产生的冗余会作用于我们主体，让我们将之构筑成一个意识活动的世界，就好像我们在前面看到的隐喻中必定会出现一个指涉意义一样。这样判断活动仿佛成了表演，一个像戏剧演出一样感动我们的情感性行为。德曼顺便指出，发表《信仰自白》的牧师就喜欢用剧院的类比来打动他的听众，并且，《信仰自白》这个文本的语调和术语越来越从判断的语言向情感的语言滑动，最后竟然公开宣布判断就是情感的另一个名词。因为这样，意义含混而且被形式化了的"内在"的意识世界无法再被认为是善或恶的所在地，而成了由伦理的非确定性所产生的情感空间："良心的作用并不是判断，而是感觉：尽管我们所有的观念都得自外界，但是衡量这些观念的情感存在于我们的本身，只有通过它们，我们才能知道我们和我们应当追求或躲避的事物之间存在着哪些利弊。"（《爱弥儿》，416）

因此，在文本中出现的意义和情感的混淆与转化表明在语言判断活动中出现的冗余——一种无法被认知的力量——一直在推动着文本的运动。虽然这个冗余被"经验"为——这显然是一种假象——或转化到一个指涉层面的内容，即思维或意识或自我，但毕竟是一个错误的指涉而无法穷尽冗余的全部力量。若从存在论的角度来看，它似乎是语言在试图征服自然状态或纯粹的感觉世界时的未被征服之地，但从德曼的语言思想来看，这个冗余实则是语言活动的产物，更确切地说，就是语言的认知和语言的行动之间的差异所形成的结果的呈现。

## 第二节　语言作为诺言

我们前面的讨论表明，在德曼看来，卢梭的理论文本和小说文本之间的区别无关紧要，因为《信仰自白》和《新爱洛伊丝》实际上分享一个共同的结构：前者中的"判断"和后者中的"爱情"的隐喻模式的解构导致这个隐喻模式被类似的文本系统所取代，而这些文本系统的指涉权力既被它们的比喻逻辑所肯定又被它们所削弱，最终获得的意义可以是在伦理的、宗教的或是幸福论等各种层面上成立。但是这些主题的每一个范畴又被构成其自身的两难关系所破坏，从而使得这些范畴反过来又消除了它们的分类所赖以为基础的意义体系。这个过程就是德曼所谓不可阅读的寓言的过程。

表面上看，卢梭的《社会契约论》似乎还是属于这个模式的。比如对在这个文本中出现的"自然的"和"特殊的"这两个词的理解就适用之前的解构程序。在阅读卢梭的著作时，将"自然""个人"或"社会"这些概念加以实体化而认为它们是实体恰当的名称，显然有违卢梭的原意。正如我们在上一章讨论"人"这个词时已经看到的，这些词语只不过是表达关系的隐喻形式而已。德曼指出在《社会契约论》中所谓"自然的"，在卢梭的使用中是指关系综合的阶段，要先于接受检验的阶段。比如在分析概念化时，先于概念的命名就是自然的；在分析隐喻时，先于隐喻的换喻就是自然的；在分析判断时，先于判断的感觉或感知就是自然的；而相对于普遍性，特殊性则被认为是自然的。德曼的意思是，对一个关系系统的解构过程总是起始于一个直觉性的自我统一的阶段，但该阶段总是随后被揭示而显现出其碎片化的实质。这个阶段在被解构的系统中就是所谓的"自然的"。从上面所举的例子来看，我们以为所谓"自然的"其实是这个解构过程内含的否定性时刻，是一个总体化的意义幻象，它是关系系统中众多环节的一环，却将自己呈现为事物唯一的真理秩序。解构操作总是以找出在总体化中隐藏的联结手段与碎片化内容——打破总体化幻象——为其目标，因此"自然的"也只不过自证是一个自我解构的术语罢了。在一种永无止境重复的后退模式中，它会不停地产生别的"自然的"，因此一个"自然的"就解构另一个"自然的"。所以，"自然的"根本就不能表示一个同质的存在模式，而是意味着通过它自身错误的再总体化而重复的解构过程。我们在前一章的讨论中可以看到，在卢梭的文本中出现两极性结构时，其中的一极就被设为"自然的"状态,在阅读过程中既作为解构的工具又作为解构的结果而发挥作用。这样的过程往往给人留下了自相矛盾的印象,而在德曼看来这其实是文本自我解构表现出来的迷惑人的现象。

德曼发现在《社会契约论》和与其相关的《论公众的幸福》两文中,卢梭的策略有些不同,并且似乎提出了一种新的关系逻辑和模式。比如就《论公众的幸福》这篇最后未完成的文章来说,其逻辑并不是公众与个人的辩证关系,而是考虑到一种私人幸福感的符号学。这个符号学通常被认为是建立在内在情感与外部显现之间的相似性之上的。但德曼发现,卢梭不认为外部的显现可以证实内在的幸福感,所以这样的内 / 外对应的符号学被否定了。既然个人幸福感的符号学难以建立,那么从个人到整个社会福祉的隐喻性总体化也就不能轻易达成了,即不能从构成国家的每个公民的幸福感来推论出整个国家的幸福状况。这样的逻辑实际上就是在解构私人的内在性,因为人们往往把私人的内在性当作是一种自然而然的内在性。但其实幸福意识的自发展现是非常不自然的,是完全无法测量和观察的。不过,幸福感仍然基于自然性质而起到一种总体化作用,但此时不是用个人的自然的幸福感,而是用一群人的自然的情感来达到总体化效果。根据我们上文的论述,这必然包含着导致二度解构的成分。这个二度解构可以被嫁接到对"自然的"隐喻的初次消解之上,从而把它变成对先前的修辞的解构所施行的修辞性解构。德曼发现在文本中有这样一句话:"一个民族的道德状况与其说是它的成员的绝对状况的结果,不如说是它的成员之间关系的结果。"(AR, 253)我们应该注意到,在这句话中出现了在"成员的绝对状况"(它明显有总体化含义)和"成员之间的关系"两种选择,而卢梭显然选择了后者作为判断的基础。就在这里,德曼读出了一个完全不同的结构原则:"如果构成这里所谓的一个'民族'的集体化原则即普遍化原则不是在部分与整体之间发挥作用，而是由各个不同的部分互相之间建立的关系决定的话，那么修辞结构就不会像在二元结构中那样。"（AR, 253）这是什么意思呢？我们知道在二元结构中有一种差异原则在起作用。比如有两棵树 a 和 b，为了认知它们，我们先假设 a 与 b 之间的差异，然后以"树"这个符号来悬置这个差异。也就是说"树"这个隐喻的总体化符号掩盖了所有树木之间的差异现象，而造成了一种同一性的假象，就好像"人""自我""民族"或"国家"这些具有普遍性的暗示在它们是人、民族或国家的意义上，一切人、民族和国家本质上说都是同一的。在这种情况下，任何一棵树都是"树"这个集合下面的一个子项而已，是一种部分与整体的关系。但卢梭的这句话表明这个差异原则现在似乎无效了，产生普遍性的原则不再是独一无二的必然的原则；相反，对个体成员之间差异的重视暗示原有的普遍性原则可能就是由习俗认可的一个不确定的判断行为的结果。这样，整个符号系统或意指体系就可以从不同的角度加以思考，一种新的模式就呼之欲出了。

德曼发现，就在卢梭从二元模式向这个新的模式转变的时候，他提出"最幸福的国家是能够最容易不需要其他一切国家的国家，最昌盛的国家是其他国家最需要的国家"这样的观点。原本是讨论在一个国家之内的成员之间的关系，现在突然转到了国家与国家的关系上。这里的逻辑是，既然没有什么必然的联系可以将个人幸福与个人所在集体的幸福联结在一起，那么从这个角度来讨论像国家这样一个政治实体的幸福问题似乎应该转换一个视角，转换为从一个国家与另一个国家的关系来考虑可能会比较好。但是，在做这样考量的时候，德曼又特别提醒我们注意这样一个问题：任何一个实体比如国家、阶级，不是因为它是由一些类似的单元而构成的集体，才成为一个实体，相反，这个实体恰恰不是从内部成员之间的关系来建立自身，而是根据非构成性这个基础来构成与别的实体的关系。比如一个国家之所以是一个政治实体，不是因为内部成员享有共同属性来构成这个国家，而是因为这个国家实体与别的国家实体之间的关系。英国之所以是英国，不是因为这个国家的成员具有一种叫英国性的共同属性，而是因为它与世界上其他国家的不同才让其成为英国。这样，两个政治实体之间的相遇就无法普遍化，因为这种普遍化需要有相似性。这就意味着，可以支持隐喻互换的类同、相似或相同等性质都无法在此适用。这就假定了政治实体之间必然存在根本的疏远关系（estrangement），即两个政治实体间没有一点相似性。德曼认为，这种疏远关系强调的是实体之间分裂的差异而不是实体的统一，会让人想到自然状态。因为我们在前面已经谈到，虚构的自然状态是解构基于二元模式的隐喻而来的产物，那么疏远关系所暗示的差异要素也标志着不可避免地重新产生总体化的方式。这一切似乎又回到了原先的模式。这是否意味着这个文本如同前面已经讨论过的《信仰自白》或《新爱洛伊丝》一样，只不过主题从"判断"和"爱情"换到"幸福"而已？如果是这样的话，似乎就没有必要再阅读这个文本了。但我们在前面的讨论中暗示了这样一个问题：一方面这个文本似乎脱离了二元对立模式，另一方面这个新的模式刚刚露出一点苗头，"它立刻被其他一些在概念隐喻的结构方面相似的修辞方式所超越。但是问题仍旧是，被超越的究竟是什么，应当如何理解这个'故态复萌'"（AR, 258）。对这个问题的回答，德曼认为需要正式进入《社会契约论》中做一番认真的阅读。

对这个新系统的探究，要考察这个政治文本中契约的结构。德曼认为在卢梭的这个文本中，契约用来产生实体的方式不是辩证的综合或别的什么总体化的方式。卢梭认为契约所体现的普遍性意志不是特殊意志的综合，因为他假定集体的需求和个人的需求之间是水火不容的，集体利益和个人利益之间不存在任何联系。这就意味着，当卢梭想要将观念看作是普遍意志时，普遍化的行为所具有的修辞结构与"爱"和"判断"这些我们在前文中分别讨论过的隐喻过程完全不同。这个修辞结构最简单和朴素的形式出现在《社会契约论》中"论财产权"这一章中。

卢梭主张国家领域内的一块特定的地产就是契约——既包括公民也包括国家——的结果。而且只有在涉及国家这样的政治实体时，人们才可以谈论财产而不只是对财物纯粹的拥有。尽管财产是在法律文本范围内存在和起作用的，但这并不意味着它就更加合法，因为财产所依赖的国家本身是一个任意的实体。因此德曼认为，这样的契约构成是作为一个自相矛盾的并置或关系网的互相冲突关系而存在的。因为一方面，作为满足个人需求和欲望的私人财产，比如土地和房屋，其拥有者与它们之间的关系是完全字面化的，即一种一一对应的关系。这种关系完全可以被客观地标示，比如在房产外面竖起一个标识牌来标记这种关系。在这种毫不模糊的语义学关系中，作为拥有者的主体与作为被拥有物的客体之间的认同关系可以说既不是自然的，也不是合法的，而是契约性的。这种契约性表现为这个约是自反性或自我指涉性的。土地规定拥有者，拥有者规定土地，是一种自己与自己签订的协定。就好像在符号学中，人们假设符号与意义是一一对应的契约关系一样。[①] 但是另一方面，卢梭强调也可以从公共角度把财产看作是国家权利和义务的组成部分。不过，支配财产公有方面的关系与决定财产私有身份的关系是不相同的。因为，

---

① 在前一章中讨论过的关于"树"命名的例子中，却没有这种契约关系，因为那是人与自然的认知关系。

当从私有的观点来考虑财产时，这个关系仍然是由相似性的方式决定的。因此一个私有财产与另一个私有财产的关系是两个结构一样的单位之间的关系。这样两者若发生冲突，就可以按照一定的法律程序来解决，因为它们都遵守相同的构成原则。但是，如果财产被放在公有利益层面上，尤其是放在涉及国与国之间的利益关系中来考虑，情况就不同了。因为在之前若发生财产关系纠纷，这是邻居之间的关系而不是陌生人之间的矛盾。而卢梭认为国与国之间就是怀有敌意的陌生人之间的关系："……希腊人常常把和平条约看作是两个不处于交战中的民族所订立的条约。对包括罗马人在内的许多古代人来说，陌生人和敌人一直是同义词。"（转引自 AR，263）也就是说，当从私有角度来考虑财产时，财产就是一个建立在相似性及共同需要和欲望的综合基础上的结构；当从公有角度来考量财产时，这同一个财产就涉及一个必然发生疏远和冲突关系的结构。

德曼认为如果从修辞学的角度来看，这个结构有意思的地方在于：同一个实体（比如一块作为财产的土地）可以被看作两个完全相异文本的指涉物：第一个是基于由连贯的概念体系产生的本义；第二个则是基于与前一个不相容的关系体系而产生的非连续性和疏远关系，不允许判断行为，因此也就不允许固定的意义。进一步而言，第一个符号系统是独白式的，并且在其所有的联结中都是受控制的，因为有相同的规约和原则；而第二个符号系统则是受偶然性支配的，若有规约和原则也是完全与第一个符号系统中的不同。但是德曼强调，若没有第二个符号系统，那么第一个符号系统就不会出现。而且，虽然这两个符号系统及其关系出现在卢梭关于财产权的讨论中，实际上却可以将之运用到社会中涉及契约的诸多方面。也就是说，这两个符号系统所代表的双重关系就是社

　　从时间到语言——保罗·德曼解构主义文论初探

会契约的结构特征。①

为了具体阐述契约中这两个符号系统所产生的双重关系，德曼引用了卢梭下面的这段话来解释在这种双重关系中，履行契约的个别公民和履行契约的主权者的不同："……最初的联盟行为包括公共的一方同个人的一方之间的相互承担的义务。每个人在可以说是与自己缔约时都被双重关系所制约，也就是说，对于个人，他就是主权者的一个成员，而对于主权者，他就是国家的一个成员……"（转引自 AR, 264）德曼认为从中可以推论出，相对于个人来说，主权者在其行动和主动性方面有更多的自主权，而个人则更容易受到严格的法律限制。比如，主权者可以在国际政治中诉诸战争和暴力来解决问题，但个人不能用暴力手段来解决邻里之间的纠纷。卢梭解释说，这是因为个人的私利（这个私利就是自己与自己订的约）与他的政治的、公共的利益和义务根本不同。个人的私人利益恰恰不是源于他的政治的、公共的利益，虽然部分源于整体："自己与自己订约和自己与自己是构成其中的一部分的全体订约，这两者之间是大有区别的。"（转引自 AR, 265）很显然，这种区别就是两个不同符号系统的区别。

我们以为，这里隐含着极其重要却很容易被忽视的一点：一个国家中的成员既是一个拥有私产的个人，又是一个执行国家集体意志的主权代理人的一部分，而这汇于一身的两种功能是可以完全分裂的，体现为主权者可以在一种单一的关系中来考虑问题，而不管在它之内的任何个人的利益。比如，一个国家作为主权者与另一个国家发动战争，可以不

---

① 有人可能会直接将这双重关系投射到语言符号结构中，似乎一个语言符号内部的能指与所指的关系，或第三章中的"反讽"修辞就是第一重系统；而一个语言符号与另一个语言符号之间的关系，或第三章中的"寓言"修辞就是第二个符号系统。但实际上德曼在此引入了超出允许这种类比认知系统的语言行动系统。

考虑其成员的个人意志而随意征用其私人财产。换言之，个人作为主权者的行动（财产的征用）和个人的意志或认知之间出现了明显分裂的可能性。我们认为这里就潜藏着作为认知的语言与作为行动的语言的分裂关系。具体地从财产关系的角度来说，单个公民作为个人和作为主权者的差别就是双重关系的体现：公民与其财产是隐喻式的、可以互换而相互所属的关系，这个原则通行在所有公民之中，因此是可以被理解和认知的；而后者则不是隐喻式的，是一个与他者的疏远关系，是一种无法用前一个模式来认知的行动关系。如果前者是语言记述或认知功能的体现，既是自反的又是静态的；后者则是语言施为性的行动功能的体现，既是断裂性的又是依靠暴力的。前者是无法"理解"后者的，因为前者的修辞模式与后者是不相容的。在第五章谈到的寓言式阅读中的认知与伦理其实还是同属一个认知系统的，而它们的断裂关系是系统内部因指涉模式的不同而表现出的断裂性，实际上这种断裂关系还是对系统本身的重复，因此在根本上还没有逾越原有的系统，还是"静态"的活动。而在这里讨论的这两种符号系统属于两种不同的系统。在这个意义上，身兼两种功能——认知功能和行动功能——的语言就是自我分裂的，即语言不"知"其所"行"。如果将语言这样的自我分裂关系平移到人之上，我们不妨通俗地说，一个人的行动归根结底也是自身无法认知的。

德曼解释说，卢梭所论的主权者，不是一个人，而是指政治体，所以当它主动时，完全不同于纯粹的实体，而是行动的基础。由于它的存在，行为才变得可能。而个人的私人意志（同他的私人财产一样）是清楚的、完全可以理解的，没有任何超越他自己之上的普遍意志或含义。普遍性的可能性只有随同双重关系一起产生。但我们可以看到，这种普遍性是以个别性的牺牲为代价的，因为国家普遍意志的执行完全可以牺牲私人的利益。如果将实体——包括财产、国家或其他政治制度——的结构看作是普遍的形式，即看作是法律文本的话，那么会更加清楚地将这种双重结构揭示出来。法律文本的第一个特征就是其普遍性："……法律的对象必须是普遍的，就像支配它的意志一样。法律的法律性是由这个双重的普遍性决定的。"（转引自 AR, 267）这似乎是在说这种普遍性仅仅对于组成整个政治实体的部分有效，而对于一个特殊的不属于整个实体的个人来说，全体的意志则不是普遍性的。但是，德曼认为疏远关系不是某种空间的、时间的或心理的结果，而是包含特殊性这个概念的。在任何个人是特殊的这个意义上，他作为个人是与法律疏远的，而在另一方面，法律的存在仅仅与他的个人存在相关。卢梭说："因为，在人民思考一个特定对象时，即使这个对象是它自己成员中的一个成员，也会产生整体与这一部分之间的关系，整个关系把整体和部分变成两个独立的存在。这一部分是这些存在中的一部分，整体从其他部分中减去这一部分。但是全体减掉这一部分之后就绝不是全体，于是只要这种关系继续存在，也就不再是全体，而只有不相等的两个部分。"（转引自 AR, 267）在这里，德曼发现了卢梭极其严谨的逻辑背后有一种反意义总体化的思想。我们通常以为，当一个成员与成员所在的集体产生关系的时候，这是一种部分与整体的关系，那么就可能落入提喻关系之中，而提喻关系显然是隐喻的一种，这样部分与整体还是我们在前面所讨论的隐喻认知关系，集体意志就成了这个隐喻关系中自然而然的总体化意义。德曼强调卢梭在这里的一个突破性的思想，即个人成员与其所在的集体是两个不同实体的关系，因为在谈两者关系的时候，是已经假设这个成员被从这个集体中摘除出来而就不属于这个集体了。换个角度说，两者就是纯粹的互为外部性的关系。换言之，通常我们理解的个别性（或特殊性）

与普遍性是一种外部性关系，正是这种外部性关系阻止了总体化意义的出现。

德曼认为，从法律文本的观点看，一方面正是这个普遍性无情地否定了特殊性，但另一方面又正是特殊性允许普遍性的产生。如果回到语言学模式，在文本中特殊性其实对应指涉意义，因为指涉意义就是将一个未确定的、普遍意义的可能性运用到个别性之上。文本对其指涉意义的无动于衷或冷漠的态度（也即法律的普遍性对个人利益的态度）使得法律文本扩展开来，就好像一套可以重复的、预先规定好的编码系统可以将任意一个历史事件转变成史诗一样。德曼认为，从这个意义上来说，《社会契约论》是卢梭著作中的一个独特的文本，因为它似乎具有一种非个人的、机器般的系统：它采用了几个主要术语，编排了它们之间的关系，并让纯粹的句法按照常规进行。据此，德曼这样解释文本现象：

> 产生文本并且不受文本的指涉意义支配的关系系统是文本的语法。在文本是语法性的意义上，它是一个逻辑代码或一部机器。因而不可能存在非语法的文本……任何一篇非语法的文本将永远被认为违反了假定的语法规则。但是正如没有语法文本是不可想象的一样，没有指涉意义的悬置，语法也是不可想象的。就好像如果一个人不将对一个包括自己在内的特殊实体的适用性的任何思考悬置起来的话，法律就不可能成文一样，唯有漠视文本的指涉结果，语法逻辑才可能发挥作用。另一方面，只要法律同样不适用于特殊的个人，法律就不成其为法律。法律不可能被悬浮于空中，悬浮于它的普遍性的抽象之中。……没有语法就不可能有文本：虽然语法逻辑只有在指涉意义不存在的情况下才产生文本，但是每个文本又产生

颠覆语法规则的指涉，尽管文本将它的构成归功于语法规则。（AR,
268-269）

因此在德曼看来，语法与指涉意义存在着不可相容性，而这种根本的矛盾性只有通过一种欺骗行为来掩藏和克服。这种所谓的欺骗性行为，就是暗中将每一个文本中的词当成是它自己的，也就是赋予文本一种特殊的意义，而根据文本的定义，我们若赋予文本这个特殊意义就会破坏文本的普遍性①。普遍性的语法与个别性的指涉意义之间的断裂关系就是语言的修辞维度。这也就解释了为什么同一个表述，虽然在词汇学和语法上一模一样，却可以有完全相反的意义。比如一个陈述是对另一句话的引用，但两者可以有截然不同的意义。根据一般的语言审美符号学解释，这是语言逃逸了指涉的捆绑，使用者可以任意添加自己的理解而造成的。而现在根据德曼的阐述，我们应该明白，恰恰是语法与指涉意义的断裂而不是语言符号对指涉意义的逃逸造成了这种现象。或者，如果我们愿意借用海德格尔的理论来理解，我们不妨说，德曼这里论及的语法与指涉意义的断裂就是意义可能性的敞开（opening），先有了这个敞开的可能性，才会有我们在其中建构自己的意义内容的可能性。

德曼对文本下了这样的定义："我们称文本为任何一个可以从这个双重观点考虑的实体：作为一个发生的、无尽的、非指涉的语法系统和作为一个被先验的含义封闭起来的修辞系统，这个先验的含义颠覆了文本赖以存在的语法规则。文本的'定义'还说明了文本存在的不可能性，

---

① 在普遍性被破坏的意义上，德曼认为公正的语言就是罪的语言，因为一方面公正的结果是体现在个体身上的，但另一方面这又违反了普遍性的律法，因而就是罪。

并预示了这个不可能性的寓言叙述。"（AR, 270）这个定义让我们想到在第四章中德曼从尼采那里获得的对"修辞"的定义。两相对比，我们认为德曼在此关于文本的阐释推进了一步，具体表现为，这里的文本概念超出了前面我们提到的概念与命名、隐喻与换喻、现实与虚构之间相互对立和拆解的关系范畴。这是因为这些对立项还是属于认知可能性的范畴，是在同一个认知系统之内的"矛盾"，如同一枚硬币的两面而可以在视角的变化中来回转化，而被观察到。在这个文本的定义中，我们看到的完全是两种系统之间的冲突。为什么这么说呢？因为正如德曼指出的，法律作为普遍性的文本和法律作为个别性的运用之间的不相容性，就是作为静态的（static）国家和作为动态的（active）主权者之间的疏远关系，而这并不是两极之间的关系。因此，德曼又对文本下了一个"定义"："文本是根据把一个陈述看作既是施为的又是记述的这样一种必要性来确定的，因而修辞和语法之间的逻辑张力是在对两种不一定相容的语言功能进行区分的不可能性中得到了重复。似乎一旦文本知道了它所表述的东西，文本就只能像《社会契约论》中行窃的立法者一样进行诓骗，如果不进行诓骗，它就不能表述它所知道的东西。叙述文本和理论文本的区别也属于这个张力的领域。"（AR, 270）可见，在这样的文本系统中，语言的施为功能与记述功能之间的关系和修辞与语法之间的关系，其实就是普遍性的语法系统与产生个别性指涉意义的修辞系统之间关系的翻版，因而都是相互颠覆的，但又是相互依赖的。文本好像一个骗子一样，对寓于自身之中的这种奇怪的关系只能隐瞒和欺骗，否则就只能自我拆解而无法存在。此外，我们也许会奇怪，为什么德曼一再地对文本进行定义性描述。其实这是因为这样的文本或语言就如同开动的机器，一旦开启就会不断地生产，表现出好像我们（包括德曼自己）总是觉得没有穷尽自己想说的意思。这也是下一节我们将看到德曼论述卢梭不断为自己进行辩护的原因。这都不是我们自己可以认知和控制的，而是语言完全非人化的力量或作为行动的语言功能在起作用的缘故。

德曼对卢梭的《社会契约论》做了进一步解读，认为由于省略掉了其概念系统和隐喻解构的过程，《社会契约论》似乎成了一个理论文本，一部卢梭用来产生具体宪法的宪法机器，好像投进去什么就可以产出自己想要的东西。如果是这样，那么法律的文本和文本的法律似乎就完全一致了，既产生了《社会契约论》这个主文本，又产生一部契约规则，文本的模式和实例之间就有了一种简单的生产与对应的关系。然而事实上，情况并非如此。这表现为政治理论不可避免地转变为历史，转变为寓言，而无法取得科学地位。在这个文本中，从记叙性理论到施为性历史的转变（passage）① 是非常明显的。也就是说，这个文本可以被看作是对国家理论的描述，看作是一个契约和法律的模型，但一旦被投入运作当中，这个模型就分崩瓦解了。不过，这个契约既是理论性静止的，又因具可操作性而动态化，我们只能同时从这两个角度来看待这个文本。在这样的过程中，这部法律机器并不是按照设定的程序计划来运行的。比起原初的理论性的投入来说，总是生产得过多或是过少② 。无论过多还是过少，结果都是国家法律偏离法律的状态，即在宪法的规条和政治行动之间产生偏离。

最后值得一提的是，德曼还提醒我们注意语言契约结构在现象学上的一些解释。他认为，理论陈述与现象呈现之间的不一致性也就暗示了

---

① 这个"转变"就是我们在第三章谈论的"过渡"的体现。
② 这个"过多"或"过少"就是我们在第五章中谈论的"冗余"和"欠缺"的表现。

契约存在的模式是时间性的，或者说时间就是这个差异产生的现象性范畴。这可以看作是对海德格尔理论中时间理论的语言学阐释。如果被看作是施为的，契约文本的言语行为就绝不涉及当前存在的情况，而是指向假设的未来。所以，一切法律都是指向未来和预期的；法律文本的语内表现行为的双方就是允诺的方式，而每个允诺都假定了这个允诺被指定的日期，没有这个日期，允诺就不会有效。因此法律就是允诺性的支票，允诺的现在相对于它的实现来说就是一个过去。在这个意义上，对"今天的人民"（卢梭语）加以界定是不可能的，因为契约的永恒现在绝不可能照此适用于任何特定的现在。这种情况是无法解决的。在现在状态缺席时，普遍意志是完全沉默不语的。人民这个普遍性意志的载体就如同一个无能的、残缺不全的巨人，然而在现实中这个盲目的、缄默的巨人又将恢复它的视力和声音，即代表人民普遍意志的法典还是会被制定出来。如前所述，这显然得建立在欺骗的基础上。总之德曼指出，《社会契约论》所做的一直是允诺，以其文本的含混性（因为语言的记述功能和施为功能无法区分开来却又不和谐一致）来执行这个连文本自己都不"相信"的言语行为。最后，从发明了上帝这个超自然的含义原则来看，这个文本显然否认了允诺的权力，因为语言本身将认识同行为分离，语言只允诺（自己）[①]，但语言必然是骗人的。

## 第三节　语言作为辩解

我们在上一节看到，语言作为承诺体现了语言的语法系统和修辞系

---

① 这是德曼对海德格尔"语言言说"观点的修正。

统之间既相互"依赖"又相互"颠覆"的关系。在第四章我们曾引用德曼的这句话——"语法／修辞这一对子，当然不是二元对立的，因为它们彼此根本不排斥，却干扰和混乱了内／外模式整齐的对称"（AR，12）——来表明他关于语法与修辞的观点。德曼关于语法与修辞关系的看法发生的变化是非常清楚的。不过正如我们在上文所暗示的，"彼此根本不排斥"的"语法／修辞"其实是属于同一个隐喻认知系统的，而上一节提出的语法系统却不属于这个修辞认知系统，显现出"颠覆"与"依赖"并存的关系。对于这种奇怪的关系，德曼最后虽然用"允诺"与"时间"的关系为我们做了描述，但仍然觉得不够深入，因此还需要做进一步探讨。

德曼这一次选择阅读的是卢梭《忏悔录》中的一个小场景。卢梭的《忏悔录》叙述了他在童年和青年时期做过的一些不道德的事情，其中一件他要极力忏悔的就是玛丽永事件。卢梭在一个贵族家庭当仆人时，偷了一条小丝带被人发现了。卢梭一口咬定是女佣玛丽永为勾引他而偷来送给他的。结果，两个人都因此被解雇。这件事一直压在卢梭的心头，不仅在《忏悔录》中叙述了此事并对此表示忏悔，而且在后来的《一个孤独的散步者的梦》中重提此事。德曼对这个场景的阅读非常耐心，首先在修辞认知系统内穷尽各种可能的阅读模式，然后出其不意地以文本中的一个句子为例来超越这些阅读模式的框架，从而进入语言作为辩解的机器般的模式中，为我们揭示了一个耳目一新的语言系统。

德曼认为从卢梭对这个事件的处理来看，《忏悔录》似乎并不是严格意义上进行忏悔的文本，因为忏悔的本质就是以真理或真相来战胜内疚和羞耻，即通过对语言的认识论的使用，让真实与错谬的认识论的价值取代善与恶的伦理价值。所以，忏悔只需本着恢复真相的目的，如实陈述事情发生的经过，而无须增加别的什么。而在卢梭对此事的重述过程中，他凭幻想而虚构了一些内容，显然已经偏离了纯粹的忏悔。更加有意思的是，卢梭觉得光忏悔还不够，他还要为自己辩解，理由是通过辩解可以把自己的内心情感也叙述出来，这样似乎可以更好地达到忏悔的目的。的确如此，因为正如德曼指出的，辩解也是以真理或真相的名义发生的。辩解和忏悔似乎并不矛盾。但是又有这样一种可能性：辩解可以为忏悔者开脱罪责，从而使得忏悔一开始就显得多余，使得忏悔话语的严肃性受到了损害。面对这样的困境，德曼并没有直接指出其中的自相矛盾，而是继续在卢梭的语境中不断地推进，一直到卢梭的文本逻辑"自爆"。

德曼认为要解决这个矛盾，就要看到在辩解和忏悔这两个行动中，可以有两种不同的真理结构原则。相对于忏悔要求对事件的真实性做严格的还原，辩解则不要求揭示一种存在状态的真相，而是要陈述一种怀疑、一种差异。这种差异可能会导致认知的不可能性，因为这种差异存在于行动者的内心（情感或动机）和行动本身之间。这是比较好理解的。比如，我们以"无心之过"来为某人犯下了某个过错做辩解，从而可以减轻其罪责。不过德曼认为，辩解和忏悔的真理结构差异实际上表现在另一个方面，即"按照被揭示的真实情况的方式表达的忏悔和按照辩解的方式表达的忏悔之间的区别在于，前者的证据是指涉性的（丝带），而后者的证据只能是词语性的"（AR, 280）。也就是说，我们作为听者是否相信卢梭的话，卢梭本人的态度是不是真诚的，这些都不构成两者的关键性区别。而如果两者的区别在于证据是不是词语性的，那么支配两者的逻辑显然就不同了。卢梭坚持将辩解引入忏悔之中，显然表明了可以在双重认识视角下来思考忏悔语言的可能性。忏悔的语言既可以具有可证实的指涉性功能，也可以具有表述内心情感的功能。当然，两者并不具有先验的一致性，而且也正是这种一致性的缺乏，才使得辩解有可能产生。事实上，卢梭自我辩解的可能性就表明外部发生的事实和内部的情感与动机并不是一致的。

德曼认为词语性的辩解与指涉性的罪行之间的差别不仅仅是一个行为与对一个行为的纯粹表达之间的简单对立。偷窃是行动，却不包括词语因素在内；忏悔是话语性的，不过这个话语受制于一种指涉性的验证性原则，它包含了词语之外的要素：如果我们承认我们说过什么（而不是做过什么），对这个词语事件的验证不是词语性的而是事实性的。所以，如果指涉性的罪行是一种纯粹的非语言的行动，那么词语性的辩解不仅仅是一个纯粹的物质性的行动，还是语言性的行动。在这个意义上，非语言的行为与语言性的行为就不是简单的黑白对立关系了。不过在德曼看来，辩解这个语言行为比较特殊。按道理，作为行为是应该获得事实性验证的，但是辩解这个言语行为无法获得外部的指涉性证据，它的目的其实在于劝说别人相信某个内在的无法验证的心理动机，而不是在可验证的意义上陈述这个内部的心理过程。正如英国语言哲学家奥斯汀的研究所表明的，辩解作为一种言语行为，实际上是一种施为性的表达（performative utterance）。但德曼强调卢梭的辩解所起的作用既是施为性又是认知性的。语言这两个功能之间的关系正是德曼所要探讨的。

德曼发现在卢梭的文本中，辩解的行为好像不能结束，会没完没了地产生新的文本。尽管在《忏悔录》中卢梭好像已经对自己的辩解画上了一个句号，声称以后将永远不再谈论玛丽永事件而做自我辩解，但是还是在十年后的《一个孤独的散步者的梦》中重提旧事，好像卢梭的自我辩解并没有使自己的内心得到平静而可以完全忘却这件事。这促使德曼提出这样一个问题：在辩解中存在着怎样的机制，使得辩解在不断地扩展和重复。对此问题的追问，使得德曼注意到卢梭的这番自我辩白："但是，有那么多的人在场就把我的后悔心情压下去了。我不太害怕惩罚，我只害怕丢脸；我怕丢脸甚于怕死亡，甚于怕犯罪，甚于怕世界上的一切。当时我真想找个地缝钻进去，把自己闷死在地下。不可战胜的羞耻心战胜了一切，羞耻是造成我的无耻的唯一原因。我的罪恶越严重，怕认罪的恐惧心情越使我变得倔强。"①

德曼认为，卢梭在这里提出了"羞耻心"来做自我辩解，这是一个需要进行辨析的自辩：令一个人感到羞耻的事情是什么？卢梭偷窃了丝带，这是一种占有性的欲望活动。不过丝带本身没有多少意义与功能，一旦从其主人那里偷窃来，其作用就是一个纯粹的能指，代表着一种欲望。所以，根据卢梭自己的解释，这个欲望就是卢梭对玛丽永的占有欲望，所以丝带象征着他对玛丽永的想念或者就是玛丽永自己。但德曼更进一步指出，丝带其实象征着卢梭和玛丽永之间情欲的循环——这是语言隐喻的认知系统所允许的。因为爱情是相互的关系，卢梭对玛丽永的爱情欲望可以用丝带象征，反过来这条丝带也可以象征玛丽永对卢梭的爱情欲望。这是一个隐喻结构，其中的替代交换关系是可以相互颠倒并循环的。对这个阐释过程，德曼总结道："我们至少有两个替代（或移置）层次产生：丝带替代一种欲望，而这种欲望本身是一种替代的欲望。这两者受同一个镜子般的对称欲望的支配，镜子般的对称使象征性的物体具有一种易于发现的、只有一个意义的本义。这个系统运转着……替代

---

① 卢梭著，黎星译，《忏悔录》，北京：商务印书馆，1986 年，第 103 页。凡引自该书处，下文中皆夹注为"（《忏悔录》，页码）"。

没有破坏系统的连贯性而发生了，这反映在句子的平衡句法中并且现在是可以理解的，恰如我们能理解丝带意指欲望一样。"（AR, 284）这是典型的形而上学的循环理解过程。丝带替代了卢梭（或玛丽永）的欲望——占有对方的欲望，而这个欲望本身又是一种替代的欲望。也就是说，"对欲望的替代"和"替代的欲望"竟然是连贯的，这体现在卢梭的这句话中："我主动干出来的事，却诬赖是她干的，说是她给了我这条丝带，这正是因为我想把这个东西送给她。"（《忏悔录》，101）卢梭的这句话之所以是可以理解的，就是因为"对欲望的替代"和"替代的欲望"之间隐喻性的连贯性，这个连贯性产生的秘密就在于丝带这个象征物本身被认为具有一个本义，因此它可以被象征性地使用：既可以替代玛丽永或卢梭（即对欲望的替代，或对欲望对象的指涉），又可以指涉替代本身这个欲望（即用一物去代指另一物内在的情欲）。这也就是德曼为什么说丝带本身被当作一个纯粹的能指而发挥着代表欲望的功能。我们应该特别注意到，丝带这个物质实体现在已经被悄悄地当作一个语言的能指，而这个语言的能指被假定为具有一个本义并"受同一个镜子般的对称欲望的支配"。而实际上正是这个作为能指的丝带充当了这一面"镜子"的作用，可以让其外的欲望客体对象与其内的情欲有连贯性的关系。而这面形而上学的"镜子"之所以有此功能，就是因为它本身被设定为具有一个本义，从此可以派生出比喻意义来。德曼不由得感叹："替代确实太离奇了（把一条丝带当作一个人，这令人感到奇怪），但是由于它揭示了动机、原因和欲望，离奇就迅速变得合乎情理。这个故事也许是一个丝带被用来意指欲望的猜字的画谜或谜语，但是谜语是可以被解答的。意义的传递被延误了，但意义的传递完全是可能的。"（AR, 284）这种对称式的隐喻式意义传递机制正是德曼要质疑的。

在卢梭的这个文本中，除了占有的欲望之外，还有一种欲望形式在故事的后半部分起作用。在我们上面的引文——"我怕丢脸甚于怕死亡，甚于怕犯罪，甚于怕世界上的一切。当时我真想找个地缝钻进去，把自己闷死在地下"——中，德曼发现了一种新的欲望结构，这种欲望显然不是纯粹的占有，也不受个别的欲望目标的控制。德曼认为："比起暴露占有的欲望，人们对暴露想暴露自己的欲望更感到羞耻；就像弗洛伊德的裸体梦所暗示的，羞耻心主要是暴露癖的。卢梭真正想要的既不是丝带也不是玛丽永，而是他实际上得到的暴露自己的公共场景。他不想掩盖证据这个事实证明了这一点。"（AR, 285）德曼的这个观点虽然显得有点奇怪，但是逻辑上是站得住脚的。他认为，如果一个人犯各种比如偷窃、诽谤、说谎等罪的场景越多，那么他被曝光的机会就越多，感到羞耻的事就越多；而他越是抵制曝光，让自己得到曝光的场面就越是令人满意。尤其是在卢梭这里，这更加适用。当然，这个欲望是可耻的，因为玛丽永的被毁灭仅仅是为了给卢梭提供一个展示其羞耻心的舞台。所以，德曼说："这个结构是自我永存的、深层的，这一点在对暴露欲望的暴露这个结构的描述中得到了暗示，因为每个拉开幕布后的新舞台都暗示着一个更深层的羞耻，一个更大的去揭示的不可能性，以及一个在机智地战胜这个不可能性中获得的更大的满足感。"（AR, 286）

德曼认为，暴露的欲望结构解释了为什么羞耻心要比贪婪、欲望或爱情等理由来承担自我辩解的任务更有效。如果说在上一节中讨论过的允诺是预期性的，那么辩解就是延后性的，总是在犯罪之后。而这里的罪是暴露，那么辩解就可以打着扼要重述事实经过的幌子来达到自我暴露的目的。也就是说，辩解成了一种诡计，允许以掩藏的名义来暴露，正如海德格尔的存在就是通过自我掩蔽来达到自我暴露一样。从心理分析的角度来说，用来作为辩解的差耻心也允许在抑制或抵制中起到暴露的实际效果，从而使快乐和罪疚感可以互换。换言之，抑制实际上就是一种伪装了的辩解，是一种言语行为①。这是因为，现在面对的真理结构不再纠缠于语言指涉性的问题，而是从语言的认知或记叙性功能转向了语言的施为性功能。如果通过辩解的掩藏形式可以暴露出更多的内容，越辩解而需要辩解的东西越多，那么作为辩解的语言行为似乎就是在制造出需要辩解的内容，而不是在纯粹被动地指涉真理内容。这显然是一种模式的改变，从纯粹的解释性的认知转到了生产性的行为，但都没有离开语言。德曼解释说，对差耻作为辩解的分析凸显出辩解的表演行为与理解行动之间的联系：掩盖和揭示这样的认知模式成了问题，因为辩解发生的领域是在认知与非知（not-knowing）之间的一个认识论的灰色地带。当他宣称是为了真理而活着而受到了外在的挑战时，对辩解进行封闭就成了虚幻，就不得不在《一个孤独的散步者的梦》中再次为自己辩解，因为这个灰色地带的内容似乎总是会有新的内容冒出来。

德曼认为，虽然占有的欲望和暴露的欲望同时在文本中运行，两者有着明显的差异，但这种差异不构成文本的主要运动。两者反而会汇聚成一个统一的意指内容，在占有的欲望中所体验到的差耻心同在暴露中所感受到的更深层次的差耻心相契合，就像对一件事情的辩解会与对另一件事的辩解合谋而形成相互支援的关系。这意味着，掩盖／暴露的认识方式与占有的认识方式基本相似。至少在此，理解和拥有都具有同样的结构。因为一般认为，真理就是实体的属性／财产（property），撒谎就是从其拥有者那里偷窃真理。在辩解的模式中，谎言变得合法了。不

---

① 德曼用言语行为来解释辩解，暗示了他与海德格尔的现象学和拉康的精神分析学理论的分歧。

过这发生在一种真理与谬误的系统内，这个系统可能在其评价上是模棱两可的，但结构上是明确的。这也暗示了，压抑和暴露这样的词语与象征性替代的体系是完全相容的。所以，在目前所分析的这些文本段落中，无论是占有模式的欲望结构还是暴露模式的欲望结构都是完全相容的：

> 在一种辩解与认识汇聚在一起的欲望、抑制和自我分析的话语理论中，起初显得几近于疯狂的、好像是非理性的行为，在这个段落的结尾，变得完全可以理解了，足以被整合到人类感情的总的系统中去。（AR, 287）

欲望不仅包括无意识的掩藏 / 揭示运动，也包括占有活动，可以被当作卢梭所描述的玛丽永事件的整个场景的原因。而一旦这个总的原因被揭示出来，那么这个场景中的行动就可以得到理解，并且随之而来的辩解也成立了。总而言之，使用形而上的认知语言系统来"设身处地"做出以上这番解释，德曼为我们得出了这样的结论："认识、道德、占有、暴露、感情（作为快乐和痛苦的综合的羞耻心）和施为性的辩解从根本上来说是一个系统的组成部分，从认识论和伦理学的角度看，这个系统是建立在理解方式的基础上的，因此作为意义是通用的。"（AR, 287）这样，似乎卢梭在《忏悔录》中就玛丽永事件的辩解是成功的。但是德曼还是紧紧抓住下面这个尖锐的问题不放：如果辩解真的是成功的，为什么卢梭还要在《一个孤独的散步者的梦》中再次为自己辩解呢？

为了对此做出回答，德曼提醒我们注意到卢梭在做自我辩解时说的这样一句话："我依据出现的第一个对象为自己辩解。"卢梭的意思是："……我之所以诬赖这个不幸的姑娘，是因为我对她所抱的友情，说起来这太离奇了，但这是事实。她出现在我的脑海里，我便依据这个出现的第一个对象为自己辩解。我干出来的事，却诬赖是她干的，说是她给了我这条丝带，这正是因为我想把这个东西送给她……"（《忏悔录》，102—103）[①] 这里的解释很清楚，因为卢梭对玛丽永用情至深，所以她的名字萦绕心头，因而无意识之中脱口而出，以她的名字来为自己开脱。德曼特别指出，如果玛丽永是卢梭当时脑中出现的第一个对象，这只是瞬间的一种偶然性联系，这就使得卢梭内心的欲望动机与这个名字的选择之间出现了非必然的联系。如果玛丽永仅仅是因为恰好出现在脑海中的第一个对象而被使用，那么任何一个别的名字、别的词语或声音都有可能成为出现在他脑海中的第一个对象，因而"玛丽永"这个符号与作为肉体存在的"玛丽永"这个人就没有直接必然的联系。从这个角度来说，玛丽永这个名字是一个自由的能指，但与前面所谈的作为自由能指的丝带不同。一方面，丝带恰好就在手头，另一方面，丝带也不是卢梭欲望的对象。更为重要的是，在这个事件随后的整个发展过程中，是玛丽永而不是丝带成为强烈的暴露欲望的隐秘中心。也就是说，如果玛丽永在整个事件中未曾作为整个情节的对象，那么暴露和辩解就是不可能的。更为有意思的是，这个作为整个欲望事件中心的玛丽永的名字却是在纯粹的偶然性中被使用的。在此，德曼找到了对认知语言系统施行"爆破"的"炸点"："如果她的名字的存在是纯粹的巧合，那么我们就正在进入一个完全不同的系统中，在这个系统中，欲望、羞耻、罪恶、暴露和抑制这些术语不再有任何地位。"（AR, 289）

德曼提醒我们，按照卢梭自我辩解的目的来说，"玛丽永"这个名字

---

① 此处引文为了阐述方便根据德曼的英文原文有所改动。

越是偶然性的存在，越没有任何实质性的意义就越好。因为如我们在前面所提，对玛丽永的栽赃和污蔑如果是完全无心的——根本就是偶然想到而突然进入脑海的一个名字——就越表明卢梭没有什么实质性的动机，其对玛丽永所犯的罪行就是无意的，这样的辩解就最有效果。在这种情况下，主体的内在欲望、动机或意志和其表达之间是彻底分离的，而且这种分离的关系是任何形式或方式都是无法理解的——这就如同我们在上一节所谈的疏离关系——是一种绝对的非连续性和断裂性。这种绝对的分离性关系也意味着，"玛丽永"这个词也是毫无意义的，并且也没有任何力量来生产出替代性的链条和修辞结构，从而形成欲望的文本与对文本的欲望。这样，它就完全脱离了整个真理、美善、理解的系统。在此意义上，我们就可以说"我依据出现的第一个对象为自己辩解"这个句子破坏了话语意义的可阅读性——因为阅读性是基于一定的修辞结构的，并因此而打开了辩解似乎已经封闭的话语的空间。而这也就解释了为什么卢梭在《一个孤独的散步者的梦》中重新进行自辩。

不过德曼进一步指出，在《一个孤独的散步者的梦》中的自辩已经不像在《忏悔录》中那样直接针对有罪咎的行为，而是针对《忏悔录》中写下的自我辩解，或者扩展地说，是针对写作本身的。这也是德曼所要论辩的方向，因为他所关心的是语言的活动问题，具体来说就是语言在辩解中出现的认知功能与施为功能相互干扰的问题。

德曼发现在《一个孤独的散步者的梦》的第四个"遐想"中，卢梭对玛丽永事件中所说的谎言的实质进行了思考。作为辩解所具有的施为性力量——特别是涉及指涉意义的缺席这一点——被完全清晰地标识出来。在这里我们终于看到，在语言的认知功能中，或者具体地说在语言隐喻认知系统中不可或缺的指涉性，即我们在前面章节中论及的那个关于性（aboutness）被取消了。这种失去了指涉性意义而纯粹以施为功能出现的语言，卢梭称之为"虚构"："没有目的、对自己或他人没有伤害的说谎不是说谎；它不是一个谎言，而是一个虚构。"（《散步者的梦》，46）① 这个虚构与在《忏悔录》中随口说出的辩解有着相同的作用。这样的虚构似乎可以在绝对密封的语言认知体系中打开一条几乎让人无法感受到的裂缝，产生一些卢梭所说的无关紧要的或微不足道的事实。这些无用的事实可以被隐瞒而不算撒谎："真理如果失去了它的可用之处，就不再成为有价值的东西了；无论是闭口不谈它或是渲染它，都不算是撒谎。"（《散步者的梦》，43）卢梭还说："至于那些没有任何用处的真理，既不能教化人，又无实践意义，我们怎么能说它们是真实的财产呢？它们说不上是财产，因为财产的最终目的是供人使用，所以没有用处的东西，就不是财产。"（《散步者的梦》，42）我们知道在语言的认知体系中，真理就是实体的财产/属性，撒谎就是偷窃。现在根据卢梭的意思，就出现了这样的可能性：这些自由飘荡而无价值的东西（财产、属性、事实）都可以被任意使用而不算是偷窃或撒谎，那么卢梭的自我辩解就完全成立了。因此，"一切与真实的情况相反的话，只要不以某种方式涉及公正问题，就只能被看作是虚构"（《散步者的梦》，47）。

那么到底什么是"虚构"？德曼对此做了这样的定义："使虚构成为虚构的不是某种的事实和再现的极性（polarity of fact and representation）。② 虚构与再现无关，是陈述与指涉物之间联系的缺席，无论这种联系是因果性的、被编码的，还是由任何别的可以想见的有助

---

① 此处引文为了阐述方便而根据德曼的英文原文有所改动。

② 这就是我们在上一章中讨论的虚构/事实、概念/命名这样两极性的语言的隐喻体系，即语言的认知体系。

于系统化的关系所主宰。在如此设想的虚构中，隐喻的'必然联系'已经被换喻化了，超出了词语误用的范围，虚构破坏了叙述的指涉幻象。"（AR, 292）简单地说，这样的"虚构"完全将语言与其自身之外的任何东西都分割开来了。任何可以附加在语言的这种"虚构"之上的联系都需要被舍弃。这是完全无法被理解的一种存在状态，因为以往我们所依赖的理解模式必定是在两极化的隐喻关系中建立的。而现在"虚构"完全处在这个系统之外，因而不能被理解。现在我们再回过头来看卢梭在《忏悔录》中的那个关键句子——"我依据出现的第一个对象为自己辩解"。德曼认为，如果卢梭的辩解成立，在这个句子中"出现"一词完全应该以非人化的方式被理解，好像有一种非人化的力量将"玛丽永"这三个字送进他的脑中，迫使他脱口而出。语言在此时越是超出了人力的范围，越是超脱了卢梭的掌控，他的自辩就越有力量；反过来，语言所赋予自辩的最大的效力完全来自语言的"虚构"力量——一种超出语言隐喻认知体系的力量。

　　不过，在此德曼预料到会有这样一种反驳：在《忏悔录》中，卢梭并没有像在第四篇《遐想》中那样定义凡是不涉及正义后果的谎言都只不过是无害的虚构，相反他在《忏悔录》中所记录的这个"虚构"是有害的谎言，因为它毕竟对玛丽永这个有血有肉的人产生了不公正的后果。德曼对此解释说，这种有害后果实际上出于这样一个原因："《忏悔录》中的虚构之所以有害，仅仅因为它没有被就其所是地理解，因为当虚构的陈述产生我们前面所描述的欲望、羞耻和抑制的系统时，它就立刻会被捕捉住，使之陷入一个原因、含义和替代的网中。"（AR, 293）从理论的角度来说，首先，虚构本身应该就其所是地被"理解"为一个与我们之前所遇到的隐喻认知体系完全不同的体系；其次，从"产生"一词可以看出，德曼认为这个"虚构"是以原因、含义和替代为特征的认知体系的生产者。两个体系是不对称的关系，只能从这个"虚构"体系向认知体系"过渡"，而不能反过来。所以，从实践的角度来说，如果当时的人们意识到卢梭只是随意地报出一个名字而已，就不会对号入座，那么玛丽永这个人也就不会受到伤害。这样，卢梭的辩解就会从诽谤玛丽永回到同样缺乏动机的偷窃本身。因此，从造成的后果来说，应当受到责备的不是"虚构"本身，而是对"虚构"所做的错误的指涉性阅读。作为虚构，其本身是无害的，只有被误导性地读作偷窃或诽谤，才会造成有害的后果。所以，这一切均是由对以下这个事实的无视造成的：

> ……对于指涉意义，语言是完全自由的，能够设置语法允许它说的任何内容……（AR, 293）

显然，这里出现了理论和实践的"脱节"：一方面，语言作为"虚构"在某种程度上来说明显地具有一种不对其外部一切负责的性质，想怎么说就怎么说，只要符合语法规则就行，不担心自己被误读；另一方面，在实践中，这种无涉于任何意指内容的自由总是被舍弃不顾，而给它添加上一定的指涉性内容。德曼对此总结说："似乎不可能分离出这样的时刻（moment），在其中虚构摆脱了任何意指；在这个它被设定的时刻，在它生产出的语境中，它立刻被误解为一种确定性（determination），而据实来说，它是被过度确定的（overdetermined）。但如果没有这一个时刻，或不允许它这样存在，像文本这样的东西就是无法想象的。"（AR, 293）德曼甚至指出，在实际生活中我们也可以遇见这样的情况，即任何经验都是可以作为虚构的话语和真实的经验两种可能性状态存在。在这两种可能性中，要确定哪一种可能性是正确的，这似乎是无法做到的。这就使得哪怕是最危险的罪恶，都可以得到辩解，因为作为虚构它免受有罪和有害的束缚。但与此同时，哪怕是最明显的虚构都可以被控告有罪，比如福楼拜的《包法利夫人》就是这样一个例子。

德曼还指出，卢梭认为其实谎言既非出于个人的判断，也非受其本意支配，这就使得"说谎"的文本具有一种机械般的特征。因此，如果说辩解不仅是一种虚构，而且是一种文本机器，这就更加凸显了作为辩解的语言文本的三个特性：指涉意义上的超然性（即辩解本身超越了指涉意义）、无动机的即刻性（即辩解中的意义都是临时添加上去的）以及对预先规定方式的重复性（即人们被迫要选择这种辩解模式）。因此，辩解文本好像具有提线木偶那样的机械性：一方面，提线木偶的动作形式与意义表达之间的联结总是不那么有机、自然，即便它能够呈现出很多意义；另一方面，提线木偶也没有能力为了非结构的原因修改它自己的结构设计，即提线木偶只能够在其结构内做出各种不同形态，却无法摆脱这个结构本身的束缚。所以德曼认为，文本中与其修辞分离时的语法就像机器，即纯粹的形式成分，若没有它，文本就不可能产生。从一定的角度来看，不管审美的、形式主义的错觉如何掩盖文本机器这种纯形式，如果语言不具有这样完全彻底的机械性的形式化，那么人类对语言的使用就是不可能的。①

文本机器不仅能生产，而且会压抑和隐瞒。比如卢梭在《一个孤独的散步者的梦》的第四篇中将他自己不责怪他的玩伴的决定这个行为比作索福罗妮的自我牺牲性的撒谎。我们知道索福罗妮的撒谎是承认了一

---

① 这里涉及德曼形式化的看法。他眼中的形式化是纯粹结构性的，完全脱离了美学内容的形式。

个根本未犯过的罪行，目的是拯救基督徒们的生命。德曼认为卢梭插入关于索福罗妮的引文的目的不是炫耀自己的自我牺牲精神，而是恢复某个人所写文本的完整性，之所以插入这段引文是为了恢复某个人所写文本的完整性。不过，德曼认为这种恢复是私下里秘密进行的，既加强了罪行的可耻，也毁灭了罪行可以得到弥补的任何希望。德曼认为在卢梭的《一个孤独的散步者的梦》的第四篇中，辩护的对象似乎与文本的残缺不全相关，而文本的残缺不全本身是同有机的、总体化的隐喻语言相联系的。实际上，在这篇文本中，还有一处更加明显与文本的残缺不全相关的内容。卢梭提到孟德斯鸠曾欺骗说他的著作是从古希腊原稿中翻译过来的，目的是使他自己免遭可能的指责——说他的著作轻浮或淫荡。卢梭显然没有指责孟德斯鸠的撒谎行为，但是他提出了一个疑问。我们在前一章中谈论到卢梭对《序言》的态度时说过，文本中的《序言》是对文本的控制权有待确定的地方。可能由于无法确定最后文本的权威性，文本为了自我保护而故意否定其出处，但这样也就隐含了对作者的自我和意志的隐喻。换言之，在写作中总是有一种有利于能指的任意嬉戏的时刻，因此从主体的角度来说，这就可能是一种类似于割裂、裁断或删改的伤害。所以，孟德斯鸠否认自己是原作者而只承认是翻译者，这样无害的谎言背后隐含着作者隐喻性地"被砍头"——丧失自己的权威性——的危险。也就是说，在这些实例背后，隐含着将文本比作身体的比喻。失去文本的作者权，就类似于使文本残缺不全的肢解行为。

不过，德曼认为，在《一个孤独的散步者的梦》这个文本中，文本作为身体的这个隐喻还被隐藏在文本的意义幻象中，这个幻象实际上将文本的所知与所行的分裂掩藏得很深，只有回到《忏悔录》中才更容易发现幻象背后的秘密。德曼认为，在《忏悔录》中卢梭起初总是为自己伤害人感到内疚，觉得自己总是添枝加叶说得太多了。但事实上，卢梭又承认他之所以从叙述中省略了一些往事，仅仅是因为这些回忆中的往事对他自己有利。德曼指出，这样的自相矛盾能够得到理解，因为他所省略的内容恰恰是叙述身体伤残的事，或者用作为身体的文本这个隐喻来理解，就是压制和隐瞒。比如在一个故事中，他差点失去了一只手；在另一个故事中，他的脑袋差点被打破。因此略去被隐瞒的事在某种意义上就是维护一种完整性。如果说被省略的故事威胁到文本的完整性，比起因将过多的美化添加到他幸福的回忆中而为自己辩解，卢梭更容易为没有将它们纳入自己的文本中而做自我辩解。但是，这些被省略或被添加的叙述到底在哪些方面产生威胁呢？实际上，正如德曼指出的，这些例子与其说是令人信服的，不如说是笨拙的。它们的存在似乎仅仅是为了它们所描述的肢体残害而存在的。换言之，这些实际上存在的、肉体上的肢体残害仅仅是为了允许唤起造成肢体残缺的机器而存在，而不是为了它们自身那令人吃惊的价值评判。为什么这么说呢？

　　德曼解释说，在卢梭的"遐想"这个文本系统中，机器取代一切其他的意义而成为文本存在的根据。也就是说，这些文本中的叙事操作，无论是对一些内容的添加或者是抑制和隐瞒，其根本的结构方式还是和文本的修辞系统一样，都向着文本机器汇聚起来，即它们的运动都体现着一部文本机器的构成和运转。这种文本机器的威胁性就体现为：原本作为身体的文本，具有替换性的转义，并且总是可以追溯至隐喻意义，现在被作为机器的文本所替换。在此过程中，我们得忍受丧失意义的幻象，即其实意义本身就是一种幻象，如今连这个幻象也失去了。这是因为对文本修辞维度的解构过程是完全独立于任何欲望的，它的发生不是任何人的意志所能够左右的；因而它不是潜意识的，毕竟潜意识可以是一种潜在的欲望，而且是彻底机械化的，其施为行动是系统性的，而其运作原则是任意的，就如同语法一样。这是因为，我们无法以我们习惯的隐喻修辞体系来理解其原则，因此是任意的。这就让像卢梭这样的《忏悔录》自传的主体受到了威胁，这种威胁不在于他是曾经在场过的某样东西如今丧失了，而在于他体现的是任何文本中意义与施为行动之间根本性的疏离关系。

德曼进一步指出，为了作为文本而存在，指涉功能必须被完全悬置。若没有对玛丽永随意诬陷这桩丑闻，就不会有文本；因为如果一切都可以用理解的认知逻辑来解释，就没有什么可以去辩解的。认知就可能成了辩解。不过，在文本的隐喻的整体性受到质疑时，在文本被看作是一台机器而不是一个修辞化的身体时，认知和辩解合二为一变得不再是合理的。现在当我们不能再将语言看作服务于我们精神力量的工具时，反而出现了这样一种可能性：整个的驱动力、替换、压抑和再现的建构都是语言先于任何意指或意义而存在的绝对盲目性的隐喻性的相关物（correlative）。这样，我们就不再能够确定语言作为辩解是因为之前的罪咎而存在，还是因为语言作为机器运作而生产出来的。也许我们得先制造出罪疚感，以及其他一系列的精神性后果，目的是让辩解有意义。也就是说，辩解所要开脱的罪疚感恰恰就是辩解自身所造成的，尽管造出来的时候有时多有时又少。这就解释了在卢梭的"遐想"的末尾，我们会发现经过辩解之后，罪疚感比一开始时还要多了。所以德曼说："任何辩解都无法奢望追赶得上罪疚感的增殖繁衍。"（AR, 299）反过来，我们也可以说任何罪疚感都可以被斥责为一个文本性的语法或一个完全虚构的随性产物。在此，德曼评论说："因为在这个描述中，罪咎是一种语言的认知功能，而辩解是语言的施为功能，我们在重述施为功能与认知功能的分裂：任何言语行为都生产出过多的认知，但是绝没有希望其自身生产的过程（这个唯一值得知晓的事）。就如文本不能停止为它隐瞒罪过的行为辩解一样，它永远不会有充分的认识可以用来说明认识的虚幻。"（AR, 299-300）

现在德曼可以下这样一个结论了：到目前为止，所讨论的阅读表明一切阅读中产生的困境不是本体论或阐释学的，而是语言的。对替代的转义模式的解构本身就是内在于文本话语之中的。这些话语使得可理解性的假设不仅受到怀疑，而且通过理解的负担，即掌握转义性的替换行为而加强了这个假设。这也产生了可以称之为寓言的叙述。不过当这些认识没法预言话语的施为功能，语言模式没法被还原为纯粹的转义体系时，这个叙述就出现了来回摇摆的情况。也就是说，在这个时候，转义修辞即认知性修辞与施为修辞没有汇聚在一起。认知修辞所产生的替代链条与另一个不同的结构体系并列运行，而这个结构体系独立于指涉的确定性，是在一个完全任意和完全可重复的像语法这样的体系中运行的。而这两个体系之间的交叉点就是在文本的修辞链条中，比如像在《忏悔录》中的那句话"我依据出现的第一个对象为自己辩解"所标识的那个德曼称之为"错格"（anacoluthon）的那个两套修辞符号产生非连续性的地方。而且，德曼认为，这样的非连续性的断裂关系实际上蔓延在所有文本中，是一种反讽，即对一切修辞认知的解构性寓言的消解。因此，反讽不仅不会封闭修辞系统，反而会加强这种反常的重复。

# 道路就是目标
# 和真理

*—Conclusion—*

保罗·德曼解构主义文论思想演化和发展的过程及其内容，可以凝聚为"道路就是目标和真理"这句话。

　　第一层意思要从演化和发展的过程来看。德曼借鉴海德格尔的理论进行的浪漫主义文学研究实际上是他的解构思想的胚胎阶段，因为他已经在理论上有意识地抛弃形而上学的二元对立思维结构，既不偏向超验的"存在"也不偏向经验的"存在者"，而是专注于在两者之间的"此在"这个中间层面，充分利用"此在"的"时间性"和超验的"主体性"来进行文学批评。随后，"时间性"与"主体性"在文学语言和批评实践中显现出来的矛盾促使德曼思考用语言修辞来改写"此在"这个中间层面，这样他便进入了其解构文论的初级阶段，提出了语言中"语法"与"修辞"既联结又对立的解构主义语言观。进而他又清除了现象学理论的影响痕迹，深入探讨语言修辞系统——仍然既不是作为"存在"也不是作为"存在者"——作为认知系统和作为行为系统这样两种既不相容又相互联结而成的语言修辞体系。从这个过程不难看出，德曼的理论思考与批评实践自始至终没有离开颠覆"存在"与"存在者"二元对立这个目标，所开拓的理论道路也一直是在这两者之间，方向始终不变而一直不断深入。这是其理论可以阐释为"道路就是目标和真理"的第一层意思。

第二层意思要从其理论的内容本身来看。我们需要从其理论的最高点——他认为语言就如同机器，不停地在生产产品，我们人类却无法认知这个生产过程——来加以认识。我们认为这里含有中文古诗"不识庐山真面目，只缘身在此山中"的意味：我们已经就在庐山这座真理之山中攀爬，我们的脚下之路因此就是道路也同时是真理和目标。在德曼这里，"庐山真面目"就是我们值得认识的语言的生产过程，而我们人类之所以无法认识它，是因为我们就在这个过程中。从西方哲学角度来说，传统形而上学设立的目标是从经验的"此岸"走向真理的"彼岸"，那么"道路"与"真理"总是分开的。但是德曼的理论表明我们早已站在真理的"彼岸"了，"此岸"与"彼岸"无法区分。这就是他所说的作为认知的语言和作为行为的语言无法区分的意思。不过，他又补充说，作为认知的语言和作为行为的语言是不相容的，这一点又非常吊诡地造成了我们关于"此岸"与"彼岸"、"道路"与"真理"相区分的幻象。所以，要想更完整地来看德曼的解构主义理论，我们应该将"道路就是目标和真理"中的"是"当作"早已经……但尚未"或"既不……也不"来理解。

最后我们得承认，德曼的解构主义文论与其说是可以学习后直接上手操作的方法和技艺，还不如说是一种启发人的反形而上学的哲学思想。

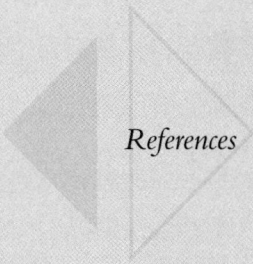

*References*

# 引用书目

Leonard Lawlor, *Derrida and Husserl: The Basic Problem of Phenomenology*, Bloomington & Indianapolis: Indian University Press, 2002.

Paul de Man, *Allegories of Reading: Figural Language in Rousseau, Nietzsche, Rilke, and Proust*, New Haven and London: Yale University Press, 1979.

Paul de Man, *Blindness and Insight: Essays in the Rhetoric of Contemporary Criticism* ( 2nd edition ) , Minneapolis: University of Minnesota Press, 1983.

Paul de Man, *Critical Writings, 1953–1978*, edited by Lindsay Waters, Minneapolis: University of Minnesota Press, 1989.

Paul de Man, Amalia Herrmann, John Namjun Kim, Hölderlin and the Romantic Tradition, *Diacritics*, Volume 40, Number 1, Spring 2012.

Paul de Man, *Romanticism and Contemporary Criticism*, edited by E. S. Burt, Kevin Newmark, & Andrzej Warminski, Baltimore and London: the Johns Hopkins University Press, 1993.

Paul de Man, *The Rhetoric of Romanticism*, New York: Columbia University Press, 1984.

波德莱尔著，郭宏安译，《波德莱尔美学论文选》，北京：人民文学出版社，1987 年。

陈嘉映著，《海德格尔哲学概论》，北京：生活·读书·新知三联书店，1995 年。

德里达著，汪堂家译，《论文字学》，上海：上海译文出版社，1999 年。

董学文主编，《西方文学理论史》，北京：北京大学出版社，2005 年。

福柯著，莫伟民译，《词与物——人文科学考古学》，上海：上海三联书店，2002 年。

海德格尔著，陈嘉映、王庆节合译，《存在与时间》，北京：生活·读书·新知三联书店，1999 年。

海德格尔著，孙周兴译，《荷尔德林诗的阐释》，北京：商务印书馆，2014 年。

荷尔德林著，刘浩明译，《荷尔德林后期诗歌》（文本卷德汉对照），上海：华东师范大学出版社，2009 年。

荷尔德林著，王佐良译，《荷尔德林诗集》，北京：人民文学出版社，2015 年。

伽达默尔著，洪汉鼎译，《真理与方法——哲学诠释学的基本特征》，上海：上海译文出版社，2004 年。

康德著，邓晓芒译，《判断力批判》，北京：人民出版社，2002 年。

勒内·基拉尔著，罗芃译，《浪漫的谎言和小说的真实》，北京：北京大学出版社，2012 年。

卢梭著，洪涛译，《论语言的起源：兼论旋律与音乐的摹仿》，上海：上海人民出版社，2003 年。

卢梭著，黄小彦译，《论人类不平等的起源和基础》，南京：译林出版社，2013 年。

卢梭著，李平沤译，《一个孤独的散步者的梦》，北京：商务印书馆，2008 年。

卢梭著，李平沤译，《爱弥儿》，北京：商务印书馆，1978 年。

卢梭著，黎星译，《忏悔录》，北京：商务印书馆，1986 年。

马克·弗罗芒－莫里斯著，冯尚译，《海德格尔诗学》，上海：上海译文出版社，2005 年。

普鲁斯特著，徐和瑾译，《追忆逝水年华》，南京：译林出版社，2010 年。

让－吕克·马利翁著，方向红译，《还原与给予：胡塞尔、海德格尔与现象学研究》，上海：上海译文出版社，2009 年。

亚里士多德著，罗念生译，《诗学》，上海：上海人民出版社，2005 年。

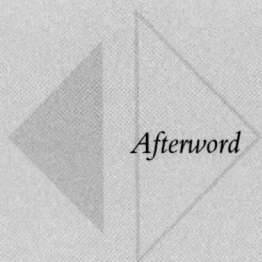

*Afterword*

# 后　记

*—Afterword—*

阅读保罗·德曼已经有近二十年的时间。他是我阅读过的次数最多的作者。可以毫不夸张地说，德曼的作品在文学理论和文学评论方面影响了我，就如同一个顶级厨师影响了一个食客的味觉一样。现在拿起任何一本文学理论书籍或一篇文学评论文章，都会情不自禁地用德曼的文章来做尺度衡量，很多时候都很失望，"难以下咽"。这种"黄山归来不看岳"的错觉在很长一段时间里造成了我的颓丧感。后来我才渐渐领悟到，这种颓丧感大可不必，因为他是一位理论天才，他所做的是宗师级别的哲学化的文学理论，仅凭这两点，在他的作品面前的颓丧感都是多余的。诚实地讲，德曼那一代人所达到的理论高度是 20 世纪的巅峰。我们后来者的职责就是带着敬仰去一次一次攀登这些高峰。

　　这本书原先的设计是想纯粹讨论德曼 20 世纪 70 年代以后的文章。但在仔细阅读文献后，我就打消了这个念头，因为凭自己的水平在几年之内想要做出一点属于自己的东西而用不着东拼西凑地变相抄袭别人的观点，几乎是不可能的。因此我花了不少的时间去阅读他 70 年代之前的文章，试图打通他在 50 年代到 70 年代之间的理论通道。所以，本书的

后　记　　　　　　　　　　　　　　　　　　　　　　　　　　　　283

前四章是我所花准备时间最久的，完全是个人的思考，几乎没有半点前人的影子。而后两章是准备时间最短的，却是写作时间最长的，也是最无法发挥个人见解的，因为这些内容实在是"无聊透顶"——德曼对卢梭的阅读与思考实在是太烦琐细腻，且处处违反我们习以为常的形而上学的思维习惯，让人有一种失重的眩晕感。

这本书的出版，首先要感谢的是教育部人文社科基金批准了我领衔申报的课题"保罗·德曼解构文论和欧陆思想关系研究"（项目编号：16YJA752013）。若没有这项基金的资助以及他们体谅人文学科基础性研究的不易而批准和容忍我改变研究计划并延后结题，则这本书的写作和出版完全是不可能的。

2020 年疫情原因，我身困新西兰，生活顿时艰难而身心疲惫，各方面原因让我的写作毫无进展，几乎绝望而想要放弃该项目。在这个时候，项目组的成员也是我的合作者、浙江工商大学陈建伟教授的鼓励和帮助成了该项目继续下去的唯一动力。他帮我打理国内相关事宜，查找资料，尤其是保罗·德曼文章中涉及卢梭、德里达、布朗肖、马拉美等众多法语大家，若没有他利用自己的法语语言优势和睿智的见解来全力贡献自己的观点并书写部分内容，本书的完成将遥遥无期，因此他是本书当之无愧的第二作者。

还要感谢的是我们在新西兰的朋友 Rhys 和 Maureen 夫妇。他们是英国利兹大学 20 世纪 60 年代英美文学专业的毕业生，不仅赠送我相关的英文书籍，而且还经常通过邮件关心我的写作进度，是对我写作的无形鞭策。在我写作期间，我们的好友 Luke 和 Summer 夫妇经常热情地邀请我们一家去打牙祭，他们的友情也化为我写作的动力。

最后要感谢的当然是我的夫人 Grace。没有她包揽所有的家务，完全无怨无悔地支持我这项工作，这本书的出版也是完全无法想象的。所以这本书包含了我对她的无限感激，也是我们寄居在新西兰开始新生活的美好见证。

于雷姆瑞拉，奥克兰

2022 年 6 月